刘鹏艳 ● 著

『新实力』中国当代散文名家书系

此生我什么也不是

河北出版传媒集团

花山文艺出版社

图书在版编目（CIP）数据

此生我什么也不是/刘鹏艳著. —石家庄：花山文
艺出版社,2016.6（2019.6重印）

ISBN 978-7-5511-2901-5

Ⅰ.①此… Ⅱ.①刘… Ⅲ.①杂文集－中国－当代
Ⅳ.①I267.1

中国版本图书馆CIP数据核字(2016)第159595号

书　　名：**此生我什么也不是**
著　　者：刘鹏艳

责任编辑：贺　进
责任校对：李　伟
美术编辑：胡彤亮
出版发行：花山文艺出版社（邮政编码：050061）
　　　　　　（河北省石家庄市友谊北大街330号）
销售热线：0311-88643221/29/31/32/26
传　　真：0311-88643225
印　　刷：三河市华东印刷有限公司
经　　销：新华书店
开　　本：650×940　1/16
印　　张：22
字　　数：290千字
版　　次：2016年8月第1版
　　　　　　2019年6月第2次印刷
书　　号：ISBN 978-7-5511-2901-5
定　　价：66.00元

◆◇◆目录◆◇◆

【第一辑 流光里】

【第二辑 且乱弹】

【第三辑　在路上】

【第四辑　为悦读】

第一辑
流光里

　　孕育是女人专有的权利，因这专利，女人有时喜怒无常歇斯底里，有时温柔恬静如沐光辉。总的来说，她糊涂，她骄傲，她孱弱，她紊乱。警世名言有云，生个孩子傻三年。因而一个孕产妇是不配谈文学的，她若一意孤行地去进行文学意义上的书写，也必是格局纤细、格调低下。所以，如果你鄙薄一个母亲的女性经验，那就请吧！如果你耻笑一个女人的生育手记，那就请吧！

此生我什么也不是

2010 年的春天是一个迟到的温暖拥抱，在烟花三月里还能够感受到风语的凛冽和料峭。但一切都不能阻止生命的喷薄，那悄悄的，几乎是故意掩人耳目的生长，在身体里面一点一点抽芽吐穗。东南风与西北风争夺着领地，呼啸依然，那是一场艰巨的拉锯战，而胜利最终属于，时间。

我剩下很多空白的时间，在善于以留白作美的东方抒情模式里，那是一幅静水深流的泼墨。内在的汹涌和惊心动魄，只有我一个人知道。

女友 A 跟女友 B 说：看到你的诗，又看到艳子的诗评，才发现，一直以来，我其实什么都不是。A 在为自己的半生做注脚。

其实，人与人是不能比较的，高下之外，生命还有另一种更为质感的诠释，不忮不求。

感谢那些厚重的感情，沉甸甸地背负在身上，让我们不敢放弃，不忍放弃，不愿放弃。

我是一个生长在宠爱里的孩子，时光里的那些爱恋，让我舍不得悲伤，又总是在莫名中泪湿眼角。就在昨天，子夜里，我带着腹中的宝宝看《企鹅日记》。那些极地之中皑皑冰雪下，脆弱而坚忍的小生命，让我感动不已。我流着泪对未出生的孩子说：小宝贝，我要好好爱你，还有，你的爸爸。

凌晨时分，先生喷着酒气从黑暗中归来，带着麻将桌上烟熏火燎的气息。而我在黑暗中叹气。但是因为他完完整整地站在我的面前了，只有感谢造物主，把我的丈夫平安齐整地送回我的身边。我知道，那是因为，人类并不比那些遥远南极的小生物更坚强，我要看到我孩子的父亲平安归来。

　　这时候的我，什么也不是，只是一个母亲，一个妻子。

　　必须感谢我们的孩子，让我们学会坚强和勇敢，并且因为有了他，我们还要学习乐观地看待每一天、每一个人、每一件事情。尽管对于人性失落的地方总是敏锐而易感，但我仍然相信，爱，可以拯救世界。

　　当爱情还是一种禁忌时，生命是单维的。那时候只在一个维度上行走人生，落寞或者凄凉，都不重要。最可怕的是，我容易忘记去爱身边的人。我知道那时候父亲和母亲都很难过，他们替我难过，替他们唯一的女儿，失去爱的能力而感到难过。

　　功利的人，不能与之谈论功利。因为他狭隘，功利只是遮蔽他的物，终不能成为哲学。那时候的我，就是这样，不可以谈论爱情的利害，因为在我眼里，它就是最功利的本源。后来才知道，功利本身并不可鄙，就如爱情面纱下那具赤裸的身体。它丑陋吗？如果你心中有爱，它就一点都不丑陋。

　　这时候你可以跟我谈论爱情的功利性了。就像社会交换论者把求爱的人们视为理性主义者一样，平等而理智地面对那个本原的身体。由此，爱情的发展很自然地经历了"取样与评估""互惠""承诺"和"制度化"四个阶段，让彼此忠诚，从而保有排他性的亲密关系。

　　现在，我平静地接受，爱情和它的身体。我知道每一对配偶从对方得到的收益（情感的以及物质的），都大于从其他异性那里得到的，所以他们会自觉地结束与其他异性的交往，与配偶形成相对固定的关系。而从感性上理解，我也因为在与孩子父亲的交往中体验到这种"收益"带给我的安全感和舒适度，从而更加爱我们的身体。

　　鸟儿啁啾，时间终于要把东风让给天空。因为，生命已经开始甦生，这是不可更改的历史。而在我的历史上，终于有了丰富而立体的人生。就算，此生我什么也不是。

姥爷的传奇

　　孕育是一个漫长的等待过程，它意味着一个女人此后的人生轨迹多少要蒙上一些自我牺牲的悲壮色彩。去年的深秋，草黄叶红，我"闭关"潜心修炼——我愿意全心全力对我身体里那颗意外着床的种子负责。这是多么奇怪的伟大念头。

　　因为赋闲，逼迫自己读各类大师的作品，似乎非以此刻苦，不能对现实生活的无聊和虚无未来的焦虑有所交代。事实上，在读完西蒙娜·德·波伏娃和雪儿·海蒂之后，并没有带来任何思想上的惊喜，我依旧精确算计着时间的步影，过着一种最多只能算是可以忍受的生活。直到莫名其妙地读到一本关于中国远征军的悬疑小说，一个绝对算不上好的文学作品的传奇故事。

　　我是学现当代文学的，对于什么样的作品可以入流，自信还有一定的专业眼光。以文艺批评的标准来挑剔，这顶多是一本三流以外的小说。然而我不能否认的是，它紧张的节奏和扣人心弦的情节吸引着我多少有些饥渴地读下去，除此之外，还有那个遥远年代、那片神秘雨林、那场惨烈战争对我复杂情感的撩拨——20世纪40年代，我的外祖父作为二战期间国民政府派往印缅边境作战的中国远征军这架庞大机器上的一枚微不足道的小零件，被安插在那莽莽的原始雨林里出生入死，至今我仍然相信这是我们家族中最令人惊骇的奇迹。"十万远征军溃败怒江，五万英灵长存边缅。"我不知道我姥爷是如何从尸骨堆积如山的胡康河谷爬出来的，除了日本人的子弹和刺刀之外，他还要躲过毒蛇猛兽、虫豸土著、沼泽瘴气的诡秘伏击。因为我姥爷已经去世了整整二十年，我无法从他的口中得知这段神秘的异域历险，只能想象这本小说以一种不存在的真实，再现了我姥爷的传奇。

事实上我姥爷后来因为这段可耻的"国军"历史，在"文革"中饱受屈辱和折磨。因此在我的母系家族中，这个本该骄傲流传的故事，在相当长的一段时间被视为禁忌，以至于沉寂很多年之后，作为后人的我，无法从前辈的众口相传中获知更多的历史细节。而我姥爷的历史档案中也因为涂抹了太多敷衍和模糊的笔迹，以至于大家都相信他不过是一个谨小慎微的升斗小民，除此之外，那些波澜壮阔的历史不该出现在他身上。

据说我姥爷年轻时能言善辩，能写会算，在那个文盲十分普及的年代里是一个难得的人才。然而从我记事起，我所能看到的，却只是一个饱受高血压后遗症折磨的、拖着一具中风偏瘫的衰老残躯无法自由活动的可怜老头。他本该是一个英雄，我想，从怒江边莽莽千万年的原始雨林里、从印缅边境血海漂橹的尸骸堆里爬出来的传奇人物。可是现在，他说不出一句完整清晰的话，没有人知道他是抗日英雄、民族忠烈。

入缅作战时不过二十出头的我姥爷，在历经战争、死亡和绝望之后，又感恩地多活了五十年。这五十年里他有了一个能干的妻子，和五六个孝顺的子女。于是历史和命运抛给他的所有艰辛、折辱和打击，都被他雍容地接纳了。我母亲说，姥爷是个豁达的人，他对于那些羞辱过他和以他为斗争对象的人，从不怀报复怨憎之心，相反，他真诚地原谅他们，愿意帮助他们，就像对待自己的朋友。在我姥爷的生活中，似乎永不存在嫌憎和怨怼。我想这是因为一个人面对过惨烈的战争、死亡和真正的绝望之后，他已经有足够的免疫力去忘却人间所有的疾苦之劳、纷争之扰。这是人生对一个人独特的生命教育，没有亲历过的人，永不能知觉。这残疾老人的一生，有着我想象之外的神秘。

我无法从姥爷迟钝而浑浊的目光里揣测 20 世纪那场惊心动魄的战争加诸他身上的种种奇迹般的伤痕和故事。不过也许对于姥爷来说，能够活下来，本就是最大的奇迹，然后奇迹般地生下我母亲，我的母亲又奇迹般地生下了我，如今再由我来创造新一轮的奇迹。这是我姥爷的故事在历史档案之外，另一重无足轻重的版本的意义，完全是生命给予我们的忠告，而无关历史。并且也让我知道生活只有两件必需的事：活下去；感恩。

以沈从文先生的话共勉

沈从文在《湘行散记》中申明自己对于所谓"志向"的定义："……就过去的经验来说，我只能各处流转接受个人应得的一份命运，既无事业可作，还能希望甚么好生活。不过我很明白'时间'这个东西十分古怪。一切人一切事都会在时间下被改变。当前的安排也许不大对，有了小小的错处，我很愿意尽一份时间来把世界同世界上的人改造一下看看……不相信命运，不承认目前形势，却尊敬时间。我不大在生活的得失上关心，却了然时间对这个世界同我个人的严重意义。我愿意好好的结结实实的来做一个人，可说不出将来我要做个甚么样的人。"总之，"时间正在改造一切，尽强健的爬起，尽懦怯的灭亡"。

这段话很对我的脾胃，源于这样一个大师也说自己"算不得是一个有志气的人"。如此看来，蹉跎三十年的我，并不是一个人在与自己作战。我以为我素来没有明确坚定的志向，是一项严重的耻辱，所以才在与时间的战斗中溃败下来。谁知时间并不是战斗的对象，而树立远大抱负，做有一个有理想的人，也并非成功的起点。想来多数人庸庸碌碌、浑浑噩噩地生活，并不是没有"志向"的缘故，多半是因为他们没有"好好的结结实实的做一个人"，所以纵不曾懦怯地被灭亡，也没有能够强健地爬起来。

我多么想做一个强健的人，然纤纤素手，难扳历史的巨腕。不期待青史留名的精彩与华丽，我只是想活得更真切努力一些。如大师向时间发出的敬畏的祷告：得之我幸，不得我命。一个算不得有志气的人，坚持着自己的那一份执着，相信时间会使我们的坚持变得圆满。

我母亲说，她以前总巴望着我长大，把我巴望大了之后，又来巴望我的孩子，恐怕再把我的孩子巴望大之后，便到了该嗝屁的时候啦。这不过是大多数老太太淳朴心态的写实。我感念我母亲一生的勤劳恭俭，但另一方面，却实在不能苟同她生活的理念与方式。为什么"巴望"成了她一辈子理想表述的关键词？在与时间的博弈中，她始终将下一代的种种可能性作为一种寄托，用来弥补自己对于人生意义的践行。抚育纵然是世上最伟大、最有意义的事，也不能以此耽误了自己的人生。毕竟，孩子是由我们抚育长大，却并不由我们占有并规划，他将有自己绚丽多彩的人生，只将乳汁和母爱当作一种理所应当的供应和补给。纵是有良心的孩子，也不过在母亲的节日那天，用有限的礼物敬谢一番母亲无限的情意。除此之外，他们更多的时间和精力都不得不分配在更加新鲜惑目的人和事上，比如，和女朋友的约会；比如，升官发财的机会；比如，更小的孩子给他制造的种种麻烦和误会。

我相信我母亲那一代恪俭的女人，比我们更愿意付出和禅让，但她们似乎不能明白每一条生命都拥有同等的重要性，孩子的和母亲的，丈夫的和妻子的，这其中隐含着某种性道德的悲哀。并不是所有牺牲都能赢得尊重，并不是一切承受都会得到承认。到了我这一代，必须承认，我需要"自私"一点，把强烈的爱和向往自由的浓度进行调和，需要把自我和孩子放在同一个平台上，审慎地看它们发育和成长。因为从有孩子的那一天起，一个全新的"我"也呱呱坠地了，给它提供合适的生长机会，并不比抚育一个孩子更容易。

一个女子吐气扬眉，何须将时间熬煮，含辛茹苦养一个光宗耀

祖的状元郎？与其巴望着孩子长大成人、开花结果，不如使自己的
形象先光耀起来，这才是时间"改造"我们的最重要的意义。我应
当是美善的，并以我的美善照亮我的孩子；我应当是智慧的，并以
我的智慧引导我的孩子；我应当是自信的，并以我的自信教化我的
孩子。所有对于人生的骄傲，不该是从眼巴巴地寄望下一代开始，
而是从我做起。所以，让孩子以我们为傲吧，而不是相反，做一个
母凭子贵的美梦。而那在"时间的改造"中"强健地爬起"的母亲
的身影，是他生命之初仰望的第一个对象。

美丽的痛

2010 年 9 月 3 日，我的儿子降生。这是个我们全家期待已久的精灵，虽然是无心插柳的一颗种子，但是在得知他在我的腹内生根发芽之后，我们全部的心力都浇灌在这棵幼嫩的小苗上。我相信一个母亲因为她的孩子而变得更加宽广和坚强，如果没有那个需要你全心全力去呵护的小小的人儿，你不会知道爱是多么汹涌和深沉。从最初强烈的妊娠反应，到坚持不懈十数次的产前检查，从如履薄冰般小心翼翼地安胎，到立言立行的严格胎教，我为这个小人儿笑着、哭着、忙着、累着。然而并不觉得辛苦，因为那沉甸甸的水晶一般透明的希望。

一直以为自己是健康母亲的典范，努力保持着身体的强健和心理的卫生，用文字和音乐灌溉那个娇美的小生命。我希望他健壮，他美好，他快乐，他善良。上天眷顾，在孕育的时候，我没有生过一次病痛，没有吃过一颗药丸，我每次产检都得到指标正常的结论，我每次出门都得到路人真诚美好的祝福。我在等待，等待临盆的那一天，安静地，胸有成竹地，等待我的孩子顺利地通过柔韧的产道，感受母亲身体里那温柔而富有韵律的挤压。那将是一个伟大而狂欢的时刻，我忍受着人间顶级的剧痛，接受人间顶级的幸福。我时刻准备着，像耶稣那般毅然地受难，痛，并快乐着，做一个真正的母亲。

然而这一天真的到来时，一切都变了模样。

　　小家伙是个慢性子，过了预产期十二天都不肯出来。起初我不以为然，我那么相信自己，这是一架多么好的生育机器啊，各项指标都好得不能再好，胎儿大小适中，胎位正确，无绕脐，胎盘成熟度 II，羊水清澈充足，我愿意等到瓜熟蒂落的那一刻，一切都自然而妥帖。遗憾的是时间缓慢而艰难地移动着，每一分钟都在提醒我孩子正在滑向危险的边缘，如果我仍执意等待的话，等待可能是一场灾难。家人都被医生表情严肃的警告吓倒了，关于种种过期妊娠的危害，我们不敢，也不愿接受那样的苦果。结果是威逼加利诱地送我去住院，希望采取有力的措施，引导孩子勇敢地走出母亲的小房子。

　　起初是采取人工催产的方式。结果 OCT 测试呈阳性反应，经过半个多小时的胎心监测，观察状态很不理想，如果坚持吊催产素的话，孩子的心脏会出现问题。我们当然不敢冒这个凶险。

　　于是不得不选择剖腹产子。完全没有心理准备的我几乎骇晕过去。我哭泣，很伤心地流出了眼泪。家人问我，你怕吗？不，我并不畏惧，我只是对自己的无能为力深感自责，一想到最初迎接我的孩子的将是冰冷的手术刀，而不是一双温暖的手，它将像一颗圆润的珠子被血淋淋地扒出蚌壳那样被生硬地取出，我就感到惭愧，似乎我是一个违背了自然规律的不负责任的母亲。

　　生产的那一刻终于在煎熬中到来了，身着睡衣憔悴不堪的我，邋遢地横卧在一张窄小的病床上，然后被家人郑重地拥护着，送入前途未卜的手术室。内心对这场不得已而为之的手术十分抵触，关于开膛破肚的想象，让我的心情无比悲壮。被命令褪下裤子，像一只剥了壳的熟虾一样，不知羞耻地横呈在麻醉师的眼皮底下。在手术台上人是没有尊严的，我清楚地知道医生正在操作和解剖我，但是我还要感激他们对我毫不留情地动手下刀。严重近视的我在进手术室时坚持戴上了那副累赘的眼镜，因为我想让视界保持清晰，以强化感觉的清醒。身体已经不能疼痛了，但我仍希望有强烈的感觉，生命的感觉。虽然护士用一张硕大的被单遮住了我的下半身，使我不能亲见孩子出世的生动场景，但我还是努力睁大了双眼，对抗着麻醉带来的晕眩和一夜未合眼的昏聩。

时间居然过得极快，快到一个小孩子被哇哇大哭着抱进我的视线时，我还没来得及意识到这就是我期盼了多少个日夜的天使。一切都那么不真实，甚至怀疑自己的存在，怀疑这个突然来到的不速之客是从我的身体里迸裂出来的。我知道这是因为我的下半身完全被可恶的麻醉剂控制的缘故，我失去了那弥足珍贵的生命的痛觉，我所渴望的巨大的幸福的疼痛并没有出现。

就在为身体的麻木无知感到遗憾时，护士把那个小小的粉粉嫩嫩的肉球送到了我的身边。蓓蕾一样娇嫩的脸颊紧紧贴上我的面颊的那一刻，护士轻轻地说："这是妈妈。"我的眼泪立刻涌上来，濡湿了柔软的心房，原来这是我的孩子，真的是我的孩子。

夜色很快降临，还没来得及梳理时间和情感，孩子已经酣然睡在我病榻前的小小摇篮里。我身上插着许多奇怪的管子，有一些液体流进去，还有一些液体流出来。我不能移动半步，像一条巨大的爬虫，瘫软在那张狭窄的病床上。虽然插着镇痛棒，但是术后的宫缩还是让我像蛇一样"嘶嘶"抽着冷气。我在麻醉剂的副作用下不断呕吐，整日的禁食则让我只能吐出苦涩的胆汁。这反而让我感到兴奋，觉得痛苦的到来终于让我灵魂中那种缥缈的幸福开始真实地发酵。我艰难地摸索着，一点点挣扎起身体，我要看一看我的小宝贝，我的，只属于我的，用血液和精华育出的宝贝儿。渗骨透髓的疼痛之后，我终于看到了他。小小的，仿佛轻轻触碰便会碎落的蓓蕾，沉睡在他自己才能懂的小小的梦里，恬然若蜜。我的手指滑过他的每一寸肌肤，这曾与我同体同命的小东西呀。

爱上他是一瞬间的事。第一次吻他，第一次牵他的手，第一次凝望他清澈的双眸，我承认，那根本是我生命的灵魂。从最初不真实的怀疑，到坚信他是我一生中最浓墨重彩的瑰宝，那一夜，无数次从病床上艰难地挣扎而起，看不够摇篮中那张吹弹得破的娇嫩容颜，身体痛苦地迸裂着鲜血，而灵魂却在快乐地歌唱。3170克，这是他生命最初的重量；51厘米，这是他人生最初的长度。我愿意努力地活着，只为看他长成高大健美的男子，为了看他不盈一握的小手在我手中渐渐长得粗壮结实，然后我将它郑重地交到另一个德淑的女子手中，完成我一生最出色的杰作。从此，大手拉小手，成为我人生中对自己最珍重的嘱托。如此，我确定他是真切地出现在我的生命中了，今天，明天，以及之后的无数个日日夜夜。

谢与天地，泪水在身体里奔涌，感谢生命中那美丽的疼痛。

孩　奴

傍晚时分，日光将一切都晕染得模糊了，飘忽的心思如天边那道倏忽而逝的光彩。我将身体瘫软地横陈在空旷的席梦思上，把自己想象成一片随着风的呼吸卷上半空的小叶子。身轻如叶，多么美妙的姿态，以奢华的轻灵告慰着生活中疲惫枯黄的我。

我母亲滑稽地哼着《洪湖水浪打浪》和《红梅赞》，在楼下为我的儿子催眠。这幅含饴弄孙的画面让我觉得自己的存在很多余。有时候我发觉自己不过是两根线头中的那个结，命运很随机地抛出两条生命的线，但它们不能顺利地接头，必须由我，把它们拉到一起。祖孙的感情是很浓郁的，往往浓郁到我时有错觉，自己到底是不是被利用的一架机器，我只是把他从肚子里取出来，然后交到她手上而已。

有一段时间我很为自己的地位感到不平，那个小家伙的出现扰乱了我全部的生活，并出其不意地把我边缘化了。我还以为母亲才是哺育的重心呢，原来我只是一头奶牛而已。其余的时间他们似乎并不需要我，只要那个小太阳照耀到的地方，我的身体连同情感完全被遮蔽。就连我的吃与睡，也都因为他而受到严密的监控。他们会声色俱厉地叮嘱我喝掉各种难以下咽的汤汁，因为我儿子需要；他们会莫名其妙地建议我随时上床睡觉，因为我儿子需要。天知道那个什么都不懂的小东西怎么会需要那么多，他从我这里蚕食着血液和精华，因为我把生命的线头交给了他。

我想我一定是疯了，我竟然在吃我儿子的醋。

可是我愿意这样活着，每天吃我不想吃的东西，在无法入眠的时候强迫自己入睡，却在困倦不堪的时候因为那个小东西的一声啼哭而随传随到。我把自己想象成一只大蚕茧，我儿子吮吸着雪白的乳汁，就像从我身体里拉出雪白的丝线，生命的线。然后我被抽丝剥茧，从雪白丰腴到枯黄消瘦。我怀着祭献的神圣，慷慨地招待着这个生命中的不速之客。

我相信每一个母亲都是这样熬成的。为那个粉嘟嘟的肉团团，欣喜地做一个奴隶。

思如丝

得之我幸，不得我命。生命中一些得失是不容我们计较的，比如站在人生的转角，最后一次目送那个牵扯着心跳的背影；比如与真实的自己擦肩而过，只为红尘中不能不放下的一次妥协；比如那些为成长付出的，有点痛苦、有点刺激、有点窘迫，又实在很有几分色彩的代价。这个午后，浮云遮住了深秋没落的阳光，硕大的落地玻璃窗抵挡不住天空冷漠的眼神，于是站在十八楼的卧房里我看到了沧桑和寂寥。思绪飞得很遥远，却细若游丝，黏附在灰色的空气里，呻吟。

QQ群里闪烁着表情格式化的头像，一个同学为另一个同学撰写的悼词与那只可笑的企鹅一起蹦出画面。这很诡异，在我们这个年纪，祭奠自己的同龄人。我知道命运不按常理出牌，并且有朝一日，我们都将去同一个地方。但毕竟是太早了一些，我们就算不是早上八九点钟的太阳，起码还如日方中。所以悲哀，与交情的深浅无关，难免有兔死狐悲的色彩。我想不起他的坏他的好，只记得他给我起外号时得意的笑。他一直都这样笑的，那种调皮捣蛋的痞学生对一个中规中矩的乖学生戏弄和嘲讽的笑。这就是全部了，我们全部的交情。我从没有打算为他流一滴眼泪。直到那一天，去他父母家里看到他悲痛欲绝的老妈妈。那个可怜的母亲蜷缩在铺张简陋的床的一角，哭着，絮叨着，绝望地想抓住她不可挽回的宝贝儿。真的是让人难过，一个母亲失去了她的孩子。

没有去参加他的追悼会，恐怕自己不能承受那种灾难深重的悲哀。虽然知道从此往后，我们去殡仪馆的机会将会越来越多，一个人终究不能和时间作对，身边的人会一个一个离去，最后是我们自己，但是此刻还不想参观死亡，特别是，亲证一个母亲失去她的孩子。

一笔涂鸦

　　我老爹说，日子得分段儿过，这一段儿跟那一段儿有多么的不一样你都要忍着，要是过好了，你得忍着不笑，要是过得不好，你得忍着不哭。这大概就是大师们所说的人生需宠辱不惊吧，我老爹没什么文化，但是概括得很精准。我从小好好学习天天向上，但是从来没有树立过远大理想。我觉得我要是有理想我就飞不起来了，那种宏大的念头会使我像沾湿了羽毛的鸟，没准导航导错了，一头就栽悬崖下面去了，那是多么危险的事儿啊。好多人入错了行，一生碌碌而终，这就是开头没把握好方向的恶证。我只要一门儿心思向前进就好了，我管它前进到什么地方去，既然人生是不能设定的。但结果是，我没理想也没能飞起来，飞哪儿都觉得不合适，小心灵总打战。看起来又绕回去了，因为人生是不能设定的。

　　这是个悖论，我觉得忒麻烦，今后我要怎么教育我的儿子呢？我不想让他从小立志当个科学家、金融家什么什么的而忽略了生活中其他旁逸斜出的快乐，当然也不想他步我后尘在时间的漩涡里面打转转找不着北。后来我参透了我老爹的话，顿时豁然开朗。我老爹说什么来着？他老人家说人生得分段儿过。这就是说我们在战略上要扒拉开眼睑不以任何人类的文明智识为界，不用设定过于具体的功利的目标，但在战术上要绝对明确自己要干吗、该干吗和怎么干。我老爹是个牛人，他没读过什么书，但他知道很多东西，比如这个非常深刻的道理。他本人并不承认自己是大师，他是个羞赧的人，胡说八道时只谦逊地自称是个知足常乐的老头。但我觉得他老人家不用太谦虚，就算不是大师，起码算个大师傅吧，他能把刘家的历史大人物一锅烩了，完了说，老刘家好些英雄都不在了，就我老刘还健在，给你们吹个牛搞个乐什么的。我倍儿爱这老头。

我衷心地希望我儿子以后也能像我爱我老爹一样爱我。这是后话。现在我要说的是我。

最近每隔几天就要去楼下的超市雷厉风行地扫一次货，除了零星的日用品外，基本上都是零食。我吃得很有效率，儿子吃奶的工夫我能报销一盒饼干，康师傅三加二或者达能牛奶加钙。除此之外我还成锅地喝汤，大煲猪骨或者炖鲫鱼。我跟自己说我是勇敢的妈妈，我能吃说明我能产奶，为了儿子我不怕身材走样儿。其实我很怕，但是我找到了一个很伟大的借口，这给我嘴馋的恶习戴上了一顶漂亮的帽子。

这就是"分段儿"过日子的结果，我相信这段儿我得这么过下去，我老公都从前段儿管我叫"大笨熊"或者"大袋鼠"改叫我"大奶牛"了。那段儿到这段儿如此自然天成，叫我如何不得意地继续吃下去？至于若干日子后的后段儿，我也不知道会怎么样，但它能怎么样呢？似乎并不是我关心的重点，因为我知道，哪段儿都好，从来非我自决之力，我只顺着老天给我的道儿，慢慢走下去就好。为了我的儿子，或者谁也不为，我给力地活下去。

没什么可说的

　　总的来说，生活乏善可陈，我总是在夕阳西下的时候，看着最后一抹清淡的阳光印在墙上，凄凉但又不乏平静地死去。我们家的墙壁在历经了千百个这样凄婉轮回的美丽映照后，显得斑驳而沧桑，偶尔墙皮剥落，掉一地像头屑一样云飞雪落的烦恼。到了晚上我洗洗脚上床，在睡前读一点狗屁倒灶的读物再做一番胡吣白赖的思考，这一天就算顺利地过去了，水过无痕。有时候我不免想这样的生活可真没意思，活着活着就老了，然后嗝屁，谁记得我，我记得谁？可是一翻身我看到儿子香甜地睡在那张一米八乘两米的大席梦思上，蜜色的皮肤溢出天真和可爱，他呼吸轻盈，吐气如兰，对生活的向往无辜而灿烂，于是我原谅自己的平庸，不能不热爱生活。

　　我对生活的态度因为这个小家伙而改变，这是多么神奇的事。我说不清这是一种什么邪派高手一样的力量，宛如罡风吹拂过山冈，千山万水情思如注瞬间绿了。在电脑上把他的照片调出来，从还在肚子里，到出生，到现在，感慨啊，眼见着肚皮吹起来，眼见着从肚子里钻出来，眼见着小老鼠一样皱着皮不开眼的样子，眼见着逗一逗郭德纲一样蔫坏地笑起来。我儿子，我这么确定无疑地说，我的。这个属格非常重要，我见过很多小孩子，但没有一个小孩子能让我这样爱欲横流。托起他小小的身体，他像虾仔一样蜷曲在我的怀里，这是深夜他吃过奶后沉沉睡去的姿势；有时他伸开双臂吊在我的肩头，则像一只吸附在我身上的壁虎，毛茸茸的大脑袋抵在我的下巴上，让我忍不住贪恋这天鹅绒般的柔软与馨香。如此日复一日，我蹉跎了时光却不以为忤，犹如安贫乐道的老农，守着自己的一亩三分田，春花秋月夏凉风冬瑞雪，日日都美不胜收。

晨起，先生从维多利亚港发来短信，说昨夜乘邮轮在海上做了一回浪子。那是一艘 Casino，为了一群赌博方便的阔人和闲人。我奚落说，这是一群多么有品位的人啊，我都不好意思说认识你们。先生则说自己很传统，只是打麻将而已。我饶有趣味地回应这个传统的人，称之为"传统贵族"，俺一不留神就做了戴安娜。先生溜须道：哪里哪里，你只是回归，老刘家当年是多么显赫的贵族，大不列颠及北爱尔兰联合王国算是嫁妆都嫌弃小哩。

说起来生活就是这么不靠谱，作为一个女人（虽然我不喜欢这个称呼，我更喜欢"女性"这个词儿，显得特知性，不过你如果老是说自己"作为一名女性……"，听起来事儿事儿的），儿子，外子，日子，就这么些了吧。崇高什么的，此生不便多作他想，特别是我这样哺乳期的女人，生个孩子傻三年嘛。当我还是女孩的时候，或许还会思考一些纠结的终极命题，现在，我不再纠结了。这并不意味着我脑门上刻了一行字：我打算像猪一样活下去。我只是明白了一个很浅显的道理：一个聪明人也并不一定要痛苦地活着。那些聪明而痛苦的人，有很多是因为显摆自己的聪明而执意自己的痛苦的，所以他们很容易滔滔不绝。而我，现在已经没什么可说的了。

流　年

　　暮色降临的时候我仰面八叉躺在我家那张一米八乘两米的大席梦思上，思考什么是幸福。幸福就是下午五点钟什么也不干，像一具坚挺的尸体一样横陈在一张一米八乘两米的大席梦思上，脑子一片惫懒的糊糊。我每晚要给儿子喂五次奶，每当我在纠结的夜色里昏昏欲睡而又不能撒手痛快睡觉的时候，渴望的就是这个。小子长得极快，吃得多拉得多，我无法给这两个多月大的"年轻人"任何文明的规制，什么三餐一宿，什么大小便入池，什么延迟满足，什么情绪控制，他统统不管。他只在他需要的时候嘘嘘和便便，钻进我的怀里吃奶，以及咿咿呀呀手舞足蹈像外星人那样表现他的高兴和不高兴。我羡慕这个"年轻人"，我知道三十多年前我也这么干过，如今忍把韶光暗换。

　　折算生活的损耗是一件很艰难的事，时间倏忽而去，简直让人痛不欲生。多年来我一直保有作年终总结的习惯，我知道这很老土，似乎我总是需要一些确定无疑的证据，来证明生存的正当性。去年是个倒霉的年份，我受到失业和失去第一个孩子的双重打击，我认为天底下没有比我更倒霉的人了，脸上见天儿写着三个大字"别惹我"，谁招惹我我问候谁老母。我还无事生非地思考一些终极问题，显得自己特深沉。这样一直变态到新年快要到来的时候，我因为突然意识到自己还要继续年复一年地存在下去而幡然醒悟。

悟道之后的我选择沉默但绝非沉沦，我尽我的能力做一个不那么变态的美好存在。日子这么一天天过，犹如没有发生任何事一样，时间法力无边，而我有了另一个孩子。这个孩子让我明白流光的意义，除无聊和虚空之外，它还承载着延续生命的重任。

如今一年又倏忽将逝，我敝帚自珍地晒晒这一年里值得记录在生命里的那些骄傲吧：

首当其冲的，当然是我生下一个啼声洪亮四肢健全指标正常的大胖小子。这事儿太不易了，想一想我就泪流满面。我捧着他，就像华老栓掌心上的那只人血馒头。然而此事又是那么的自然造化，对于任何见惯生生死死的世俗之人来说都不值得渲染，所以除了弥月时大摆宴席之外，我的快乐就此秘而不宣隐而不发也罢。

其次是我又多得了一本没用的执照。考照的时候肚子里正装着小宝，这让我感觉自己是个光荣的母亲。于我而言，生活是不能失去追求的，或者说是追逐也罢，我总要给自己一个迥异于猪的活下去的理由。于是我好好学习天天向上。这次我瞄上了一门新鲜玩意儿，心理学。其实对这个动辄发疯的世界来说心理咨询已经不新鲜，人们面对撕咬他们的生活总是容易焦虑容易抑郁容易躁狂容易强迫倾向。我是个挺爱学习的人，我又是那么个博爱的人，我愿意帮助那些焦虑的抑郁的躁狂的有强迫倾向的可怜人。这本执照说明我距离兼爱人间的努力又近了一步。

再次，我还趁着肚子里装着小宝的时候完成了一部武侠小说。写完之后我就准备封上这支武侠的笔了，因为一个母亲不能老这么不靠谱。我把我觉得有趣的和好玩的东西都给了小宝，剩下的就只能玩深沉了。

好，综上所述，我如此度过流光，不令自己在沧桑之外感到沮丧，就这么一眨眼，2010年又要拜拜了，你说人一生能干点什么叫你不负韶华偷换？我并不确切地知道。我还在探索，像一个初生的婴儿对这世界充满好奇。

书　隐

隐于市中，自觉就是那个得了道的小仙，不如此无以为报自己的那份真诚。

读书，从《周易》《鬼谷子》到《一个都不正经》《十八岁给我一个姑娘》。前面一种只捡译过来的大白话通读，觉得文理深刻的再倒过来看原文，后面一种则囫囵一口吞大饼不嚼巴，凑个趣儿纯粹贪图好玩，所以半拉月二十天的读个两百来万字不成问题。

生活啊，多么奢侈，捧本闲书就是岁月。我觉得自己就是个炼丹的，什么硫黄硝石、毒虫烂草都往镬里那么一搁，翻炒啊，谁能料到炼成什么独步天下的玩意儿？猜不出自己十年二十年后是什么样子，就像当年没猜出现在的衣履行头、音容笑貌。只知道人民富裕起来了，当年行走江湖的时候练的是佛山无影脚，现在改无敌风火轮。谁知道呢，也许再富裕就该换仙鹤神针了。

我最看不上自己的一点就是，情感过于幽柔精致。这不好，我宁愿自己粗糙一些，在看惯云飞雨落、悲欢离合、魑魅魍魉、杀身成仁之后，总要有一点一笑泯恩仇的气度。这不是指胸怀，我以为自个儿的胸怀还是比较宽广的，起码不是"小胸奴"，我指的是情绪。

还好，我看书。书上说，当我们看到缺陷的时候，说明我们在智慧里，所以，要看到自己的智慧，就必须站在缺陷里。于是我站在缺陷里观照自己的智慧。当我不能自抑时，就让情绪从鼻息和泪腺中流泻，毫不否认自己懦弱之外的价值。我坦陈自己于情感的弱势，但并不意味着我对待生活不够勇敢。我也很容易流于恶俗的物质，但我依然保有纯美和高贵。偶尔爆粗口，但即使一个人的时候也不把香口胶黏在电线杆子上。好吃懒做，然而并不妨碍我强悍的生存技能。我把一切汹汹来势的情感藏匿在波澜不兴的生活的衬裤下，外面还要罩上可爱的小纱裙，冒充 Ddung 娃娃。比如这个干燥温暖的冬天，两个月没有下一丝雨，湿润的情感远走他乡，但偶尔还是有 pH 值大于 7 的冲动，即使生活在书中，或者忍不住为书里的人物掬泪，又或者，其实是撩动了心底过于汁液饱满的情绪。

耶稣临死时说："宽容他们！他们做的他们不知道。"

面对摇摆的生活频率，我只当自己脱凡入圣。都说他者即地狱，都说一花一世界，一叶一菩提。那么既在他者之外，我若仍有所缚，那是我将自己投入地狱了。所以，人淡如菊。就拿这份清淡，撕破辛辣的味道好了。

做妈妈一百天

每每怀中抱着儿子，难免有一亲芳泽的冲动，那玉雕粉琢的小脸总让我想到八个字：蓝田日暖，软玉生烟。我轻摇他的手臂，与他说道，小宝贝儿妈妈的小肉肉。这蓝田日暖玉生烟的小人儿总是能让我柔软，让我心疼，让我感动得想掉泪。

他有一张沁色完美的老坑玉雕出的脸蛋儿，白，透白，额上青紫色的经脉清晰可见，迎着阳光仿佛清透的蝉翼。他的皮肤在我手下如一匹顺滑的丝绸，可以触摸到宇宙深处的悸颤。他的粉红色的小嘴俏皮地微微扬起，下唇薄如刀片，上唇则略丰满一些，柔软得一塌糊涂。唇上，在本来应该棱角分明的人中处，因为总是衔着奶头的缘故，隆起一颗可爱的小豆豆。他还有一双松软绵柔、发酵得很好的小脚，十颗小小的趾头，镶在白玉做成的脚掌的边缘，宛若嵌着十粒旺仔小馒头的盼盼法式小面包。他会笑，会咯咯地讨你的欢心，将柔若无骨的小手放在你的手心里，叫你舍不得不温柔地眷恋他。没有比这更精巧的艺术品，在我的怀中活色生香。

这一天，2010 年的第一场雪，在窗外飘飘洒洒地登陆，我怀抱着他，想象着我们的美好生活。两天前他刚刚过完百日，一切都如初升的太阳，新鲜而蓬勃，他小小的身体，浸润着我们厚腻如猪油的爱，茁壮成长。先生拥着我，在耳边轻轻说："亲爱的，祝贺你，做妈妈满一百天。"那一刻，我的心田润泽满溢，仿佛流淌着玫瑰色的醇蜜。"做妈妈满一百天",我细细品尝、悠悠回味这特殊的祝福与宣告。

转眼已是隆隆冬季,抚着回忆,去年此时那颗幼小安静的种子,走过一个春天,一个夏天,一个秋天,如今是雪花飞舞的时节,漫天雪舞,舒张着种子精灵的神奇,他正美好怒放,俨然如玉。让我们感恩吧,亲爱的孩子,让我此生中有了你。新年的钟声即将敲响,我将拥着你,迎接最美好的未来。

左手是儿子，右手是他

　　家里有一张一米八乘两米的双人床，结婚时候买的，睡俩人，当时觉得太宽敞了，新婚燕尔好得如胶似漆恨不得黏在一起冒充连体，所以觉得亏，一米二的单人床都足够用啦。两年之后再看，小了。有个身长零点五一米、体重六斤三两四，缱绻起来像猫一样的小东西横在那儿，再大的床都显得尺度不够。怕一个不留神压着他，怕他稀里糊涂掉下去，怕边边沿沿都是陷阱。这是一个母亲的蝎虎劲儿，也知道可笑，但仍这样可笑下去，人人都不以为意。

　　其实婴儿床早就买来摆在床头，不过总觉得小子睡在身边心里才踏实，随手一摸就是那个肉团团，盖个被子喂个奶什么的，黑天夜地里都游刃有余。所以婴儿床就成了摆设，最大的功用是成为那张大床延伸出去的栏杆，可以拦住小家伙，使之不掉下床去。夜里小东西要吃五六七八次奶，踢飞若干次被褥，我不知道其他的妈妈们是怎么解决这个问题的，我必须时刻警醒着，平均几十分钟醒一次，喂奶，掖被窝，这些都是闭着眼睛干的。说到喂奶，我哭了。这孩子白天哄着还不爱吃，到了晚上哼哼唧唧专吃夜食。细密的睫毛合成一条狭长的线，嗷嗷张着嘴，好像就该有奶头自动送上来，特自信。我就奇怪，他怎么能一边吃饭一边睡觉，眼睛都不带睁的。最高纪录，一晚上吃十次奶，可把我给累颓了。还不能喊冤，这谁的债啊？除了你，没别人盼这孩子日后张嘴喊妈。所以，累颓了活该。

　　看起来生活简直暗无天日啊，熊猫大侠（熊猫眼＋大侠般的悲悯情怀）。我自嘲，一面卑微地笑着，似乎爱上这种把人折磨疯掉的生活了。专家说，睡眠剥夺是比不让喝水吃饭更恶毒的体罚，但我怎么还如此珍重这种非人的折磨？佛曰，不可说，不可说。夜里努力撑着涂了胶水的眼皮爬起来喂奶，四周黑暗深沉，枕边男人的鼾声四平八稳，他怎么能睡得如此香甜？这，就是做妈的和做爹的区别。能够支持我屹立不倒的，就是心里那个小声音吧，必要在这温馨的圣母图的画面外，搞个画外音，叫全世界都知道，娘，亲娘，跟这世上你能遇到的所有人有多么不同。

　　胡兰成给张爱玲的婚书上写着八个字：岁月静好，现世安稳。最后世人得出的结论是，老胡害了小张一辈子。但如果胡兰成给张爱玲一个孩子，局面又要变一变。一个母亲是不会允许自己那么荒凉的，哪怕她更悲惨一些，就好像苏青。躺在床上，左手是儿子，右手是他。便真的觉得好。如果晨光恰恰照在婴儿吹弹得破的面庞上，而丈夫又睡得正香，对生活就只能满足而不敢再奢望其他的光鲜荣耀了，心里明白，较之现在这张床上的，都是虚妄。

　　如斯，岁月静好。只能流连在这平实的岁月里，他的呼噜，以及小东西种种折磨人的手段，再没有更让我贪恋的了。

生养一枚"采花贼"

　　每逢春节，先生会提议买些鲜花来装扮居室。对于这种小资而无害的建议，我通常欣然接纳，只是心里难免暗暗笑上一声，这中年老男人的雅兴。我以为即使是女人到了这个年纪，也只爱大白菜了。但当然，即或我是一枚中年老妇女，面对色闹彩喧的鲜花本身已经不再感冒，我仍希望我的爱人不忘在特别的日子为我送上他的"花心"，并且因为彼此已到了这个年纪，简直就是心怀感激了。

　　今年我们的香水百合和郁金香都开得特别好，它们由一只喇叭形的水晶瓶盛着，安静地开在玻璃窗下满地的阳光里。儿子已经五个月大了，由他的老外婆领着，在屋里倒腾各种他眼睛里新鲜的玩意儿，逢物攫物，见人抓人。这瓶花很快就引起了他的注意。老外婆蹲下身子，在他腰里环抱了，任凭他四下挥舞小魔爪，欣喜地看他越发准确而有力地击中他眼中的目标。小子伸出手去，以迅雷不及掩耳盗铃之势劈手拿下一支百合。我待喝他时，已晚了。只见自他手中飘下一瓣残香，顷刻香殒花落，令人心惊地颓躺在地上，没了全尸。我佯怒道："呔，那采花大盗，干得什么好事！"小子只是无辜地朝我笑，并不打算负责任。我便也笑了，被他的无辜打动，心中暗忖，不晓得那是谁的宿命。

　　生下小子时，一姐妹评说，竖子眉目如画，生得水灵剔透，不知将来要坏了多少姑娘。做母亲的听到如此批语，实有些哭笑不得。

如今看他辣手摧花，预言？寓言？预演？不知道是蜂子狂蝶儿浪还是花香引来了小蜜蜂，所谓身怀利器，杀心自起，你看他那么无辜，也不忍心怪他采花无理啊。

许是生养下一枚"采花贼"，似乎世界观都在某种程度上得到了校正。按姐们儿我以前的脾气，多少有那么点伪女权主义，也曾一心想生个女儿。奈何天不从人愿，或者老天有意罚我认识到自己的错误，结果生下一个带把儿的。这么一来，情感和思想都发生了微妙的变化，我觉得我要站在儿子的立场上想问题了。于是对男子偷心女子偷人这类故事，便有另一种理解。比如这一室安静的明媚与芬芳，招一蜂子来热闹热闹也属正常，你是怪这蜂子心生邪念还是花太香？况且诗亦有云，有花堪折直须折，莫待无花空折枝，所以鞋是用来穿的，蜜是用来喝的，花是用来摘的。还是生儿子好，好省心呐。生闺女的妈，总是担心人家来喝你的蜜摘你的花，可要是总没人来喝你的蜜摘你的花吧你又难受，这就跟自己拧巴上了，接着没完没了地担心，难受，担心，难受，你喝不喝？你摘不摘？你还不喝？你还不摘？完了，疯了。所以作为一个成熟女子，你会感谢有人肯花时间对你甜嘴蜜舌地许下一生的诺言，且不管到最后你们是不是真的能够地老天荒。就好像一朵花，它其实是非常感谢那只肯在它最完美的时候于它的娇颜上驻足停留的蜂子的。至于日后的分分合合缘聚缘灭，既然人不能做主，就交给天。我相信人儿都是美好的，恰如花儿的美与蜂子的好。摘花采蜜只是因为你的美好，我停留时心怀赤诚，一如纯真的婴孩。存心调戏妇女的除外。

我喜滋滋地欣赏着我的花，以及我那采花的、笑嘻嘻的小毛贼。他们都是美好的，我想。因为这美好，满室生香。

停笔时，始觉这天正是西历的情人节，不禁给自己一个微笑：蜂子和花儿，可不是最相配的一对儿小情人？倘若没有蜂子，花儿多么寂寞；没有了花儿，蜂子又多么凄惶。不论放蜂的还是养花的，心中都盼着对方好。所以做母亲的，也像那放蜂和养花的人，对着自家的闺女或者小子，引颈盼着别家的小子或者闺女，不免对情人节也生出一点浪漫的想象。

乔　迁

终于终于，要搬家了。我，和我的丈夫，在一处临时租用的房间里度过了整整三个年头；现在，我们，加上在这个房间里出生的我的儿子，要搬往我们自己的新居了。这让我激动。与此同时，油然而生的惆怅竟然也装满了我的心房。

这只不过是临时租用的一间房，我对自己说，有什么理由抛下如此缱绻的情思？可是为什么，我终究要停下来看一眼，并让回眸写满流连。

因为，我的婚姻是从这里开始的。我和他第一次走进了属于我们两个人的，只属于我们两个人的，房间。

因为，我的孩子是从这里开始的。从一粒小小的种子，我像辛勤的母袋鼠一样，把他装在我的肚子里，在这个房间里进进出出。

因为，我记得，我们把一件件家具搬进这个房间的样子，我记得，我们把一整块羊毛地毯铺满这个房间的样子，我记得我初生的儿子在这个房间里啼哭的样子，我记得整面墙壁被我亲手贴满花花草草的样子，我记得我在圣诞树上挂满彩蛋和金铃铛，记得我们把锅子在灶上架起来，记得阳光下升起了晾衣架，记得尿布飞上了我的头顶，招展，招展……这些"记得"，是要命的温柔，像女子思念远方的情怀，把一点一滴用记忆的网牢牢捕获，最后竟能累积成一潭幽深。

因为，我的家是从这里开始的呀。在这个房间里，有了爱，有了他，有了我们的家。

现在我们要离开这里，搬到另外一处大房子里去了。那里将有宽敞明亮的阳台、厨房、餐厅和起居室，我们不会再抬头就促狭地碰到儿子的尿布，不会有客人一来就只好围坐在我母亲的床头，不会没有书桌，不会没有壁橱，不会没有放婴儿床的房间……这些"不会"都让一个对未来充满憧憬的主妇心满意足，唯独使这个主妇感到难过的是，她将失去一些熟悉的、让她心安的感觉了。是的，她喜欢一抬脚就碰到儿子的小玩具，一伸手就操起书本和抹布，那小小的促狭的空间，爱和温暖都似乎稠腻一些，以后，以后有了大房间，我们还能够这么亲密地守望在一起吗？

看来那宽敞而华丽的新房让她担忧了。

也许我应该承认，自己是一个很可笑的妇人。有谁不喜欢漂亮宽敞的大房子呢？那是我们自己的房子，必也是我们自己的家。我给予它的感情，将如涨潮的海水，一浪一浪丰沛汹涌，最终会覆盖原先的那间房吧。我只是在离开时，悄悄地回头看了一眼，我们当初的日子。

现在我要重新回过头来，舒展容颜，开始忙碌了。是的，新居的一切都在我们伸向未来的手中，蠢蠢欲动嗷嗷待哺的样子，有的是出其不意需要你拨出精神和力气的地方。我的孩子将在这里成长，我们的爱也在这里继续生长，每一天，阳光照耀的地方，都有我们的努力和希望。就像在以前的小房间里，我们向着明天努力和希望一样。

人生总是有一些段落的，那些美丽的休止符会停在让你心灵颤动的瞬间，然后，你必须转身，走得更远一些。

恐惧保险箱

　　我得承认，骨子里我并不是一个足够乐观的人。小时候，我就总爱为一些莫名其妙的小事小情，莫名其妙地焦虑。随着身体和心灵的成长，我感到自己似乎比那些焦虑强大一些了，但我知道它们其实是有了更深的隐藏的形式，从来没有彻底地离开过我。在我内心深处，总有一些恐惧，它们平常处于蛰伏状态，可是不知道哪一天，就会以什么样的方式跳出来，凶猛地咬噬我的心。这让我非常苦恼。比如有一天，我们正兴致勃勃地讨论着乔迁新居的计划，忽然有一种恐惧攫住了我的心脏，叫我喘不过气来。我仔细想一想，为什么我感到那么害怕？我在害怕什么？答案可能让大家感到一种吃惊的可笑。怎么？你居然会担心那所新房子害死你的孩子？！

　　是的，我确实是一个过度忧虑的母亲，在我听说北京市某儿童医院的某医生做出 90% 的白血病儿童患者家中在半年以内做过装修的调查报告以后，我开始为乔迁（这本该是家庭中的大喜事）怀上了忡忡之忧。我先是忙于延宕搬迁的计划，购买大量炭包放置在尽可能想到的角落里，在说服家人同意放弃入住宽敞舒适的新房，而继续留在租赁的促狭小房间里长达半年之久以后，我又购买了双份甲醛测试剂，希望得到安全的保证。测试的结果让我哭笑不得，试剂清澈如水，几乎没有染色，也就是说，我们家的甲醛含量相当的低，比国家的最低标准还要低很多。这正是我想要的结果，也是我质疑的结果。我觉得我被假货欺骗了，我很难相信新装修的房间有这样理想的效果，虽然我用了最环保的材料，虽然我空置了半年保持通风，虽然双份试剂都一致表明结果无误。因为我听说普通家具的甲醛释放期长达十年至十五年，因为我听说装修材料的环保程度并不能有效保障儿童的健康，因为我听说夏天才是甲醛挥发的真正危险期，而我们只是勉强空置了一个秋天和一个冬天而已，到了夏天，在持续的适宜毒素发酵的高温里，我们怎么办？你瞧，我想我已经有了明显的强迫倾向，对一切都不信任，而固执地相信，危险，一定有什么危险埋伏在我的新房里，它会伤害我的孩子。

　　这个想法困扰着我，使我总是忧心忡忡，对乔迁之喜心生恐惧。我是一个母亲，我爱我的孩子，我当然不想他受到任何伤害，哪怕只是冒一点受伤害的风险。可我该怎么办呢？我们已经在临时租赁的促狭的小房子里挨过了三年，我们都希望早一点搬进宽敞舒适的自己的家，况且孩子一天天大了，他需要自己的空间，还有他的老外婆，不能每次都睡在客厅里。我们不能一面承担着昂贵的房屋租金，一面支付双倍的物业管理费用，白白空置自己的新房。理性的人都会选择立刻搬迁，我当然不能因为自己疯狂的想法让全家都跟着疯狂起来。

　　就在这个时候，我从一本书上读到一个有趣的游戏，我们暂且叫它"恐惧保险箱"吧。游戏的规则是，在你害怕时，把你所能想象到的害怕的东西统统写下来，写满一张纸，写到你再也想不出什么好怕的为止。然后把这张写满恐惧的纸藏到一个安全的地方，保证没有人可以看到可以偷走，就像对待一个真正的保险箱那样对待它。你把它锁在身后就可以上路了，尽管放心大胆地去做你该做的事情。等你做完这一切，再回去把恐惧取出来，你会发现，大多数你害怕的事情并没有发生。这是为什么呢？我想，因为恐惧已经被你安全地锁起来了。

我被这个游戏深深吸引，决定把我的恐惧锁进一个这样的保险箱。

我在键盘上敲下这样的字：

"我感到恐惧，我害怕我的孩子在新房里被那些看不见的有毒物质伤害。我害怕他幼小的身体受不了新房里那些崭新物件的种种刺激性，害怕他生病，害怕他离开我。"

我把它锁在了保险箱里。

现在我要做什么了呢？我为自己列出一张清单，告诉自己，如果你必须在短期内搬迁，你可以做以下的事情使自己安详宁静：

1. 每天尽量多开窗，保持室内空气新鲜畅通。

2. 多放一些可以吸附有害物质的竹炭包。

3. 多带孩子去户外活动，提高免疫力。

以上三条是我能够做到的，切实可行的方法，作为一个母亲，我有理由相信孩子会在我的照顾下健康成长。

4. 多抽一点时间陪孩子，尽我所能地爱他。

如果孩子最终会离开我（这是我强制自己触及的恐惧的底线），对于命运的这个裁定，我所能做的就是，在我还在他身边时，好好爱他。

5. 为孩子祈福。

我不是提倡封建迷信，但我相信人们需要一种类似宗教的信仰，这信仰，不管是信一个偶像，一个政府，还是一个神仙，它本身就是一种力量，支撑你继续坚持做那些你觉得也许不可能做到但永远有希望的事情。

6. 帮助别人，获得宁静。

我愿意引用美国心灵女王奥普拉的话作为我们去做这件有意义的事的注脚：

If you're hurting, you need to help somebody ease their hurt. If you're in pain, help somebody else's pain. And when you're in a mess, you get yourself out of the mess helping somebody out of theirs. （如果你受了伤，你要帮助别人减轻伤痛。如果你感到痛苦，你要帮助他人解脱痛苦。如果你的生活一团糟，就让自己去帮助其他处在困境中的人摆脱困境。）

我想我找到了战胜恐惧的办法，如果有一些事是我们不能拒绝的，我们就坦然去做好了。三年之后，我的孩子高高兴兴去上幼儿园的那一天，我会打开这个保险箱，把我的恐惧取出来，告诉他，因为你，妈妈决定不被忧虑和恐惧吓倒，你看你造出了一个勇敢的妈妈。

懂　得

　　一个初春没有阳光的午后，我缩在床角读一本叫作《丰乳肥臀》的书。楼下，儿子的呼吸细密而均匀，他躺在老外婆的臂弯里昏昏睡着，时不时传出一两声梦里的惊咤，又被他慈爱的老外婆拍拍脊背，有节奏地安抚下去。房间里空荡荡的，透着冷清，这是最寂寞不过的早春里不见阳光的下午。由于夜间需要频繁地爬起来哺乳，我母亲嘱咐我还是午后补上一觉的好。但我总是习惯在床前读一会儿书，好让自己困倦时睡去；也有越读越兴奋的时候，索性消磨掉一段午睡的时间，好在文字也能使我满足。今天读到第128页的时候，我开始觉得有一点糟糕，因为我发现似乎无力控制自己的情绪了。咬紧牙关继续着。可惜，待读到第129页的时候，终于便忍耐不住，合上书本悲恸地大哭起来。我当然记得自己是一个人在楼上安安静静地读书，楼下我母亲和儿子也都是安安静静的，如果我突然爆发出惊天动地的哭声，一定吓坏了这一对莫名其妙的祖孙。于是我只好咬着嘴唇苦着脸，哗哗地流眼泪，用十分的力气想象着书中悲惨的情景，同时又制止自己，小心失声。

　　为文字的想象而哭泣，比那种顾影自怜伤春悲秋的家伙还令人不齿。因为这种人愚不可及，明知道有一个叫"作家"的混蛋胡诌乱盖骗你的钱骗你的感情还就信以为真，不，你知道那不是真的，但你就是愿意为虚假的东西尽情哭泣。我泪眼婆娑地继续悲惨地想象，那因为饥馑、恐慌、寒冷和蹂躏，被压榨得流不出一滴乳汁的母亲的乳房，那肝肠寸断的，滴血的，卖儿鬻女的母亲，她的乳房被掏空了，嗷嗷的小畜生饿狠了，努着他饥渴的小嘴，却只能吮吸到蛛丝一样纤细的血丝儿……我的眼泪止不住地流下来，好像珠贝未及成串儿，骨碌碌地意外撒落了一地。

十五年前莫言大红大紫的时候，我没读《丰乳肥臀》，我相信那时候的我在情感上不配读这样的文字。莫言说，这本书献给我母亲，献给天下的母亲，若有人竟敢予以耻笑或者辱骂，那就请吧。我以为这是给我这样有了母亲身份的读者留了一条后路，其实他担心我们自以为是地对照作品、对照自身、对照生命进行情感投射之后母性泛滥，落泪成狂，遭到耻笑或者辱骂。

那就请吧。

那就请吧，我小声地对那些隐身的嗤笑者抗议着，真诚地感谢莫言这么"肉欲"的作品。我这么说，非情非色，无任何贬义，相反，我感谢莫言这么崇高，他让"母亲"这么崇高。忽然想起了张爱玲的一句话，"因为懂得，所以慈悲"。我本人不是很喜欢张爱玲，那个长着一张刻板而冷漠的长脸的女人缺乏温度，她喜欢动用她生满虱子的华美袍子般的语言，惹得众人竞相追逐。虽然她的语言拥有不二的刻薄精准，爱与不爱都充满人生荒凉的魅惑，但，她不是一个母亲，不会像一位母亲那样去爱，当然也不能像母亲一样被爱。不过，"因为懂得，所以慈悲"这句和胡兰成调情时说出的话，用在哪里倒也都合适。简直好像混搭风格的T恤牛仔，因为百搭，所以经典。是的是的，因为懂得，所以慈悲，因为身为母亲，所以我知道那两只对儿子来说像油润丰满的宝葫芦、像活泼可爱的小白鸽的乳房，多么温暖、多么美丽、多么珍贵。

我喜欢儿子像一台小抽水机一样，伏在我双乳间汲取我的样子，他的粉红色的小嘴衔着、叼着、含着、裹着那颗温柔的小红枣，志得意满满、不在乎地跷起他日渐有力的小腿，嗯嗯唧唧唶唶有声，他笃信，这口取之不竭的生命之井，只为他一人，如春水一般涨起来。这时你的爱连同乳汁一起气势汹汹地喷涌而出，这时要是有谁胆敢把你的宝贝儿抢走，你简直就会像头小母豹一样冲上去把他撕碎，摔在愤怒里！当然当然，不会有人抢走你的宝贝儿，他甜甜地睡在你的怀抱里，接驳着你的血脉你的精华，让你的心你的身体你的四肢百骸都变得柔软如棉。所以所以，丰乳肥臀，你看这个多么肉欲的意象，又是多么生动地崇高着。我看到母亲乳房上受尽侮辱的褶皱，我闻到母亲乳汁里草根和树皮的苦涩味道，我清楚自己为什么发出巨大的悲恸，我明白我为什么在这个初春的没有阳光的下午，为一个虚假编纂出来的故事落下滚滚的泪水。

　　我先生抓起儿子的小腿，用他的大巴掌对他的小屁股说，你要是以后对你妈妈不好，看我怎么收拾你！

　　儿子无辜地笑着，似乎在回答，她是我妈妈，又不是你妈妈。

　　我便也笑。

　　我想有些事情，只有做妈妈的才懂得。

日子和事业

日子挺灰色的，说不上好赖，有些事情瞻之在前，忽焉在后，就好像那颗不靠谱的太阳。自我感觉良好的时候我以为我是一挺好的妈，一时自省起来又发现全然不是那么回事儿。李航航小朋友不爱搭理人，上二阶课总是哭闹不休，搞得我这个当妈的很被动。在那么多气定神闲且为自己孩子的良好表现感到骄傲的家长中，航航妈回回闹得灰头土脸。这就不说了，寡人的脾气也不好，估计遗传，怪孩子倒不如怨自己一不小心配给小子一串奇人异士的基因。昨晚上小子吃夜奶，双眼紧闭，一副梦里神游的样子，当时以为他完全没有杀伤力，我也半闭着眼睛打盹，没着想咔嚓给了我一口，当时就把我给咬得一个激灵，想也没想一个巴掌撸过去，就听啪一个脆的，倒把我给打醒了，靠，我这是在打谁呢？哀家的儿子！心疼得不得了，又是想也没想，啪一个同等力度的打自己脸上。哎哟我的小乖乖，居然还在呼吸悠长地酣睡，巴掌对他没影响啊，放心了。

这，就是一个为娘的日子。

我很不尽心地过着日子，中午吃了一碗肉，两碗饭，觉得颇对不起昨天那个刚刚诞生的减肥的决心；下午送儿子回来，又半道折进 KFC 吃了一客冰激凌，一对德克萨斯鸡翅。满嘴油滴滴地回家，满肚子都是肥腻的欲望。我说什么好呢？不要对不起自己？

有时候我觉得我不能思想，思想的结果是错误的，所以不如不思想。比如我爸，他不怎么思想，他喝三四五六七八两酒，然后蒙头大睡，清醒的时候就侍弄两只狗。这使他的思维比较简单清晰，非此即彼，所以任何悖论对他来说都不困难，因为那全都是根本不存在的伪命题。多么纯粹的人生啊！我妈则更简单一些，她每天来我家上班，从早上六点半开始，抱着她的外孙子，一直抱到晚上八点半，或者更晚一些。她的职务是，姥姥。姥姥觉得人生无他，就是抱着她的外孙子，而已。

可是我不能这么简单，我一简单我爸我妈就要跟我急。他们说，你还年轻，你需要有自己的事业，你的路还长着呐。我就糊涂，究竟事业是个什么东西呢？我爸的事业是三四五六七八两酒和两只狗，我妈的事业是她的亲亲外孙子，那么我的呢？我搞不懂，这么多年一直都没搞懂。搞不懂就不搞了，乱搞没意思。

所以我到现在还稀里糊涂地过着日子，不很尽心，因为我知道这世上并没有确定的事业这回事。要是我到了我妈这个年纪，我就可以理直气壮地说，抱孙子是我的事业了。

飘　槐

　　这个春天我行走在春风里。每天我都路过这座城市里最美的一条马路，这马路在暮春初夏的阳光里尤其美。路边是遮天蔽日的法梧，新中国成立初期栽下的，每一棵都比我大，也许比我父母还要大。树比人强，越老越值钱，也丰腴了，也招展了，也越来越葳蕤兮翁湛湛了。这些老掉牙的法梧都有很健硕的枝臂，每条枝臂都伸出很长很满很旺的绿，结果马路两边的两排法梧就在空中相遇了，有了肢体接触的需要，纠缠在一起，把一条马路笼罩在一片葱茏之中。环卫工人这时候就骑在健硕的枝臂上，把那些新生的，毛茸茸的，还不怎么健硕的小枝小叶毫不留情地割锯掉，好像砍掉一个巴掌上多余的枝指，果断而坚决。空气中于是充满被割裂的树体的清芬，和纷纷的飘浮的锯绒。我一面极愿意用我的鼻子探嗅这好闻的树木的体液的味道，一面又无法不嫌恶地拿手掌在鼻子前扇乎着那些混在空气里无法过滤的锯绒。好的，与坏的，总是在我们面前一同出现，仿佛只有这样才能明证生活本身具有值得玩味的复杂意义。结果我选择放弃这痛苦的玩味。我抬头挺身去看另外一种风景。

　　路边，靠里的一侧，有古槐。它们也都很老了，腰比水桶还粗，五层小楼的高度，在这个季节里，打出满满的雪白的花苞。风一吹，飘落一地，于是雪落在温软的风里，阳光轻佻地在它们身上跳动。太好看了！我只能仰视它们，赞叹着，倾慕着，如一个痴痴地暗恋的人。我觉得我不是太高尚，怎么竟单单爱看落花。结在枝头的，成串儿成串儿的粉白骨朵，确也很好看，它们新鲜而丰腴，但是，我却更爱这消瘦了的、飘零在虚空中的残香。

正是四月末，槐花赛雪的时候。我记得四月初见它们时还没丝毫的动静，那时飘的是樱花，粉色的随风漾漾来去，也销魂得紧。只是，没有槐的清香。

槐是青白的，青的是枝叶，白的是骨朵，串串成珠，白葡萄似的垂吊在青枝儿里，容易让人想到小葱拌豆腐，入眼，可人的样子，想着便也可口。初夏的太阳，早晨的太阳，挂在身后，东边的光芒射透了水晶一样，哗哗地洒在地面上，又跳上来，捉住人的眼睛，让你看它流光溢彩的清澈。槐沉默着，也偶有私语，在你认真去倾听的时候，摇落一树雪在你的肩头。雪下有匆匆的，或者闲闲的人，来来往往，都有自己的方向和心事。他们不在意它，它却注视着他们，迎来送往的，用它的清白和清香。

槐下有 Q7，有 MINI，也有捷安特，还有套着老北京布鞋的脚。它们行走着，或者驻留，各有各的方向，还有各自独特的方式，奢华的，或者清贫的，青春的，或者苍老的……但是都沐浴着水晶一样的阳光，以及，落雪一般的飘槐，这是平等的。

槐下有幼儿园，一群一群苹果一样的红脸蛋常常在早晨的阳光中舞蹈。我常驻足，隔着铁艺的栏杆看他们，目光专注，赞叹着，倾慕着，就像看那些古槐一样。这时槐会同我低语，说，它们比我好看。然后飘得更轻盈，云飞雪落。

很快四月就结束了。然后雪便停了。

但我仍念念不忘。

第一次

在我们的生命中，有很多个"第一次"，这些第一次就像一块块里程碑，在我们风尘仆仆的途程上竖立起昂扬的标杆，如果你用心记忆，或许你用心记忆，它会怒放，手有余香；如果你不在意，或许你不在意，它便只能默默地枯萎，滴入尘埃。三十多年前，我来到这个世界的时候，第一次睁开眼睛，第一次哭泣，第一次得到老师的小红花，第一次考试作弊，第一次吃旺旺仙贝，第一次坐火车去旅行，第一次喜欢一个人，第一次尝到心痛的滋味，第一次忧愁，第一次自省，第一次给父母做饭……统统都不记得了。现在想想，是我没有对自己负起责任来。但是当我生下小航航之后，我对自己说，你应该让你和你的孩子在接下来的日子里有一点回忆的惊喜，起码，你记得，永远都记得，你第一次做母亲的样子。

于是我为我们录写了一本名为 THE FIRST 的小小的笔记，笔记的扉页上这样写道：

为什么

黎明总是从黑夜开始

新年总是从冬天开始

生命总是从哭泣开始

因为

黑暗让阳光更值得期待

寒冷令祝福更觉得温暖

而你的哭声告诉我

一定要给你

更多更多的爱……

这本笔记秘不示人。

我希望小航航长大的时候，能从这本笔记里看到妈妈对他的爱，一点一滴，涓涓地流了很多很多年，终于浇灌成这株栋梁之才。哪一个母亲不这样贪心地幻想啊！我的孩子，我的从身体里泌出的血的精华，终于，终于，长大成人，成为一个对社会、对国家，对人类、对我们的星球和浩瀚之宇有用的人。即使孩子不富贵，不显赫，不彪炳春秋，我们也希望他知道，这世界因你而不同，所以，所以，你是成功的，你成功地改变了这一切！

亲爱的孩子，你可能不知道，妈妈最难忘的第一次是？

没错，2010 年 9 月 3 日下午 3 点 36 分，你出生，护士阿姨抱着你第一次亲吻了妈妈。多么甜蜜的吻啊，妈妈每每想到它，还禁不住把自己的眼角打湿呢。

现在你已经八个多月了，时间真像一支小箭，倏一下就射穿了两百多个日子。

有你的日子，我们一边累着，一边笑着。姥姥最辛苦，她每天天不亮就起床，在你呼呼大睡的时候赶到你的摇篮旁，擦拭你的小房间。然后从妈妈手里接走你，打开尿布，洗干净小屁股，抱着你看太阳公公一点一点爬上来。直到很晚很晚，月亮姐姐接替了太阳公公的工作，姥姥才下班，一身酸痛，眉眼里都是疲惫。但是姥姥第二天依然比太阳公公起得还要早。

姥姥是妈妈的妈妈，很多年前，姥姥抱着妈妈，现在，她抱着你。因为姥姥爱着妈妈，所以她也爱着你。并且因为有你，姥姥的爱更漫长。这漫无边际的爱呀，使我们的小航航又白又胖。他会笑了，他会翻身了，他会坐起了，他出牙了，他会打"哇哇"了。他使我们做了妈妈，做了爸爸，做了姥姥，做了姥爷，做了天底下最幸福的人。

这是小航航出生以后的第一个母亲节，我满心欢喜。我起床，我梳洗，我歌唱，我在歌声中独自开车去环游我们的城市。在初夏的浓荫下，我向路边一意招徕的花贩买下一束康乃馨。花未竞放，我知道，只要给它足够的清水，第二天，它就能回报。

这是我的第一个母亲节，现在我很清楚地记得了。并且知道，在很久很久以后的某个日子，我白发，我齿摇，我颤巍巍的那一天，我还能够很清楚地记得它。

妈妈再喂我一次

三天前的早晨，我抱起儿子，请他最后一次躺在我的怀里，吃妈妈的——乳汁。

老外婆在一旁絮叨：快点吃吧，快吃吧，你妈最后一次喂你了啊。

我的眼窝子有点热，事实上，为了这一天，我已经不争气地流过不止一次眼泪。就在昨夜，夜深如水的时候，月光洒满床头，我抱着我的孩子，贪婪地看他吞咽的样子，我轻轻地对他说：宝贝儿，就这样了吗？哦，我的宝贝儿，妈妈真希望你能永远这样恬静地睡在妈妈的臂弯里。可是，你终究要长大的。你长大了，妈妈就不能再用温暖的乳房绑架你的依恋了。

人家说，断奶是个大事儿。而在我心里，这简直就是一项很郑重、很神圣、很挑动神经的重大仪式。为了这个仪式，我准备了很久，很久，久到我再也不能承受这份心情的拉扯了。

那一天，我久久地凝望着儿子粉嫩的脸蛋儿，望着他两瓣樱红的嚅动的唇。我知道从此再没有机会如此负距离地揽着他，与我的乳房相纠缠。孩子渐渐大了，尤其是男孩子，我怎能以我母亲的身份诱惑他继续幼稚下去，阻断他的成长？但是在我心里，是多么不舍啊。我舍不得他紧紧贴在我胸前，饥渴地吞咽的样子。我舍不得他娇憨地搂着我的脖子，硬生生往我怀里钻的样子。我舍不得他见到我就媚笑，就扑上来寻找温暖的乳房的样子。在他的小小的心里，乳房就是他的温饱，他的安全，他的感动，他的依恋，他的母亲吧。但是，我却要狠下心夺走他的一切了。为了他能够长大。

这真是做母亲最矛盾的心情啊。

我真怕他苦恼的、焦灼的、寻找我的样子，我真怕他哭闹的、伤心的、看不到我的样子。我尤其怕他，没有了母亲的乳房之后，对母亲不再那么依恋的样子。是的，我害怕我的孩子长大以后，忘掉了那种强烈的需要我的感觉，我将是多么凄哀和酸楚啊。

但是，为了他能够长大，我决定——离开。伴随着这悲壮的决定的，是悄悄流下来的眼泪。是的，先于孩子断乳的阵痛之前，母亲先痛了。

把儿子送回我母亲家里以后，我终于放声大哭。在昏暗的地下车库里，在摆放着婴儿床的空房间里，我哀哀地流泪，发出受伤的母兽般的声响。我知道我在舔舐自己的伤口，不单是为了这短暂的别离，还有，还有那些永远不能再回来的亲密特殊的日子。可是，我是一个母亲啊，我马上想到，母亲的职责可不只是到断乳为止呢！我要为我的孩子做更长久的打算，教育他善良，教育他勤勉，教育他正义，教育他为自己的明天争取和奋斗……所以，孩子请原谅，妈妈不会再给你喂奶了，但是妈妈会学着把最甘美的思想的乳汁灌溉在你的心田。有一天你成为翱翔九天的大鹏，如果你还记起，也许你并不曾忘记，妈妈在不舍之间，舍你而去，是为了让你，成为今天的你。

051

别　离

有一天我看到儿子哭泣着呼号"妈妈"的样子，那时他在门里，我在门外。他在老外婆的怀里挣扎着要扑出来，扑到我的怀里来，好阻止妈妈把他丢下来独自去上班。小人哭得凶猛凄厉，我奇怪这小小的胸腔里怎么能够发出那样激越霸道的声音。但是，他真的哭了，看到妈妈离开，他很伤心地哭泣起来，为这短暂的别离。

一路上我不断回想他小小的、伤心的样子，他的小小的、受到伤害的心灵，怎样才能得到平复？他会记恨我的"无情"吗？我这样当着他的面绝裾而去，到底对不对呢？

也许有人会以为我大惊小怪小题大做，孩子哭闹着不让妈妈走，这实在是太正常不过的一件事情呀，怎么偏偏你会想那么多呢？

是的，我承认我是一个"想得很多"的妈妈，从孩子在我的肚腹里以一粒种子的形态存在那天开始，我就为他设想了很多种可能，为我们的关系和相处的方式设想了很多种可能。我明白，并不是我们生下了孩子，就知道如何做父母。那些自以为生下孩子就天然地获得了父母的身份和地位，可以权威地教导孩子的想法，实在是可笑的。我必须科学、客观地看待我自己，难道我不是因为这个小人儿的到来才做妈妈的吗？那么我的"妈妈"的身份，其实和这个小孩子的年纪一样大啊。凭什么我就知道怎样做母亲是错的？怎样才是对的？怎样对他是好的？怎样对他是不好的？我和他一样在成长，一样在成长的路上摸索经验和感悟生命。我们一同学习着长大，我并没有比他更优越一些，也没有什么可以想当然的。所以，当我生硬地制造了离别的场面，使他伤心大哭之后，我非常内疚，总想是不是能够找到更好的方法让他接受离别？

面对离别时孩子的反应，其实我心中是有一些自私的欢喜的，我想我的孩子那么在乎我，这是多么亲密的感情呐。但同时我意识到这种沾沾自喜使一个母亲愚蠢地暴露了，她实在不能有资格获得孩子全部的依恋。孩子一天天长大，他当然要学会面对人生的离别。这是一件残酷，但却必需的事。我本人也是一个非常害怕离别的人，害怕聚会后的各奔东西，害怕团圆后的两地相思，害怕生命尽头的诀别和分道扬镳的决裂……我知道离别对一个人造成的伤害，就算你忍住不哭，你的心也会裂开。一个人如果不及早地培养面对离别的免疫力，他会终身痛苦；但是让一个孩子生硬地面对离别，又会对他幼小的心理造成伤害。即使是妈妈短暂地离开吧，是否也需要一些策略？毕竟他的情感那么幼嫩，和他吹弹得破的皮肤一样需要更加细心的呵护。

也许我可以试着和他玩躲猫猫的游戏，我说宝宝你看妈妈马上就要藏起来了，你找得到吗？也许我可以给他布置一个光荣的小任务，让他把玩具收拾整齐，等妈妈回来检查是不是完成得很棒。也许我可以跟他说，妈妈现在要出去打猎呀，你在家里帮妈妈守着我们的山洞，不要让大狗熊钻进来，等你长大了，就可以帮妈妈一起去打猎啦！

你说这样我的宝贝会不会爱上离别？每一次离别都是一个相聚的起点，他可以多么有趣地等待着，等待着妈妈回来！

教子无方

　　寡人有个小小的习惯，写小文章的时候，喜欢开头来上那么一段小小的、差强人意的插曲，小小那么渲染一下我多么无奈（有时是多么欢喜，有时是多么悒郁，有时又是多么悲愤，总之是喜怒无常），人生的几多滋味便都在里面了。比如天气就是个很好的话题。比如今天我要说说这个天气，它很富于变化，清早起来薄薄地洒了一层雨水，刚刚好把地面润潮的那种。然后老天悲怆地憋屈着，一整天乌云压城城欲摧。可是偶然又叫活泼的阳光撩开一些黑魆魆的云，于是天光很有点掩嘴而笑的意思，叫人以为明亮炽烈在今天其实也很值得期待一番。然而转瞬，只是转瞬那样短的时间，一阵灰色的风吹来，关于明亮炽烈的期待就又只能变成微凉的记忆。大家抬头看到的，依旧是苍茫的天空，苍茫得叫你顿觉化为一粒尘埃。

　　我在这苍茫的天空下，思考着一个很严肃的问题：如何教育孩子？这一思考，就让上帝笑得花枝乱颤，几乎洒下几滴泪来。然而终究，上帝没有落泪。大约上帝以为一个母亲如此慎重而隆重地思考这个问题，可笑归可笑，尚且倒还有些余地，究竟不比另一些自以为是的哲学家和思想家。他笑得便有些节制。

　　我感念这上帝有节制的笑意，知他慈悲，可怜天下做父母的心肠。

　　然而我却不能对自己太慈悲，我疾言厉色地诘问自己：究竟你是孩子的母亲，还是另有其人做那孩子的母亲？你竟要别人来教坏他吗？这一喝问，有点灵魂出窍的意思，在我心中，实在不能甄别，究竟是我的教育重要些，还是环境的教育重要些。怎么除我之外的他者，他爸爸、他爷爷、他奶奶、他姥姥、他姥爷、他叔叔、他阿姨……还有那么些个自称"老师""专家"和"教育工作者"的家伙，统统都有自己的说法，而我竟自不能把他抢到我的怀中来，紧紧搂住了，不让他们来教唆，不，是教育他。

这母亲很是苦恼，很是苦恼。

这一天他姥姥颇有几分炫耀地同我这当妈的说：前日他叫小物什夹了手，许是痛了，哇哇地哭，我就与他说，你不要只是自己哭，哪个东西夹了你，你去找他算账去。小子果不哭了，转身去指指点点那物什，似谴它造了孽，竟很有点小小男子汉的意思。老外婆的得意叫我哭笑不得，我说你这样教他，可是叫他好歹不分了，若是以后他自己不小心冲撞了别人，竟还要倒找人家的麻烦不成？老外婆振振有词说，那又是另一番话，难道叫我孩儿跟人前装孙子？他爸爸一旁拍了大腿高声和道，此言有理，有理之极！他姥爷听了兀自也颔首一笑，倒是我做了个不识好歹的人似的。

话至此，理短气虚的母亲只好避让了。但我心中实在憋屈，有意坚持，却觉此举苍白无力，我转身放个屁的工夫，他们也"教育"了他，难道我把孩子重新塞回肚子里去藏严实？所以思量来去，还是不坚持罢了，以免家人不睦。我是不怕自己徒劳无功的，我把教育的面具撕开，再扯出里面的心肝来，这便透亮了。我不能将他塞回肚腹中，所以我只能由他在自己的地面上生长，这地面上有水分和养料，有阳光和雨露，自然也有风霜和雷电，还有莫名其妙的叵测的灾害和侵犯。我尽我的力量教给他生长的技能，并解读生命的意义，但我必要放他自己去生长，并体悟生命。他身边的一切，他爸爸、他爷爷、他奶奶、他姥姥、他姥爷、他叔叔、他阿姨……还有那么些个自称"老师""专家"和"教育工作者"的家伙，统统都在他的土地上天然地存在，我有什么理由驱逐他们，不让他们产生影响呢？我也是这样生长的，未必我就受到不良影响严重扭曲了。他的老外婆，也是我的母亲，曾经教育了我，我如今是一个怎样的人？我误入歧途了吗？我荒唐透顶了吗？那么我有什么理由不放心老外婆去影响他呢？他是一个健康的孩子，就像一棵健康的小树苗，天然有抵御病毒和侵扰的能力，这珍贵的抵抗力值得我去用心守护。有心却无痕，默默地看着他，就已经足够了。

我承认我是教子无方的，却也并不惭愧。思忖再三后，轻笑以自嘲：真正的高手，手中无须有剑呀！某教育学专家说，我有个人人都夸赞的女儿，说起怎么做人，现在很多小孩子都很有一套，我女儿呢，也有她自己的一套，没有技巧就是她的技巧。单凭这句话，我便很欣赏这个教育者，不是因为她专家的身份，而是因为她是一个母亲。我想，没有技巧地做人，当是从没有技巧地教育开始的吧。

航母的骄傲

航航十个月的时候，我开始为他的周岁生日准备礼物，将我怀孕时写下的一些无稽文字整理成册，然后结集出版。结果在写序言部分的时候我发现自己居然可以自称"航母"。这一发现让我非常惊喜。航航，我的航航，我当初给他取名的时候，只是想让他飞得高一点，走得远一些，没有想到我的儿子能让他的母亲拥有这么骄傲的称号！

好吧，从此航母的骄傲如奔流的江水，浑浑厚厚浩浩荡荡。

十个月时航航已经学会了叫妈妈，他会把小脸凑到我的耳边，吧嗒来上一口："妈妈。"十个月时航航还学会了辨认我的座驾，他会凭借他小小的、原始的推理指出街面上所有红色的小汽车，然后说："妈妈。"航航变得很缠我，从根本上打破了我对他断奶之后便不再依恋我的担心。原来小孩子也并不只是贪图口腹之欲的，在他小小的、纯白无辜的心中，有奶的那个是娘，没奶了，也依然是娘啊。从此，航航跟着我，再不是循着我身上的奶香，而是循着真正的依恋。他紧贴在我的身上时，我的颈项和腰肢皆是他缠绕的对象，他小小的、柔软的四肢就这样如藤蔓扎根在墙壁上一般张牙舞爪地攀缘上来，像足了一只大壁虎。

通常他爸爸是抱他不走的。他见爸爸过来抱他，定然飞快地把脑袋深深埋进我的怀里，只露个屁股出来。爸爸说，你是鸵鸟吗？

小家伙便嘿嘿地笑，把脑袋埋得更深，屁股翘得更高。偶尔爸爸一定要行使他的权利，老鹰捉鸡仔一样将小子一把抓过来。结果总是惹得小人儿哇哇大哭。然后爸爸不得不兴味索然地放下他，他旋即手脚并用吧唧吧唧飞快地爬过来，一边爬一边喊妈妈。爸爸就不忿地说，真是忠实的走狗。

十一个月的航航，果然越看越像条小叭狗，他爬起来灵敏而迅捷，能够准确地找到目标，然后迅速攻击。他两只小小的膝盖骨由于地板的摩擦而渐由白皙变得通红，像是兴奋的夕阳灼透的两片小小云彩。我总是心疼地抱起他，而又不能不由得这精灵一般的孩子瞬间挣脱我的怀抱，再一次执着地、兴高采烈地、甩着一对小巴掌吧唧吧唧地向他感兴趣的物件飞快爬去。我心知这是一个孩子最快乐的时光，我唯一能做的，就是以一个母亲的温柔目光注视他的快乐罢了。

夜晚悄悄地来临，给城市披上梦幻一般的霓虹纱衣。我家的窗，正对着这座城市最繁华的夜霓，我抱起孩子，指着对面耀眼变幻的彩虹对他说，宝宝，我们要睡呼呼了。于是母子相拥着去那张被夜色涂上梦幻色彩的大床上躺下。我丢给他两根束发的皮筋或是一只便携式电筒，他便可安静而饶有趣味地在一旁玩上四十分钟。我便也安静而饶有趣味地凝视着这孩子四十分钟，直到他甜甜地睡去。夜色如水，轻笼着他清秀精致的眉眼，母亲心中的爱和感动几乎要让她落下泪来。我总在想，这孩子的美好，是我一人独得了的，因为那个爸爸，总是在宝贝儿入睡后才回家，又在小人儿尚还熟睡时离开。所以在这世上，人人都知道航母，却没有航父一说。那个近乎是隐形的爸爸，又有什么理由嫉妒航母拥有她"忠实的小叭狗"呢？我这骄傲，实在是独一无二呀。

我"可爱的小叭狗"，多么美好的记忆，就这样被孩他爸醋意十足地酿造出来。

我的小男人

　　儿子一岁了，几乎是未知未觉间的事。那天，我问他，如果有人欺负妈妈，你会保护妈妈吗？他咿咿呀呀地答，姥姥在一旁"解释"道，这是说如果有人欺负妈妈，你就会揍那个家伙是吧？小子又咿咿呀呀地答，答得很认真的样子，让我几乎要笑着流泪了。

　　这一年里，或说，这一年又十个月（坐胎的时间）里，我与他朝夕相处的日子，让我相信这小男人于我是意义十分重大的依靠。那时我将他揣在怀里，寸步不离，别人看到我臃肿的肚子，都觉是个负累，循常理度之，这必然是个辛苦的母亲。然而我却从未觉得辛苦，即或是浮肿得像一只水袋，或者呕得翻江倒海，心里却要感激他。我总在想，究竟是谁给了谁新的生命，这倒是个问题。及至他从我的肚腹里钻出来，我越发觉得深切，知他的柔软和馨香皆是我新生的感动。有时夜间俯下身去轻吻他呼吸匀实的梦，鼻翼间翕动的是奶油般醇醇厚厚的味道。就想这小人儿是奶油烹制的吧，否则怎能肉里骨里血里髓里皆是诱人的香甜？一时间倒惶惑了，只觉自己不配，这蜜一样奶一样丝一样精灵一样的天使，怎能是我的手笔？那必是出于上帝的手，再神奇不过。

　　他第一个生日时，我为他写下一段话。这话在我舌间辗转了多日，终是郑重其事地落在信笺上。因我想，我必要郑重其事地写下它，并不因为他是一个孩子就可受到文字的怠慢。他或不懂这文字，却晓得这文字的分量，全是浸润了他母亲的爱的。有一日他可轻易地读懂文字了，拿出这方笺来，我们都觉幸福无比。那时想必他爱自己、爱他人，也是得心应手的。

我说，亲爱的孩子啊，今天你一岁了，一年前的今天，我们迎来了天使一般的你，从此这一天，成为我们生命中最最重要的纪念日。我说，我们希望你健康快乐地成长，用我最深、最浓的爱呵护你，予你最大、最多的童年的福祉。我说，我要看着时间把你变成强壮的小伙子，我的孩子，这是我一生顶重要的事。是的，我说，让我看着你，从一个男孩变成一个男人。

日子过得很平，甚至某种意义上说，过得很贫。每天日升月落，吃饭睡觉，除了躺下，似乎没有更加重大的事。关于人生，表述起来总是一如既往的费劲，也是，这一坨，你说它沉重或者轻飘，都是相对论的结果。于是只要不比较，你总是分量合适的。唯一精心去做的一件事，就是陪儿子玩。除此之外都是敷衍。儿子是不能敷衍的，他一天与一天不一样，倘若过去的这一天我敷衍了他，那么我便错过了这一天的他，这于我定然是十分重大的损失。我这样爱计较的母亲，绝不肯吃这样的亏。

我见这小男人长大，只觉日月如梭。先前没有他的时候，岁月竟似是无痕的，以至于蓦然回首，方知自己糊涂长了几十岁去。有了他之后，一切硬是不同，岁月的刀痕如此深刻，一笔一画都要嵌进我的血肉里、髓骨里，好像他动一动，我便痛一痛，这样记住了他的第一次翻身，第一次出牙，第一次叫妈妈。

小孩子好奇心重，遇见小洞小孔小口就使手指去抠去戳去捣。好像这些小洞小孔小口里，皆有他隐秘的宝藏，而这一抠一戳一捣之间，自是十分有趣。有时我便躺在床上，让他的小手指在我的肚脐上得意地"进攻"。他咯咯地笑，好像母亲的肚脐确是很有趣的所在。我看他笑得烂漫，心中却是百感交集，恨不能将他团团揉了，重塞回肚子里去，只怨他一眨眼的工夫怎么就这样大了呢？

　　我的小男人这么一天天长大，看得我心酸。因为我想我就这样一天天看着他长大，看着看着就把自己看丢了，如果有一天，他长大了，烦了我这么看他，我可怎么办？好在那应该是十几二十年后的事了吧，十几二十年后，我已经是个老太婆，我坐着摇椅慢慢看今天写下的文字，我的小男人。

第一辑　流光里

九月的感动

　　九月，我家先生去了西藏。周遭人都劝，说此去艰险，奈何人言皆不入耳，颇有大唐和尚取经的气概。他去时又不曾坐飞机、乘火车，只沿川藏公路开了三辆越野，十分张狂的样子。他说那是他的梦想。一样东西，但凡上升到梦想的地步，就不好打消其积极性了，捎带其张狂，也是不好打消的。就由他去，这似乎也是一个做妻子的素养，能够忍耐丈夫的乖张。去后三五日无话，发来短信，无非是路上的见闻和风光，倒是合他贪玩的脾性。我只整日收集他发来的图片，说是上到四千米了，四千五了，五千了……那广袤高原上是有无限风光的，但到了手机上却也稀松平常，若说那是收敛的淡然吧，又辜负了先生那炫耀般的得意之情。我只偷笑，不曾说破。

　　忽一日，早，被短信惊起，又是先生的。我先是笑他的"勤勉"，看后却不免收敛起轻薄的笑。原来他祝我结婚纪念日快乐。我这才一拍脑瓜想起来，是这个日子。想想看，竟放他这么远了，且又这么轻易的，倒似乎很是对不起我们那很不容易走过来的一段路。念到此处，眼角就有些湿润。只是这日子是不适合流泪的，转过身去，洗漱待毕，先已忘了，便一径去上班。这都是按部就班的事，倒不曾忘。

　　到办公室看了一会儿稿子，便闻得有人提着我的名字在门外打问。唤她进来，却把我喜得措手不及。原来是捧了一大束玫瑰的花店小姐。她同我轻声细气地说了花的养护细节，且自去了，剩我一人在那搓着手，雀跃得不知向谁说去。

展开先生留下的卡片，他说他人在西藏，却有心牵系老婆大人的。他祝我"扎西得勒"。

编辑部里的编辑们都已经老掉牙了，大抵一生没遇到过浪漫的事，只在编小说的时候，指指点点男男女女的故事是"文学"或者"不文学"，看到这玫瑰，唯唏嘘而叹。我也觉得确实不容易，给老婆送玫瑰的男人，勇气和耐力都让人唯有唏嘘而叹了吧。

这是九月，感动还不止这一桩。我是说，九月里做了新娘的我，过了两年又做了母亲。这一下，九月成了我专为匍匐于神灵的脚下感恩的季节。我看到先生的殷勤，看到儿子的明媚，心中是满溢的。一个女人，她要什么样的生活呢？我生性懒惰而怯懦，似乎不爱争取什么，实则我的生活已经很满，我有什么余裕去争取？争取来了又放在哪里好呢？

这一天大风，把夏末的一点温存一下子就吹散了。街头便是深秋瑟瑟的情景，居然还有人套上了棉袄。我把一大捧玫瑰掮在肩上（捧不过来），迎着暴虐的风，任它将我连同这玫瑰吹得招招摇摇。很滑稽地穿过街市，拦下一辆出租，我把玫瑰花放在与我平齐的座位上，这样先生就坐在了我身边，我们一起回家。

家里人开门时吃了一惊，因我的脑袋全被这玫瑰抢占了去。儿子却一副无风无浪的表情，很平淡地吃着他的午餐。我心里说，这傻孩子，不知道玫瑰的好处，全因为它每年开得热闹，他才来到这世上呢。不过，有一日他晓得玫瑰的利害，倒是我做母亲头痛的时候啦。我笑着抚一抚他的头，把他抱在臂弯里。他咯咯地笑着，洁净得如一滴纯净水。

我要怎样形容我的儿子呢？他总是如奶油蛋糕一般香甜诱人，我每天啃上若干口也还不尽兴。央着他也来啃我，他有时答应，有时不答应。他如愿意，轻软的双唇一靠近，便将我的心溶化了，接着这贪得无厌的母亲就更加野蛮地啃上一番。我想这孩子真是尤物啊，叫我欲罢不能，有时简直不能容忍他的长大，因为一个母亲总是对"被掠夺"怀有惊恐的敌意。然而他终究是渐渐长大了，离开了母体，接着断乳，接着从我的怀抱里挣扎着站起来，摇摇摆摆要走出去的样子……这正是这个九月里，他一周岁的样子啊！我只有含泪而笑，依依地目送他走出去。

　　风不断，带着哨，把这些年的画面都吹翻了，哗啦哗啦地，你看得越清楚，越是要落下泪来笑。

血　缘

　　有心让自己放松一下，歇了许多活儿。压力是自己给的，自己歇了劲儿，就是只破气球。这只破气球在这个夏日的午后有些无语，儿子睡了，妈也睡了——这么表达有歧义，其实是我妈带着我儿子睡在屋里的凉床上，而我抽这么个空，对着空白，发神经。人有时候就这么无聊，一会儿空白都无法忍受的，他不能忍受自己的不存在，就得找个法儿确认自己的存在。我觉得我码字儿就是在确认一个存在的符号。

　　说点儿什么呢？汇报一下工作生活吧。我不像我爸，我成年以后就没再抱怨过命运。我指的是思想成年。我爸一辈子思想没有真正成熟过。作为女儿，这么说有点欠抽，但我确实这么认为。他糊涂，一辈子具有孩子般懵懂的偏执。说他老天真，还优化他了，事实上他世故得一塌糊涂。表述越来越具有歧义性，很难懂是吧，嘻，语言是个浑蛋，说什么不是什么。那么姑且按你认为的那样去认为好了，我接下来要讲的其实不是我爸爸，而是我。我说我爸爸其实是为了引出我——多么浑蛋的命题，说这么一圈儿，我是不是想说，我和我爸爸一点不像？

　　嘻，怎么会呢？我身上流着他的血，我和他可是太像了。就好比我现在，这么自以为是地自说自话，完全是老头子偏执的遗传嘛。只不过后来他老喝酒，把脑子喝坏了。可是我也好不到哪儿去，我老写东西，把脑子写坏了。也就是今天中午吧，午饭的时候，我爸爸跟我说闲话儿。他说你的眼镜还是那个度数吗？你今天早上又看了一早上书吗？你有没有歇一会儿？我觉得老头挺可笑的，他这么问我，好像我还是个小孩儿。就有点敷衍地说，可不就那个度数嘛，老都老了，度数上不去了，再老就该改老花镜了……但是我现在写到这里的时候，忽然觉得，我真的还是个孩子。我觉得眼角湿润，视线有点模糊。

一个人是没有两个爸爸的，除非你妈搞不清楚状况。在很清楚的事实认定之下，我们必须善待我们的爸爸。我有时候也对我爸爸很生气，因为他老爱喝酒，把自己喝得神经兮兮。可是我自己又好到哪里去呢？我还老爱写东西呢，把自己写得神经兮兮的。但为什么大家都认为我写东西是好的，可以原谅的，甚至是应该支持的，而他喝酒就是坏的，难以原谅的，应该批判的？难道我们大家脑子都不太好使？

现在我来说说我儿子。我儿子生下来以后，从没有人说他像我。我很生气。我的儿子，怎么可能不像我呢？但是偏偏，大家都说不像。不像就不像吧，不像也是我儿子，我坐了十个月的胎生下的一只肉球，谁能抢了去？有一天，也就是昨天吧，他一调皮，把被子从床上胡噜到地上去了。他爸爸一见，横眉那么一吼：把被子放回床上去！儿子不理，依旧嘻嘻哈哈的，大约以为这是一种游戏。他爸爸再吼：快放回去，不然我要打屁股了！仍不理，索性还上去踏了几脚。这回爸爸急赤白脸了，冲上去把儿子三下五除二扒开裤子掀翻在床，啪啪啪一顿脆的。儿子很响亮地哭起来，喊妈妈，往我身边跑。我觉得这时候护着他不合适，就扒拉开他试图爬进我怀里的手和腿。我说你快把被子捡起来吧，不然爸爸一生气还得打你。他不。那边爸爸已经勃然大怒了，很粗暴地拽过他，捏着他的下巴声色俱厉地吼：不收拾你不知道这个家里还有个专门收拾你的！这一系列动作都太暴风骤雨了，儿子幼小的身躯被他爸爸胡噜过来胡噜过去，简直像揉捏一块橡皮泥。儿子眼里闪着泪花，瘪着小嘴不说话。但是无论他爸爸怎么大声地吼，怎么大幅度地拎捏他，他就是不把被子捡起来。这么小的孩子，居然知道跟大人对峙！我看到他又弱势又绝望（以为妈妈不会来"救"他了）的不屈眼神，实在于心不忍。太简单粗暴了！我伸手把他抱过来，让他坐在我的膝上，和和气气又深明大义地对他说，爸爸刚才打你了吧？他委屈地点点头。我说那爸爸为什么打你啊？他不说话，大概知道这是短处。我就替他说，爸爸打你是因为你做错了事情，把我们睡觉用的被子扔到地上了。好了，不哭了，现在你跟爸爸说对不起吧。他很乖地说了声对不起，但显然不是对爸爸说的，他的脸对着空气，说对不起完全是因为我紧紧抱着他，我柔软的包围让他愿意柔软下来说一声对不起。他以为说了对不起就完事了，接着去玩身边的电灯开关，灯一会儿明一会儿暗，他嘻嘻笑了起来，脸上还挂着泪。他爸爸严肃地对他说别以为这样就完了，你今天不把被子放回床上去，看我怎么治你。样子凶神恶煞的，看起来又要动手。我忙对儿子说，你看你做错了事情要改正，现在妈妈帮你把被子抬回去好不好？他先说了句"不要"。我觉得"不要"是儿子的口头禅，叛逆期小孩对于大人的话总习惯有个否定的姿态，所以我又提了一遍建议。这回他想了一想，同意了。然后我和他一起"嘿咻嘿咻"把被子抬回了床上。

整个事情解决得还算圆满，我倒并不觉得我这个母亲的角色扮演得有多么好，我只是感觉到孩子对于惩罚也是有自己的表态和发言的。虽然这表态和发言只是那么几枚微弱的眼神和简单的身体表情，但是他似乎已经知道个体遭到惩戒是对尊严的一种损害，所以他要努力维护他的自尊，他的拒绝和对峙多么像一个钉子户面对强拆时的表演啊，弱势而近乎绝望的，但决不妥协。原来生活就是这么一种符号表演，从上到下，从小到大，我们都一直在演绎这种模式化的命题。这几乎是一种生命的本能。

顺带说一句，据儿子他姥姥，也就是我妈说，我像我儿子那么大的时候，也就一岁多点两岁不到吧，有一次把家里装花生米的罐子胡噜倒了，我妈命令我把花生米都捡回罐子里，我也和今天的我儿子一样，不依。不光不依，还激烈到拿自己脑袋往墙上撞，撞得咚咚有声（这么小就知道自残以自卫了，这表演是过火还是过于优秀）。据此，我有理由认为儿子今天的表现还算温和有礼。毕竟他有一个更离谱的妈。

祭爱犬

其一　再见，小鱼儿

壬辰年冬，十二月十五，丑时，吾鱼儿殁。

举家齐悲。

冬天真是个萧瑟的季节。我记得很清楚，九年前的那个冬天，是我把鱼儿揣在怀里，蹑手蹑脚带回家的。那时它卧在我的巴掌里，雪而绒的小身体颤巍巍的，使我抑制不住把激动的目光放出疼爱来。可惜这疼爱这样不负责任，时间不长，我便将它忘在脑后了。在求学、工作、人际的倾轧和世俗的钻营、建立我自己的小家庭和生养小孩子等等宏阔的事件背后，它渐渐变成压在箱底的一件旧衣裳。直到九年之后，我哀哀请求地对已经奄奄一息的它说，让我再抱抱你吧。那最初来自于一个孩子对小动物的好奇的不负责任的爱，终于化成泪水，打湿了我的旧衣裳。

我非常自责，是的，我心爱的狗狗，我懂你的心事。

最初看日本影片《狗狗心事》时，我哭过，可哭过便也就算了，因为出了电影院，我还要谈恋爱，还要写单位的总结报告，还要参加朋友的聚会、策划假期的旅行……我总是那样忙，忙得看不到我眼皮底下的鱼儿。而就在那个时候，鱼儿是不是已经把它的心事"主人，你有你的世界，而我的世界只有你"刻在了我不负责任的心上？我其实就是那个不懂事的日本小女孩，因为轻易地"爱"，圈养了一条鲜活的生命。

这一天，父亲为鱼儿穿上了它生前最漂亮的小褂，红色。我想，那明艳的颜色一定会伴它在另一个世界调皮地跳动，就像初来我家时，那娇憨扑跌的雪绒球。

母亲嘱父亲买来两包冰糖，她说，它最喜欢吃。她记得它每日清晨在床前嗷嗷待哺的急切样子，像个小孩子，把小手小脚全都举起来，哼哼唧唧地唤着，叫你不能拒绝宠爱它。

是的，我们都爱你，亲爱的小鱼儿。

生命这个话题，其实是不能轻易触碰的，它若非鲜血淋漓，便不能得到真正的诠释。然而正是由于看到了它的沉重，我想把眼泪织成一匹明亮的锦缎。

这么多年来，鱼儿是我们家的一员。它在我的忽视下陪伴着我日渐衰老的父母，甚至代替我承欢膝下，我多么感谢这可爱的宝贝，精灵一样的小东西。九年，对于人的一生来说，也许并不漫长，但鱼儿用它一生的长度贴补了我们的感情。从初来我家时睡在父亲棉拖里的幼仔，到惺惺弥留的老狗，鱼儿给我们带来了欢乐、烦恼和悲伤。这些人类的复杂的感情最终都没能羁留住它，它穿着我母亲亲手织的红绒衣，带着它心爱的糖果，去了另一个世界。

父亲说，它将埋在我家马路边的坡地上，那里有它的好朋友，宝宝、当当、溜溜、小虎……所以我想，它并不寂寞。

并且因为这一天有如此明亮的阳光，所以我想，它很快乐。

这天阳光很好，照在我家马路边的坡地上，闪闪发亮。鱼儿先去了那里，它的生命的长度提醒我，其实一切都不是必然，又皆是必然。一条生命的消逝不在于它肉体上的消灭，有一天，把这生命装在心里的人也消逝了，所有的一切才终于尘土。那一天，我想，我们都已经在那个世界，鱼儿，安弟，我的父亲、母亲，以及，我。我们又是一家人。

其二　致安弟

上

时光荏苒之处，离别总是不期而至。

犹记十年前的安弟，茸茸一团。那是夏天的一个傍晚，我把他带回家，丢在盆里，他便没心没肺地呼呼睡去，死狗一般。

十年是跳跃着把记忆挤出去的。现在他已经老了，病了，朽了，行将就木。

我不忍看他苟延残喘的样貌，他年少时鲜衣怒马、斜倚桥头颠倒众生，现时却连最老的母狗也不愿瞧他一眼了。死亡的气息裹绕着他，这是拒绝的气息，放逐的气息，绝望的气息，叫人不得亲近。

我想这样也好，他去天堂找他的鱼儿妹妹，便又可骑马绕青梅。

今日阳光还好，霾是霾，光是光，我们一样地呼吸，不曾就此不活了。时间依旧往前，不因何人何事何物驻足，这便也好，悲伤不可那样沉重，离去只是为了换个地方再相遇。

时光匆匆，脚步匆匆，心情匆匆。在那片向阳的坡地上，掩着小鱼儿的青冢，很快，那里的土地上将多添一道褶皱。安弟必也会留在那里，陪葬的有我们全家人的爱。

爱是可以陪葬的。尽管生活还要向前。

几十年过去，好像已经过了几千年，我的心上那么多风吹雨打刀削斧劈的痕迹，我知道，那是因为我已经老了。我开始接受离别，学着让自己不被情绪左右，就算感情沉渣泛底，也不能让它在水面上搅起沸腾的泡沫。

我们的爱还在，这是不灭的印记。所以，换个地方相遇，我们还记得彼此的容颜。

人生何处不相逢？如果有明天的话，想来不过是为了重逢。

下

"明天"来得可真快。

安弟，就在我为你铺垫谍文的时候，时光已经悄悄把你风化成一枚标本。

也是正午，阳光明亮地铺洒在小鱼儿长眠的坡地上，父亲打来电话，说安弟永远地闭上了眼睛。仅仅 24 小时而已，我在心里叹了口气。

一声叹息，昨天和今天就把我们隔开了。

我能想象电话那头父亲的眼泪，在正午的阳光下颗颗滚落如钻石。我想我们的悲伤都晾晒在阳光下，这样是最好不过了，那其实是一种暖洋洋的幸福。

鱼儿在坡地上，哦哦嗯嗯地吠着她自己的歌谣，那幅画面纯白无瑕，正是天使之召唤。

从此，家里不会再养狗狗。父亲和母亲都这样决绝地说。

我不置可否。生命循环不息，我们只是太珍惜自己的感情，不忍把它切割得支离破碎。但是明天还会继续，我们还有爱，我知道那两只狡黠的狗狗一定还会有更多的化身和手段，使我们正视他们的存在——因为安弟和小鱼儿，我们学会了和狗狗相处，母亲总是好心地为流浪的狗狗送食；父亲的责任心在照顾狗狗的起居方面体现得最具体；而我，小时候一见到狗狗就会吓得大哭，现在却知道狗狗都是我们的好朋友；就算是我的孩子，虽然尚且年幼，他也知道亲昵地对待狗狗而不是虐待小动物。所以感谢狗狗在我们家庭里的十年，生命虽然死亡了，生命力却没有消亡。在每一个有阳光的正午，我们都会怀念我们永远的狗狗——有着倔倔的臭脾气的——安弟。

小时光·开学季

　　岁月如匪如盗，此贼难防，转瞬儿子竟要上幼儿园了。那被偷去的三年，我都不知它哪里捏出的粉脸藕臂的小童，期期艾艾说着自己才能懂的话语，这便要离了我去，成就他自己的一个世界来。也罢，他终究要长大的，这长大的速度确实快了些，然而我究竟快慰他日渐雄壮起来的脚步。他离开我或者不离开我，我还在这里，怀抱着他诞生时的美梦。一个母亲，总是这样把自己感动着的。

　　我这个人，有两个极大的优点，一是懒惰，二是容易焦虑。因为懒惰，所以不理人间一切是非，乃至连人间的烟火也一并懒得理会。譬如擦淘洗汰，一律不近，蒸炸烹煮，向来无关，好像生来是个公主，不需操持一名主妇的职责。这一面要归功于我母亲的勤勉与溺纵，一方面也是因为上天垂眷，似乎它也不忍心我这样懒惰的人被勤劳的美德害死。又因为极容易焦虑，事事都往坏的方面打算，有用或无用的功都愿意抢先做一点，居然也有笨鸟先飞的假象，倒让人误以为此人也是勤勉的，这就弥补了因懒惰而造成的形象的败坏。

　　今天说的事，与此人的懒惰和焦虑都是有极大关系的。

　　儿子要上幼儿园，也算迈出了人生的重要一步。我上幼儿园时，中午都是回家吃饭的，因此我妈给我喂饭，一直喂到我七岁光景。我儿子自出生，她便如当初伺候我一般勤勉周到地伺候着他，因此三岁的儿子，如今也是逢饭必喂。我很恼火地凶了她几次，怨她竟甘愿重蹈覆辙。她与我认真计较起来：你要饿死他吗？我说我哪里能够饿死他，并且他实在也不能把自己饿死的，你这样待他，他便要求自己始终这样被对待，很不合教育的逻辑。她听后随即不善了脸色：那么你教育他吧！我说好，但是再端起碗来，她又追着他屁股满屋子跑，坚决把饭送到他嘴里去。这三年来，关于儿子的教育问题，总是这样被解决。因为我懒惰，连我的饭都是她做的，也就实在羞于坚持我的教育。

现在"我的教育"终于要摆上日程了——幼儿园里的午餐是不会有人给儿子喂饭的。可是老太太千叮万嘱：中午这顿饭已经吃不好了，早上和晚上一定要让他吃好！我真是不明白她的苦心孤诣，为什么没有人喂到嘴里的那顿饭一定是吃不好的？这样推论的话，"早上和晚上一定要让他吃好"，则暗含必须把饭喂到他嘴里的逻辑因。这太折磨我的智商了！我想如果我继续如前一样懒惰下去，每天吃我妈烧的饭，那么不可避免老太太还是要顺理成章地藐视"我的教育"。所以我不得不在改变儿子之前改变我自己——换个方式懒惰好了，上饭馆子吃，老太太眼不见心不烦；至于儿子，他要是不想把自己饿死，就必须自己把饭搞到嘴里去。这种转变其实是很痛苦的，不仅儿子受到极大的挑战，我也是。三年来我们都习惯了在老太太照拂下的日常生活，凡举烹煮洗汰、拉屎吃饭都是老太太一手包办，没有老太太的周到和唠叨，我们怎么办？这个问题于是很严重地困扰了我。

我说过我有焦虑症的，这不，提前儿子上幼儿园十来天我就焦虑上了。我焦虑呀，翻来覆去思量对策，大半夜的睡不着。后来我终于枕着悲壮的决定睡着了——必须彻底脱离老太太的视线，一个礼拜不让她看见，不行就一个月，饿死儿子埋汰死我吧！

这熊孩子！老太太骂我，我骂我儿子。

我还是忍不住思量，儿子扛得住，我能扛得住吗？一个懒惰的妈妈要训练一个独立的儿子，太难为她。不过也因为这个懒惰的妈妈，我儿子今后必是要独立而强大的。我哪能让自己落到老太太那般作茧自缚的田地？

我们期盼着。并且因为这个垂死挣扎的苦夏，我们的盼望更加殷切。不仅是上幼儿园的儿子，还有像气球一样用很多很多梦想把自己膨胀起来的妈妈。我们盼望着秋天，收获的季节。很多不能用言语表达穷尽的东西，我们都珍藏起来好了，如六祖的神谕，不落两端。成败之间，我们有太多的心情和空间。为什么要死盯着那两极呢？如水人生，变幻才是重点。

入园记

1

盼来盼去，这个苦夏结束的时候，航航同学终于背起了小书包。

六点不到航航就醒了，我希望他是怀着激动的、喜悦的心情醒来的——第一天上幼儿园，毕竟得有点美好、有点憧憬吧？即便他还处在很二货的年龄，基本上对客观存在没有印象图式，只对摆在眼前的东西产生情绪。之前我无数次地引导他，想象幼儿园的温馨环境和友好氛围，但我不能确定这孩子真的把那些漂亮话放在心上，毕竟语言是符号，他还没抽象成大人的脑子。这是好事儿，也是坏事儿。

把睡衣换下时，航航坚持要穿长裤去幼儿园。我说天儿还热着呢，穿短裤吧。他不依。也不知他对自己的着装为何要求如此严格，不过也对，这是在以一个成功人士的标准要求自己，包装也是一种尊严。忽然觉得自己教子有方，老怀安慰。

照事先模拟的情境，他背上小书包，跟姥姥说拜拜，然后就和爸爸开嘟嘟去学校。这在前天晚上我已经跟他练了两遍，玩得挺开心。一早出门，果然背了书包和姥姥拜拜，下电梯，跟在爸爸屁股后面。

我说，爸爸先把被子带到车上去，咱们从前门逛逛。不依。说好了下车库开嘟嘟的，他说，就去开嘟嘟吧。于是下车库，开嘟嘟。我笑，他小脑袋里有一套，老怀又是一慰。

车停在学校大门口，遇一段小插曲。航航见路边椅子上坐一女的，跷着二郎腿，白条纹鞋面儿，上去对着那只跷起来的鞋面儿就是一脚丫子。那女的"呀"的一惊，嫌恶地瞪了小子一眼。我说你个倒霉孩子，还没进校门就给老娘戳包。小子不以为意，面不改色扬长而去。

先上寝室送被子，我指着铺位上的贴牌跟航航说，这是你的铺。小子一个挺身跃上去，立马在铺上打起了滚儿，一边还大声赞叹：好舒服哟。一旁其他孩子家长见了，都笑，这小子挺欢腾。送进教室，跟老师交代几句，他已经熟门熟路自个儿在里头溜达了，东摇西晃，摸摸捏捏，见什么都稀奇。照他爸爸的话，像个出来混的。我问老师，我这就出去，不打招呼了？老师说，出去，甭招呼。

悄没声儿地退出来，觉得咱孩子是见过世面的，不怯。他爸爸劝我别太乐观，这是稀里糊涂给蒙进去的，明儿早才见真章。

出得校门，阳光灿烂，没听到孩子的哭声，耳边心里都没有。就觉得自己心态还是不错的，他爹小瞧咱儿子，也小瞧我了（之前为避免在入园时发生类似生离死别的悲剧，他瞎出主意说，要不你别去送孩子了，我直接把他塞进去完事儿）。半个来月的如临大敌，都泼散在九点钟的阳光里，大写意。

2

事情的确没我想象中那么乐观。六个钟头后再见小子，蔫头耷脑地伏在小桌上，整个一傻了吧唧的征兆。从小窗里窥着他，有些心疼，四周围小朋友玩得兴高采烈，独他一个目光呆滞地拿小手支着脑袋，不言不语，仿佛囚在伟大的思想的牢笼里。老师说，哭了一天了。

我轻手轻脚走过去，凑在他耳朵上吹了口气。他动作迟缓地挪挪脑袋，终于看到了我。彼此四目相对，以为他立刻会扑到我怀里来。谁知仍旧傻乎乎的，愣了1.5秒，接着嘴角撇起来了，接着泪珠子开始在眼眶里打转了，接着清水鼻涕也当仁不让地流落下来了……我赶紧抱抱他，笑着问，今天玩得还开心吧？他哭着答，开心。

这六个小时相处的空白，自然由老师信口开河地来填补，我明知老师是有苦衷的，但仍不免生出一个母亲意气用事的不以为然——六个小时前我尊重她的意见，没有和孩子告别，但我知道这个不告而别的举动深深伤害了我的孩子——他对于客体的永恒性还不是太理解，突然消失的东西是否依然存在，他尚不能确定，尤其是母亲的爱。

我把他抱在怀里，给他喂苹果片。吃了几口，他要求自己来。感觉咱儿子情绪逐渐稳定了，心理修复速度还不错。他说妈妈我想上厕所，我说好啊，你带妈妈去厕所吧。他把我领到便池，指着左面的一排尿兜说，这是男孩子尿尿的地方，又指指右面的一排蹲坑，这是女孩子尿尿的。行啊，我笑，小子挺明白嘛。他把裤子褪下来，挺着小肚子往尿兜里撒尿。我饶有兴致地问他，今儿都是自己撒的尿吗？他骄傲地说是啊。老师果然表扬了他。

相比"出口"的情况，"进口"形势不容乐观。老师说这孩子不肯好好吃饭，喂也喂不进，包在嘴里，就是不咽。我问航航，怎么不好好吃饭呢？小子答，不想吃。再问，为什么不想吃？答，就是不吃。于是我知道，他把拒绝进食当作反抗的一种手段了。

我引导他，别的小朋友吃吗？

他说，吃。

那你为什么不一起吃？

不吃就不吃呗。（言辞还挺铿锵）

睡得怎么样？

睡了呀。

听老师说，别的小朋友不睡，把你吵醒了吧？

没有呀。

妈妈带你出去玩好吗？

就在学校玩一会儿吧。

答题流利，思路清晰。总的来说，第一天的表现可圈可点。尤值一提的是，晚上带儿子去酒店吃饭，上卫生间时，他指着蹲坑不愿尿，挺认真地告诉我，这是女孩子用的。偶滴神，活学活用小神童哎。

一夜无话。

第二天上幼儿园，照他爸爸的话，是真正考验我们的时候了。果然，一说到去上幼儿园，就紧紧抱着我不撒手，妈妈不要走。好说歹说，说不透。越说越来劲，委屈得要哭。哭也得送进去。吻了吻他，告别。号啕大哭，拽着我的裙角，双膝一软，竟哭瘫在地上。老师上来一把将小子抄了去，我赶紧扭头而遁。

出得教室门，他爸爸在窗口下招呼我：瞧着真可怜。说着一阵唏嘘。

忽然觉得心里一酸。刚才没顾得上的情绪，回味起来，特别酸涩。心想，到底放不下他。只有快步走。

亲爱的孩子，我们都不许哭。

3

这一天去接航航的时候，他很乖地坐在小板凳上，虽不时拿起桌上的玩具来摆弄，但似乎完全游离于身处的这个小世界之外。我估计他摆弄玩具只是百无聊赖的一种方式，心不在焉的样子倒使他个性斐然。一个英雄总是孤独的。我笑着摇摇头。老师在喊话：李翼航，你妈妈来接你了。他转过头，索然地朝这边扫了两眼，完全没有表情。慢慢走过来，拿上他的小书包，张开手让我抱，一起出教室。整个过程十分平静，以至于我老眼昏花地认为他已经适应了幼儿园的生活。这天是他三周岁的生日，放学后一连串的游乐活动、礼物和宴会使他兴高采烈。我长出一口气，也许，情况没我们想象的那么糟。

事实上情况的确很糟糕，第三天，航航死活不愿意上幼儿园了。还没出门他就很伤心地哭起来，搂着我的脖子说，妈妈你不要上班。这句话的引申义其实是"航航不要上幼儿园"——之前我们总是告诉他，以后每天航航和妈妈一起走，妈妈上班，航航上幼儿园。他让我抱着他，但又不肯老实待在我怀里，双脚荡在空中又踢又踹，并用手不停地拍打我。典型的矛盾型依恋。他爸爸看不过眼，一把提溜过去，捎在肩上。小子就一路哭号着"妈妈、妈妈"，无比绝望地向我伸出小手，涕泪滂沱。

一路播撒着凄惨的哭声，闻者落泪。太阳也滑头，不敢探身来看，整个一愁云惨雾的氛围。我在车上紧紧抱着哭得上气不接下气的他，像抱着一块快要融化的炭冰，心跟着身子一起抽抽。进幼儿园，哭声不绝，此小童双臂像是焊接在老娘脖子上，两个老师愣是抠不下来。

铁臂阿童木啊。

到底狠狠心，亲自使力挣脱了他的围抱。那眼神想必是凄怨孤绝的，慌乱中我未及凝眸。

他被抱走了，哭声绕梁，令妈气绝。

整个一上午我心神不宁，长此以往，崩溃的怕是老娘——他爸爸提醒我要有打持久战的心理准备，起码一个月。太惨烈了，真是人神共愤。

4

接下来的几天，小子患上了严重的焦虑症和恐惧症，爬起床就撇嘴摆手说，"不要上学，不要上学"，且时有梦魇。"不要上学"成为他挂在口头的一种日常阻抗表达，类似自我围困的咒语。我说你这个咒语不管用，越念越伤心，不如说"就要上学，就要上学"，会变得很快乐哦。他不接茬，自顾沉浸在一己的悲伤里，不要上学。然而我发现，他在学校里的表现其实是越来越好的——第三天放学的时候，他主动跟我邀功似的表白，今天上课没有哭；第四天，老师笑着跟我说，小子居然会讨价还价，午睡时跟老师说如果他第一个起床，可不可以给两朵小红花？教室门前张贴的提请家长注意的事项通知里，列举了数条小朋友们亟待改进的普遍性问题，如自己如厕、认识自己的物品、向老师表达自己的意愿等，老娘惊喜地发现，李翼航小朋友居然完全符合优等生的条件，一条缺点也没占上。

我亲爱的李翼航小朋友啊，你是多么令妈骄傲，除了"绝食"这一条咱可不提倡——老师一致反映小子不肯好好吃饭，不仅不好好吃，简直是摆出决绝的姿态——双臂自然下垂，绝不碰碗勺一下。

"他没有吃饭的意识。"老师说。

噢，天啊！天才问题儿童就是这么诞生的。为此，我不得不改变"改造"他的初衷——身体是革命的本钱，放了学咱还得求他好歹吃一点。纠正喂饭陋习的计划就此流产。

路漫漫其修远兮，妈将上下而求索。

5

周五，小子上幼儿园整五天了。一周的幼儿园生活使李翼航小朋友迅速成长起来，他已经明确认识到社会环境对自身的影响乃至塑造作用，虽然我们送他入园时，他仍旧不情愿地大声哭号，但在转身后的刹那已经能够顺利调整情绪，比较愉快地度过幼儿园里的一天。我把他的哭声视作一种引起重视的交流手段，他的眼泪告诉我，他很爱我，并无其他繁复的寓意。如此，我们都能够度过愉快的一天。

周五放学，他爸爸自作聪明地跑去幼儿园，想给小子一个惊喜。

"就见他抓着小书包眼巴巴地盯着门口，我以为他会兴高采烈地扑到我怀里来，谁知竟哭着问我，妈妈呢？"爸爸说。

老娘泪奔。

虽然我们不提倡育儿宠物化，但孩子确实在很多方面和宠物有一拼。他们对于主要养护人总是充满饱涨的感情，触碰一下都会汁液淋漓。儿子从他爸爸身上以饥渴的姿势扑进我的怀里之后，就再也不肯撒手，他忠诚地搂抱着我们共同经营的一段感情。这感情始于喂吃喂喝、把屎把尿，但绝不仅仅止于这些生理上的照护和看管。他爸爸说老师认为这孩子依赖性太强，啥事都需要大人在一旁。我部分不赞同这种看法。是依赖还是依恋，老师未必有时间和精力分辨清楚。咱儿子的情况，老娘比老师心里有数。老娘本人也经历过这种成长阶段，主要是咱姥姥太会照应孩子，事无巨细，包办代替；

咱姥爷也是个见不得孩子受委屈的主儿，恨不得从自个儿嘴里掏食，好显着他老鼻子的疼爱。在这种情感浓度下长大的孩子，对于老师那点分配稀薄的关注是无法在情绪上满足的，尤其是咱儿子这种智商的孩子。但你要说他没有独立性，那也绝无可能，老娘三年的情商训练不是白搭的。咱儿子就是想让人看着他独立做事，他并不依赖你的帮助，只是依恋你的关注度。

送儿子去姥姥家度周末，我问他，星期一上学还哭吗？他说，不哭了，"就要上学，就要上学"。我一愣，随即明白，这不正是我前两天教他的"快乐咒语"吗？哦，可爱的孩子，希望这是一个可以兑现的承诺。

无路如何，儿子长大了，他会越来越好。牵着他的小手，走在悠长的胡同里，老怀安慰地发现，他已经整整一周没有让我抱着走道儿了。

最后那一束日光

　　这天日光将尽的时候，我忽然想起驻足去看一看南溪河畔的我的小屋。是的，我看到这一天的最后一束阳光投射在地中海风格的壁上，使这被日常起居的机械性消极定格的屋宇变换出童话般的梦幻风格。阳光如铄金，我的心情似乎也变得金光熠熠。

　　大多数人在大多数时间里，都不会特别注意我们身处的蜗居，它太狭窄，太逼仄，太囚禁灵魂，以至于我们渺远的用心和流泻的欲望不能够抵达与自身同比的辽阔的地方。然而其实在这个世界上，我们所需要的，仅仅这个尺寸足矣。实在是不需要再大的承载和包装了，大是负荷，是累赘，是无餍足的怪兽，我们迟早要被它吃掉的。

　　当我完成这个推理时，日光已经收束完毕，一天就这样消耗殆尽，在我的无依无靠的思想的漂浮里。没有什么比无所事事更让人浑身酥软了，百无聊赖的时间使我瘫痪了我的身体，忽然很想对自己说，就让时间载浮着你，漂流到历史的深处去吧。那里有慈禧和武曌，最坚硬和最柔软的女人，同一个人，同一个女人，被摧残的容颜、被遗弃的命运、被掩埋的风华、被阉割的生命，并没有分别。虽然没有光，对面的楼宇还是投下了巨大的阴影。所以你瞧，谁说影子一定是光的伴生物？或者，光太狡猾，它逃过我的眼睛被隐匿，然而终究让影子泄露了行踪。一切所说和所思想的，并不成为交织的线条，它们竟然各自为营，颤抖和淫乱了我的世界。一个人，一个人寂寞地与文字擦肩而过，使我欲语还休的眼睛磷火闪烁。

关于死亡，关于灵魂，我们谈论过很多，但是，从来没有人告诉我，或者说，说服我，这世界如何将养了这亿万代的魂魄而彼此各不相干地保有着无序的严格秩序。无法证实的，也不能证伪，这就是这个世界给我们提出的难题。于是必须有神。必须有第一推动力，来拨动这个世界的运转。浩渺之处，无语也罢。

还是说到眼前可见的俗事吧，儿子从金宝贝早教中心毕业了。算算真是不容易，从两个月大，尺把来长的一个肉团，摇身一变成有模有样的小正太，多少堂课，风里来雨里去，记不住，也无须记。只是一个结果罢了。我家先生咋舌：恁快！确实，当妈的，三年来巴心巴肺地宝贝着；当爹的就容易得多。这些不说也罢，因为若论起来，这也是一种无序却严格的秩序。世界这样运转着，无比精严的幸福和美丽，只容得你感恩，不容抱怨。

所以，让我们继续幸福和美丽，遵守秩序。

夜晚降临，时光依然。

一句老话

一句老话，你眼里看到什么，你就被什么挡住了眼。

真是，多少人，多少流年，都误在这里。可人人还都憋着劲儿，尽盯着那挡住自己的东西，没完没了，不死不休。没办法，行难知易。

有时候觉得自己挺没劲的，必须把全部的力气化为一种穿透性的戾气，它穿透胸膛，然后，也像穿透了我的人生，因为匮乏变成完满而委顿倒地。那场面类似精尽人亡的境界，荒诞大于滑稽，你可以笑，但是会有思考，没准浓重的悲哀也会使你窒息。这就是生活。我是说，如果没有文字，我必须流泪，喊叫，歇斯底里。但，没用，归根结底，我要回来，我要坐在这，安安静静地，和文字说悄悄话。

有一个多月我没有这样安静地坐着，和我的文字说话。那是因为我在预谋一场远行。在我的人生中，有过很多次远行的计划，但无一例外都流产了。我好像天生不是那种能搞出一些动静来的弄潮儿，在我的身边，必须包围着亲人、故乡、习惯、熟悉的风物和人际关系等等堕力极大的东西，倒不是说它们影响我飞翔——只要风筝线够长，风筝就能飞得够高，但是，那种时时回望的冲动成为内部的逻辑矛盾，让我十分纠结。在这场远行之前，我憋着一口气，以为一咬牙就冲出去了。其实这多么唯心主义。原本一鼓作气之说，就不在于丹田，而在于心灵。我心中藏着那么多困惑，它必要拉着我停下来，不为赶路，只为与生活说和说和。"不干啦，不干啦！"

我心里住着一个总爱趋乐避苦的小人,他这样朝着世界大叫大嚷。我不能不听从他的呼喊,有一个多月我没搭理他,结果他的脾气就爆了,气得我直哭,后来我端起一杯酒,这才浇灭他无端的愤怒。

人生不能是单维的,在哪一方面用力过头都不是好事,因为你偏科。人生的偏科是很难堪的,它比你在学校考试挂科要麻烦得多,那预示着你要吃大苦头了。我不想吃苦,所以这么多年来,本着随遇而安的策略,生活便也与我相安无事。接下来我仍这样抱着苟活的目标,我不想用力过头,那让我显得愚蠢。

马年开始的时候,有大仙提点我多加注意。我一笑而过。人生有那么多状况,我注意力不够。但是我谢谢大仙,她明显属于路见不平有人踩的那拨"踩路人",这年头,不容易,一是要有胆量,二是要有能量,她全都齐活儿,所以说是大仙。琢磨人跟人的事儿,我不在行,其实也不是不在行,是不想入行。都说我是个聪明姑娘,我估计有两种解释,一则"此女大愚若智",二则"此女大愚弱智"。无论何种释义,均与本人无涉。

写到这儿,心里渐渐爽直起来,唠叨是一剂春药,使人与生活媾和得更加如鱼得水。

如水人生,有什么不痛快,都忘了吧。

这一月,石榴花开了。我真是爱死了这个季节,透明的,清澈的,温润的,渐渐火烈的,五月。母亲在这个季节里给了我生命,我只有爱它,更爱它,把它写进我的生命。不止宿命。因有爱溶在血液里。

这一月,去巴厘岛,儿子尤让我骄傲,那天在泳池畔,他跑来和我说:"妈妈,我拿小城堡敲他的头。"

这里需要一个背景释义:儿子在沙滩上自顾玩耍,小铲小桶小锹小斗一堆塑料玩具,忽然跑来一个日本小孩,拿起他的铲桶锹斗不管三七二十一就往水里扔,儿子一着急,顺手抄起塑模小城堡(大概是唯一没被小日本丢出去的玩具)敲向那颗罪恶的头颅。

我能想象日本小孩的母亲一边喊着"索嘎……",一边慌慌张张拉开两个麻烦小孩的受惊样子,当即笑得五颜六色,穹苍斑斓。俺儿争气哩,寸土不让。

　　毋庸再赘言,欢喜都在其中。

小情愫

忽然想起一句话，"春天是残忍的季节"。

初时读它，一定是读不懂的。然而不懂之后，你终于读懂了它的残忍。

我想春天之所以有这样的本质，恐怕还是因为它一派欣欣向荣的虚伪外貌。那下面暗藏的，是繁荣对面的衰败，怒放背后的萎谢。失望，乃至绝望，不都是因为原来那一点点种子一样的希望吗？

整整一周都被雨水浸淫，阴郁和晦暗让情绪本就无序无着，最后一个工作日，到底等来雷暴的消息，好嘛，那一定是倾盆之雨了。那消息倒是无比自然，让我痛哭了一场。哀悼过幻灭的梦想，就醒悟过来，真是可笑的孩子，我失去了什么吗？确乎，这就是春天的残忍。把一切严酷都赤裸裸地予以呈现的冬季过后，丰润盈泽的春天就给了我们错觉，以为一切都该是葳蕤美妙的，然后，仲春的时候，它却让我们看到了落花和衰颓。

端一杯祁红，在窗台前立定，对面四十多层的建筑为这座城市日新月异的发展提供了一款如约而至的证词。一切都在发展，迅猛而突兀，打得我们容颜疲惫措手不及。我对着窗外一声怒吼，然而几十米的落差之后，只有一声微弱的叹息坠落在车水马龙的街道上。于是知道，我们的悲喜都是何其渺小，蝼蚁一样，只为犄角而战，徒惹一阵恼人的风雨。

风一阵，雨一阵，我的裤脚尽湿。那截然分明的干燥和濡湿的界限，让人在无语凝噎处情绪爆燃。一直以为自己是个耐得住寂寞的人，其实心头坐着一尊老虎，形容斑斓，呼啸而隐。这阵恼人的风雨，让它忽地现身来，我对自己说，随它去。那是默许了它出来横行，若是咬了人，我并不负担这责任。这是多么无赖的行径，然而风雨中我也不顾了。

风更大，雨更急，虎啸，龙吟，只待一击破坝，轰然溃堤，好把一切吞没……

后来，接到一通电话。

这电话接通了我的人间。老虎跑回河对岸坐下，施施然，没经过风雨的样子。我有点黯然，随即又坦然了。

就在两个小时前，我还是那么气急败坏。因为生活中不断出现的一些小麻烦，摩擦着我敏感的心灵，险些让那些乱七八糟的故事酿成一次颠三倒四的事故。其实说到底，我们什么都不是。所以坐到这里时，我已经心平气和，就算对儿子那句"妈妈写的故事一点都不好听"，也能够哂然一笑，把落寞藏在最底处，重新上路。

因为失了界限，时间重又开始变得漫长无边。我开始一心一意为航航写童话（即使他并不能读懂），在他的童话里，我是一个无法出现的妈妈。这独立的写作姿态变成一种影影绰绰的悲哀，在雨中，漫漶无边。

"我什么都不是。"这句话，真是重要。若忘记它，无论何时，何地，你都容易遭到的重创。

细想一想，儿子何必一定要喜欢你辛辛苦苦为他写的童话呢？你靡费两个月的精神，一个字一个字码起来的一座城堡，他伸出一根小指头，就把你推翻了。这只能说明他对推倒这个动作更有兴趣，你的城堡是你的心血，却不能成为羁绊他的理由。你为他怎样怎样，那实在都是些借口，没有什么比给他自由更人道的母爱了。除此之外，你给的母爱都是你的私欲。

那么重新上路吧，我对自己说，任何时候都可以是个不错的起点。我仿佛看到午后的月光洒进窗棂，那温柔的清辉铺满了一个母亲的胸膛，或许不是，只是静静地洒在一个行路的人的肩上。路虽迢，人不可乏，我的乐趣还很绵长。

这个雨季模糊了很多边界，冲刷，淘洗，流淌，折腾，残存下的那一点点幻灭的气息，游丝一样，却固执地要哀婉地唱出歌来。歌也是老歌，《小情人》《昨日重现》《虹桥机场的咖啡厅》……我只怕它们都是一种悄创的暗示，提醒我流年暗换之后那不合时宜的落寞情怀。

但其实，真正的雨季还没有来临。石榴花还没有红呢，那低气压带掠过城市上空的郁躁和沉闷，我们还远远没有经历。这一年会发生什么？我的眼前忽然明亮起来。

说起来，今天收到的，尽是坏消息。我脑子被这些"坏"涨成一锅沸腾的耗子屎粥。可是，倒奇怪，中午却睡着了。结结实实一觉醒来，感觉似乎麻木了，那些几个小时前叫我流泪的痛，都成了一个个疤。我说我可不要当范进，老了老了，摊上这样迂阔的疯癫。所以再有人蛊惑我，我一定踹他两脚。就这样吧，一切都过去了，冬天或者春天。马上就是夏天了，我要为我自己的夏天燃烧。其实什么都不曾错过，每一次挫伤，我都去一个好地方疗伤。我有我的秘密花园。

"天空飘过五个字，那都不是事，有事也就烦一会儿，一会儿就没事。"

初时你觉得它怎么那么俗，这时晓得，大俗的东西，才是老百姓的"治愈系"。老百姓是谁？可不就是天下苍生。所以那是佛的悲悯。

上帝关了一扇门，就给你开一扇窗。

我记得，我相信。

生命的联结

　　上周花了两天时间，泡在一个心理工作坊里。这是第一次参加真正意义上的心理工作坊，除了新奇之外，还意外地收获了感动和震撼。出乎意料地，我竟然在光天化日众目睽睽之下泪流满面，当然，身边那些大男人也个个痛哭流涕。我们彼此理解各自的感受，那是一种人类共同情感的基石受到巨大冲击后的本能表现，没有人可以嘲笑你的不坚强，相反，能够做到面无表情的人反而令人难以接受。总的来说，家庭系统排列对我而言是一个全新的知识系统，它触角所及的场域完全不同于我们的现实生活。换种说法，如果能够从空中俯视我们所生活的空间、模式和范畴，你必须抽离其间，但分明被更大的能量场所感动，简直无法不从神秘主义的角度来解释种种神迹。时空首先是被虚无化的，然后才有现在和当下。

　　我本人是个对身体感觉不敏感的人，即使各类催眠和身心语言学大行其道，我相信我和它们之间也都是刺猬和狗的关系。在导师对我们进行催眠、暗示，引导我们关注自己的身体时，我始终无法集中注意力去想象那样一个画面感极强的内在世界。我的内在当然也很丰富，但它似乎关闭了外来信息的通道，不准非我的那部分介入我的想象。所以很遗憾，我不能如导师所言，听从自身的力量，向前或者向后，左右摇摆，完全相信身体——那是不可能的，我的身体绝对受意识控制，即使在放松的状态下。但，我确实哭了，为那些粗糙的别人的故事——这很奇怪，像我这样一个以编故事为能事的职业作家兼读故事为己任的职业编辑，我看过多少精致的故事啊，我怎么能为这样一个粗疏的故事梗概就泪流满面呢？后来我才明白，这不是一个审美过程，这只不过是本能。

之后我冥想了我的家庭图谱。当我想到我未及出世即胎死腹中的女儿时，我再次泪流满面——这是所有自我排列中唯一令我流泪的项目。也就是说，这是我能够感念到的联结最强的死亡和我的距离。除此之外，我很幸运，我还没有经历过多的死亡。虽然我是个唯物主义者，但我仍愿意相信那些在天国的魂灵与我们有着秘密的联结，敬畏神灵永远是我们感恩的一部分。或者说，我相信，在我的身上，停留着我女儿的眼睛。常言道，生死事大，如果生死就这样被平静地破解，那么这世上应该再没有什么能够困扰我们。所以我抬起头，告诉我在天国的女儿，你和我们同在，即使你没能够在这世上显影你的美丽和荣耀，但我们已经感知你的存在，妈妈以你为荣，也请你以你的母亲为荣，她将代表你争取更多精彩和丰盛的人生；你的弟弟，他会健康快乐地成长，他的生命亦有你的美丽和荣耀；当然还有你的父亲，他的事业和成功也由你来分享，我们从来没有失去你。

作为一个母亲，我感到很富足。再无其他琐事，使我缺憾。

入 伏

　　进入苦夏的一个标志是，突然有一天，顿觉蝉声聒噪。另一个标志是，突然觉得一头长发不再飘逸，而是个累赘。于是我知道，这个夏天最煎油熬膏的时候到来了，血液里竟隐隐有种兴奋。妈最怕夏天，她人胖，走路也颠颓费劲，夏天让她更着眼于自己的短处。我却觉得流汗是一种挑战，对于我这样羸弱得不能自理的懒人来说，其余的三个季节，汗水在我身上从来是干涸的。并且，夏天，它总是以那么火热的精神面貌出现在每一个自作多情的梦境里，似乎成为一种满含期待的隐喻和象征。

　　我对夏天的钟情或许来自于百无聊赖。

　　这个夏天一样很忙碌，工作日程是满负荷的，同时我也对自己充满期待。长久以来在我的心里，剪去长发是一种仪式，或许，从那青丝落地的瞬间获取莫名的心理能量，从来就是我对自己讲述的一个专有神话。我曾经从一个个失败中走来，每一个狠狠摔跟头的姿势都伴随着我对命运的怨愤，我怨它不予我成功，不予我好运气。每次惨败后，我便毅然剪去一头长发。头发是烦恼的根源，剪掉它，起码是一个崭新的开始。后来年岁渐长，渐渐明了那抱怨和不平是多么无知。我的运气就是我的综合素质，运气不好，成功擦肩而过，那是我失败的原因，而不是结果。修通了之后，失败便不能再使我决绝地剪去长发。头发是妆容的一部分，从今而后，长长短短只为妆容，不为烦恼。

　　喜欢迷糊娃娃，喜欢她嘟嘟的脸蛋和萌动而懵懂的大眼睛，似乎人间只是她眼里的一道风景，繁华无尽，心只一颗。上到我这个岁数，还喜欢可爱和简单，多么幼稚，又多么珍贵。我欢喜地珍藏着我简单的梦想和可爱的人生图示，在一片乌烟瘴气光怪陆离中穿行。社会于我，其实并不太复杂，因为不谋算，不揣度。周末时同学聚会，我找了个遁词，自己也觉得很可笑，但是从接到通知的那一天就确想着要逃避，真真的不能违背自己的心意。我这心意，说白了也很无聊，一是因为觉得一帮子平日交情不大的人围坐在一起吃吃喝喝，瞎耽误工夫；二是那个一向计较的人竟也没去，不免有点失落。同学之情，因无利益相交，说真挚也真挚，可到底是游走在不同的世界里，我有时真不知拿什么来应酬他们瞎起哄的热情。不饮酒，这也是不能敞开的因由之一，可说到根子里，谁也没有敞开过，那开怀畅饮的姿态不过是一种平庸的放纵。我不爱在人堆里放纵自己，放纵是一个人的享受。还有一份无聊的计较。年岁渐长，什么也该放下了，可是不，有一种少女情怀，或者说少女时埋下的情结，还勾结在精神的皱褶里，根深蒂固。老了老了，已经载不动愁和怨了，嫉妒心却还有。因为自尊而自卑着，因为自傲而自贱着，因为不自信而不自在着。这是多么可爱的小情愫，它并不搅扰生活，而只是一种生活的调剂，在主观奋斗不止的情感机制之外，给我继续奋斗的客观理由。

　　生活就是如此卡哇伊，岁月神奇，时光不老。从来没有人要求我们变老，不是吗？所以如果我不愿老去，生命就如此年轻。我爱着我的容颜，我爱着我的灵魂，我和她一起穿越生活的风暴和宁静，把愁怨甩在岸边。我握着我的美好，我握着我的希望，我有一万个理由破茧飞扬。这个夏天如此神奇，我种下努力的汗水，做自己童话里永远的公主。

　　蝉声和鸣，挥汗如流，生活真火辣。

毛 病

近日心绪颇不宁定，也是从来没有的蹊跷，大清早起来，便去抽屉里翻《心经》，我道自己是证了菩提的缘故，一切是非心都放下了，寻一个明白去处。谁知日子更不顺遂，那心里只是有种不明白的东西，那样唐突着我。原是不与人交恶的，这时也生了龃龉，原是没有谄媚之心的，这时也莫名生出一些无聊的饶舌来。天上飘来些云朵，时时遮住泼辣的光，这时明时暗的交错，让我很是烦恼。气短的毛病总不见好，瞧了大夫，有说是脊柱的毛病，有说是心脏的毛病，总之是这毛病那毛病。这鬼日头，没有毛病倒是显得不正常啦。我疑心这次检查怕是要查出更伤心的一堆毛病来。说什么心无挂碍，便无忧惧，我的挂碍是那样多，上有老下有小，自己也要更努力地工作，时时都有鞭子在抽，怎么不生忧惧？

其实我要做的也并不太多，只是做好一个母亲，一个妻子，一个女儿。其余的，我是我，他们是他们。既是他者，我何须烦乱心神去讨巧卖乖？这一个世界，我早说过，不是我愿意来才来，也不会因为我想留而留。来去都是因缘际会的结果，那不应是我的烦忧。我想过，我若离去，后会无期，我留下的年迈的父母和幼小的孩子，他们的孱弱由谁来照料，他们的无助由谁来负担？这问题还不容我想透彻，就都灰飞烟灭了。原来我于他们也只是一段极其有限的因缘，我把他们的泪留在身后，我顾不了许多。

这不是丧气话，我只是预感了我们的结局，虽不确定哪年哪月哪日哪时，但它那样清晰，没有辩驳的余地。我能够做的，也许只有感佩山河日月，孕出我这样奇葩的菁华，那样沧海一粟地一笑，就把一生笑掉了牙。

一觉醒来，大白日头挂在天上，只觉一切都是白饶。

前晚上我对儿子说，今天妈妈一个人去了医院，好害怕，以为再见不到你呢。我这么说有点夸张，但那会儿独自一个候在破落的长廊里，去做劳什子的核磁共振，实在是很落寞的情怀。窗台上一丛兰草在阳光里静得如同胶水粘连在时间深处的样子，一个两岁左右的孩子和他的母亲嬉皮捣蛋，他们在等候坚硬的壁的后面，躺在一个太空舱模样的容器里的老男人。我不知那男人是孩子的爷爷还是父亲，这总归是个很奇特的家庭。男人脑子里有东西，嗡嗡的流在空气里的不知是核还是磁的声音穿过我们共同的恐惧。他们那一家子（除那不得闲的孩子）想着病入膏肓了，是多么可怕；我这里被陌生的孤单吓到了，从没有这样觉得凄凉。不由得就联想到自己的身体，是否也在经历某种可怕的病变，而最糟糕的，没有一个亲人在我身边，我独一个坐在胶着了时间的、这么一个破落的地方恐惧着。

后来我被推进去了，推进那巨大的太空舱一样的密闭容器。我在里面忍受着煎熬，其实不痛不痒，但我却必须依靠不断念叨"阿弥陀佛"来打败我的恐惧。嗡嗡的气流变换着折磨神经的声响，我总在它停下来的间隙里祈祷下一次不再响起，可是，下一次它变个频率依旧嗡嗡穿过我整个的身体。这时我不再恐惧，只是有种奇怪的感觉——不在人世，或者说，我脱离了我日常起居的域场，和我的亲人们并不在平行的时空里了。

终于我被推出来，又见到天光。但我已经对一切都失了兴趣似的，对这个世界有了退缩。这天在单位里开会，我被宣布不需要参加这个活动那个活动，我就想，这是我愿意的，又是我不愿意的。我怀着矛盾的心情，落寞地坐在冷气机下，屋子里缠绕的烟味儿让我皱眉，我觉得生命正在被它一点点看不见地吞掉。可其他人好像漫不经心，谁都不曾在意似的。我的在意便成了不合时宜的矫情，显得那么多余而可笑。

因为这次可怕的全身检查，我几乎向命运匍匐地唱出哀婉的调子来。于是我和儿子的对话就有些哀哀的。四岁的他并不能理解我的忧伤，他只用稚嫩的声音安慰我，如果你去了医院，我会去看你的。听他这样乖巧地和我起誓，我只想哭。我真不知道这世上容我的时间还有多少，我那样爱他。突然想起昨天在医院破落的长廊上的孤单和恐惧，只是因为念起了他。

又过了一周，去见一个熟人介绍的老中医，她只淡淡瞧了我几眼，便断我脑干受过损伤，以至半边身子发育都不完全。那气短的毛病，当是此病根生出的亚毛病。我一惊，恍然想起小学三四年级的样子，从双杠上摔下来，脑袋着落在地上，结结实实的一个咕咚。也许不是三四年级，更小一些也有可能。记忆产生了错位，我脑子又是受过伤的，简直没有记忆清楚的资格。但那一跌是很要命的，萎缩了我的半个身子，我一直当是睡觉时压坏了。及至想到我三四年级之后，数学成绩就不行了，体育也测不及格了，记性也日日坏掉，又常常无端地情绪坏到沸腾，那真是可怕的灾难。可是，可是我竟然二十多年来并未觉出什么不妥来。

可见命运是很顽固的，不过一旦接受了它，它便也变得很顺从。这二十多年，我经历了肌肉萎缩、发育畸形、身残志坚的过程，可说是很无知的伟大。我只是觉得好奇，一个好端端的小姑娘如今若要长成了，又会是怎样呢？更美一些？更聪明一些？更机运发达一些？我真是想知道那个样样都好的艳子，在镜子里会有怎样完美的笑容。

　　自从知道有霾这回事以后，总是很容易把那些昏昧不明的日子定性为雾霾。那蒙蒙的由远及近的混沌使阳光变得可疑，我们和光同尘的日子也变得不那么让人心安。今天又是这样一个日子，有太阳，但是阳光穿过一片混沌不明之后就羸弱了许多，世界陷入一片灰瑟瑟的惨白中，不辨天上地下。原以为只有冬天有霾，原来夏天也已经病入膏肓，我们的世界是没有一时没有一处清洁的了。然而这样荒恶的处境，我们还要坚持着活下去，因为没有一个来自上帝的命令，说我们造的恶可以一死了之地逃脱。于是我们在恶里沉沦得更深切些。

　　在我独一个的世界里，文字是救赎的武器——既可拯救我于困境，又可拿来去战斗，这是多么不可或缺的珍宝。然而我又常常陷于它的圈套，不能自拔。近日读《马桥词典》，得知在马桥这一带，人是要看三支的，一支是十二载，三支就是三十六个年头，人要活到三十六岁上头，才能看出好歹来。这样看我的命数，竟还没个肯定，它正像蛇一样，在我的三十五道年轮里游来游去，狡猾而趣味无穷。

　　我现在回头来看我的三十五年，除了那狠狠一跤把脑干跌出一个纤维增生来，恐怕竟没什么能够值得一写的东西。因为我脑子坏掉了，看见的都成了过眼云烟，听见的都左耳朵进右耳朵出，好像世界从来就是一块混沌，如这讨厌的霾。我真是不能原谅自己的无知和无聊，她很淡定地活到这个岁数，尚还如一个孩子一样懵懂天真。但又不那么质地纯粹地拥有纯洁和童真了，有时也撒谎，也偷奸耍滑，也害人家伤心伤肺，一派全无计较的样子，其实很坏，不是孩童那种一眼见到底的坏，完全是成人世界里经过训练的文明的坏。但还好。我自信我是那经受了文化训练和社会规制之后尚存不多的大孩子，比起其他的成人，又实在是好很多了。这孩子痴痴活了三十五年，总想读懂自己的命数，仿佛看清了人生的图示，这一辈子就会走得轻松啦。其实真是痴啊，一生被算定了之后，按部就班的步履，未必从容。从容是自己覆上的一层伪装，内里还是无奈。

自从知道有一条蛇在我的命里游弋之后，我不知是快乐还是忧伤，隐隐感到那是一条赤练般的美女蛇，妖媚而不可捉摸，又温柔又歹毒，把我的心肝咬噬得又甜蜜又疼痛。但事到如今我只能感谢她，她是我的命，我的魂，我要在她的舞蹈里实现我的一生。虽然我不知道怎样拿捏她，不过倒晓得如何与她和谐共处，即使在她咬噬我的时候，我依然爱着她。现在太阳已经偏西，渐渐沉入地平线，余晖染着仍然混沌一片的蒙昧，混淆了暮色的苍茫。我忽然不想问明天会怎样了。明天反正是我的。

三十五岁一过就是三十六岁了，大约三支都看得明明白白。我明知道会是这样一个结果，每次都是这样的结果，但每次，我还会说同样的蠢话。好好读书，好好写作，好好做一个有用的人，这是我全部的理想了吧？但竟然不是，读了《了凡四训》之后，先前这些淡定的想法反倒不那么淡定了，因明人袁氏了凡大师说，仁义道德也求，富贵功名也求，这才是有益的。内外双得，性命双修，一个凡人就该这样努力地活着。所以，我一定不能低标准地要求自己，我求的东西越多，越是对自己有限的生命负责。那么好好地做一个卓越的凡人吧，顺应自己的命数，却也不拘命数，那命一半在天，一半在我的手里。

忽忽过了数月，那气喘的毛病竟不治而愈。这时又有熟人介绍另一位老中医替我把脉，先生凝神半晌，只说了一句：我看不出你有甚毛病。

像从未老去过那样生长

立秋前后一直下雨，天气较为凉爽，晚间入寝时不用开冷气也可以安眠了。这样的日子到今天恐怕要告一段落，因一早便见太阳高挂起来，而后蝉声复又开始喧嚣。我去单位，一定是最早的，因蹭先生的车，顺路送儿子上幼儿园，这就造成了一个工作表现积极的假象。今日去，依然是早。早早进了办公室，早早去打开水，却不料开水瓶一个底儿掉，哐当砸在地上粉身碎骨。那滚开的水溅了我半边大腿，登时通红一片。于是告退回家，又买了烫伤膏涂上。褪下裤子细看，见腿上已经有细小的疱点发起来，像是小心翼翼从皮肤上探出头的特务。我想今早真是不走运，可再一想还是走运：离家时一念之差，到底把长裤换上了，现在裤子虽湿掉一大片，皮倒还尚在，真是祸兮福兮。人永远没办法去抱怨什么，凡事接受就好。

编刊物时认识一个叫迩殊的作者，特别喜欢她。因她是个"真"人，待人待事都真，既认真又真诚，叫人没办法不喜欢。可能是我没办法不喜欢吧，我自己就是个特别简单的人，所以也希望和简单的人交朋友。且她还极有自己的思想和个性，往往出口成章，字字珠玑，这更是难得。别人发微信，在朋友圈里点赞或是点评，应景儿凑趣的居多，唯她，我见她每一条都是真真的，连转发也是一种思想。我转发了一条关于产妇因羊水栓塞死亡的消息，她评价说，母亲就是这样一种九死一生的物种，历经千难万险的，所以拿一生的爱来爱那个同体同命的小家伙也还不够,那是多大的缘分啊(意思大概其,原话不记得了。她生孩子时也是高龄产妇,所以特别有感触)。

"同体同命"这个词儿真是好,想不出还有什么词儿比这更能表达母亲的复杂心情。做个母亲,不容易,唯其不容易才那么值得。至于其他,没什么了,真的没什么了。

细想想,这几年,除了生出一全须全尾的孩子,似乎没有大的成果。

平素读再多书坐再多禅,到了心里真难受的时候,也是白饶。人到底不是神佛,要嫉妒,要怨恨,要恐惧,要抽风,要歇斯底里,统统都是这样正常。你要是把自己高高悬挂起来,以为自己真能做到神佛那样宠辱不惊,那才是不正常呢。所以有时敲出某些愤嫉怨艾的文字,不是因为我变得不好,而是因为我想好好地过下去,不能带着这些垃圾走得太远。

今天,我不知道我该往何处去。以这个年纪,说这样的话,真是蠢得不可救药。可是,真的不知道。我其实是颗土豆,一旦发芽也就不能吃了,但还是拼命发芽,因为不认命。这一切有价值吗?有了那么多经历之后,我还是怀疑自己的存在,这有点可悲。好在人人都是悲哀的,有了大众文化垫底,什么也都可以安之若素。这是我这个阶层的中年妇女的流行趣味,人手一孩,你还要更多吗?

其实我想说的是,孩子是不能代替我们去生长的,有了航航之后,看着他完美的小脸,我还是会有隐隐的缺憾和淡淡的忧伤。有什么我不能释怀的呢?一定有。但我做母亲之后就不能再把它放在人生的显位。在这些隐去之后,就是母亲最悲哀的地方了。我想我要平静地想一想我的故事,那在做姑娘时能让我满心喜悦的故事。八月将近,九月来了,我打算回娘家把那套《倚天屠龙记》拿来再看看。那曾经让我入迷的武侠的世界,我竟然没有看过全本。回去,一个动作,一种仪式。我们是不是还能回去?所有的成年人都告诉我,我回不去了。但我还是想试试。我想告诉自己，一定，一定，像从没有老去过那样生长。

有时候觉得人世恍惚，特别是累了一天躺在床上，空想，这么折腾的一天都为了什么呀？一想就把自己想成了虚无主义者。很多人肯定都有过"没劲"的念头，可没劲之后，也就第二天吧，眼一睁，还是该干吗干吗。所以睡眠就是加油，睡眠不好的人，油就不够用，生活越发没劲。我一直没什么大的野心，或许，是因为油一直都不太足。睡眠轻且浅，小溪似的，不若大江大河。这样一晃就半辈子，并且也还有滋有味地活着，对人生还抱有那么一点不甘心，真是不容易。和我同体同命的那个孩子，他给了我很大能量，我是抱着他、吻着他入睡的，所以，他核弹头一样随时准备爆发的全能量也输送了一点给我。我就这样，每天拥吻着他进入小溪一样清浅的睡眠，补充生命，继续生活。

八月将尽，我觉得八月的活儿我已经干完了，我得好好休息一下。没有什么是值得抢在生命前头的，名誉和利益都不值得。今儿腿上这道伤是个隐喻吧？其实上天没必要暗示我什么，什么我都接受，像接受自然和生命一样。海灵格说，对一些东西你不要说接受，你要说尊敬，"接受"的话说出口，好像你有那么一种资格似的，其实你没有资格。所以你只要尊敬就够了，比如对父母，比如对命运。这是一种新鲜的提法。好吧，那我就尊敬它，像尊敬自己一样。请尊敬那个最好的你，你就是那么好。

秋天啊秋天

　　早上的太阳本是清透的，罩上一团雾霾便化为一片糨糊了。现时我们生活的城市，总是恶颜恶色地对我们，也不独独这座城市，中华大地，哪里都一样的。也怪我们不虔敬，得了这样一个恶果。人类不虔敬，上帝便对他施加惩罚，这是创世纪以来，我们多少次的教训。然而人类还照旧屡教不改，这一代犯了错误，要到下一代受到惩罚，他只记得这一世逍遥快活；受了难的，也不能说自己便无辜而全无干系，因那报应是替祖宗受的，父债子偿，天经地义；可到了再下下一代，试图有个系统重启之后的好气象，万不想他们早忘了上代的教训，于是这恶还继续轮回下去，直到人类终于湮灭在这个星球上。

　　我是看不到我们作恶的结果了，因那地球毁灭在我们手上也还不知要几百几千年后，人人都这样想的，所以也得过且过。可是生活中遇上诸如停水停电磕擦碰撞的麻烦，这些麻烦却是切身的。于是我们生气，我们抱怨，我们郁闷，我们暴躁，一丁点不顺心的小事都好像是一桩故意针对你的系统性预谋，不能忍受，不便忍受，不容忍受，不堪忍受，我们这是怎么了？

　　这个秋天我独自走在栽满梧桐的林荫道上，落叶已经把街道铺成一条厚厚的黄金地毯，但我更愿意想象，那是孩子们在和母亲说话。每一片小叶子都是根的孩子，当它们成年后，会从很高很远的地方回来，俯身亲吻它们的母亲。

　　春生，夏长，秋收，冬藏。这是一个收获的季节，或者说是母亲的季节。我知道我已经走得很远，从灿烂春光里那个懵懂的女孩子，历经了夏的溽热与雷暴，到今天，做一个母亲，走在人生的秋天里。我已经路过了很多风景，那无波无澜的人生经验虽平淡，却相当敬业地标记着我的衰老。所以我不能抱怨什么了，因为我的心里容下了那么多眼泪，水分饱满，吹弹得破，它在最脆弱的时候都没有破裂，现在，已经凝成了一尊琥珀，如何还能够放肆地流淌？生活还是会用它粗糙的表面磨疼我的心口，但是我不能再纵容恐惧和仇恨，因为我是一个母亲。我在秋天里走着，遇到了一个被愤怒点燃的女人，我走过去，轻轻对她说，你是一个母亲。是的，一切都只是因为，我们是母亲。连我的航航都会说"妈妈，我们永远不分开"，我还能拿自己的任性来挑衅生活吗？

　　人不可能孤独地走完一生，那是对自己的犯罪。所以要找一个人生孩子，找一个人过日子。那个人在没有出现之前，你会幻想很多画面，但是这些闭门造车的想象无疑是祸害，没有人可以和自己想象的另一半厮守终身。最后我们总是会坠进一个骗局，不管是以爱情为幌子也好，各种名目的障眼法都好，最后的归宿只是一种你情我愿的凑合。它本质上是一种交换，用时间和精力交换身体，用资源共享来交换生长背景，因为恐惧，我们交换了安全感，因为孤独，我们交换了体液。孩子的到来宣布了这种交换的稳固性，一个有责任感的人就会为了孩子拼命维护这种交换的日常功能。有了孩子，人生的格局就完全不一样了。男人和女人有很多不同，讨论其功能的优劣是没有意义的，不过于生养这件事而言，男人的生长是凝固的，女人则不同，她们在另一重生命里获得新生。和孩子一起再一次经历生长，悲哀也是母亲，欣悦也是母亲。

　　我踏着落叶，行走在这个城市的秋天里。秋天的景色真是气象万千，无边落木萧萧下是一种，天高云淡层林尽染又是一种，景色就在那里，不悲不喜。

栗　香

　　一直爱吃栗子，秋冬时候，冷冷冰冰的空气里，捧一把糖炒栗子，那美味真是人间少有。栗子是要现出锅的，放在黑黝黝的铁砂里翻炒才好。现在路边那些卖栗子的门店，头上罩着红彤彤的大灯，照得栗子油亮，味道却要差许多了。也许，心中只是一味地喜欢那口不断翻炒粗铁砂的大锅，那铁锅里的烘热把栗子的香味激出来，便隔着半条街，也能够闻到那馥郁的味道。这是二十年前的味道，烙在大脑皮层的褶皱里，一到秋冬时节，那冷冷冰冰的时候，或是并不怎样冰冷却叫我孤独的时候，它总是会神奇地显影，迸出我的饥饿和伤感。

　　现在早已不是随随便便感伤的年纪，但还会想念栗子的味道。有心不去专卖栗子的连锁门市排队，只等着在回家的路上，偶遇那一口热气腾腾的大铁锅。果还就遇上了，且恰有一铲栗子正出锅。那惊喜是不言而喻的，买了一包，顾不上手里提的、肩上背的一应杂物，张口就咬。那烫嘴的味道也是独有，叫我惊喜连连，原来这么多年了，还和小时候一样猴急嘴馋。

　　终于把那包栗子摆放在我家那地中海风格的餐厅里，热的，温的，终于渐凉下来。细想想，这样的午餐，这样的午后，在有限的生命中原也难得。我终于抵挡住那袭上身子的困乏，和着这一包栗子，开始了我的码字。这几年，除了生出一个孩子，似乎没有大的成果。

码字是有趣，也是无趣。因在生命中，有那么多不足为外人道的秘密，即使是至亲的人，他们也没有时间和心情咀嚼你不经意间的一声叹息。其实也不是什么秘密，只是我们对这世界的一种隐秘的情绪罢了。况且我又极容易满足，波澜之后，兴许都不用睡上一觉，已然把无稽的隐痛全都忘了。我想我们的生命终究有限，且又无常得紧，我怎么拿它去和别人比较？多么无聊的生命，也都有它存在的意义的，为了一堆垃圾，所以要有一个垃圾桶；又或者为了这个垃圾桶，就得有一堆垃圾来填满它。所以即或是垃圾，也可以是充实另一个身体的力量。这不就是垃圾存在的意义？说到这，我那斤半多的栗子，也快给我吃得差不多了。我一边吃栗子一边码字，这字里就充满了栗香。那是人生满足的味道。

可见我是个胸无大志的人，我的志向都在口腹之欲里。其实这是对生命的敬畏。我深知再有抱负也抵达不了欲望的尽头，所以惜福，惜命，惜现世的安稳。我只要这宁静的午后在阳光里尽可能地延长就好，把栗子的香味都留在时间的缝隙里。你又何必去想明天？明天并不在你的设想里，一切关于明天的想法，只是无稽。过好了今天，明天自然是好的。我这一包栗子，我要好好地享用它最后的几枚。那是人生的甘果，只属于我的所得。

午后，一点钟的阳光

今天的阳光很亲切，天也蓝。这样湛蓝的天空现在已经很奢侈，所以我愿意把自己的心情放轻松，就这样惬意地躺在湛蓝的天幕上，品一品自己的得与失，就像一只猫舔抚自己身上的毛。对于得到与失去，我已经很少去计较，在上了一点年纪之后，很自然地就明白，这些都是你的果。但是还会有悲悯之心，对于别人的不幸，不能因为一句冷冰冰的"这是你的果"，就貌似客观地虐待了我们心中那份越来越稀薄的柔软。这是同理心，不是同情心。一个妈妈，失去她的孩子，这怎么都是让人难以接受的，看到网上那首《已然来不及》的小诗，心里好难过，眼泪很汹涌地流出来，不管是不是在办公室那种很公众的场合。其实这种感情本来就是很公共的，我已经做好了打算，在别人看到我奇怪的泪水时怎样坦然地告诉他们，因为我很难过。

是的，因为我很难过。

"如果我们的缘分那么浅，为什么你不告诉我？"

一个孩子，一口奶一把屎尿，亲亲热热喂养到九岁，被一辆土方车夺去了生命。你要是那个妈妈，你会怎样地痛？

写到这里，仍还会哽咽着写不下去，即使不是那个剧痛的妈妈。

不觉又想到南师的话：那是罗汉，前世欠你的罗汉，还了你，但你也必要用眼泪来还他。

　　再写下去，已经失声地不能自已……

　　很多时候，我们的情绪是被压抑的，因为我们从小就被教导，你要管理好自己的情绪。甚至我们还要接着这样去教导我们的孩子。很多时候，我们也认为这样做是正确的，做情绪的主人，而不是它的奴隶。可是，只有在这个时候，才能深深体会，情绪是永远不会被控制的，即使你多么自以为是地压抑了它。爆发，是人类情感的本能，再被你无知地"控制"之后。只有我们自己知道我们多么委屈，只有我们自己知道有多少"不能"装在心里，也只有我们自己知道，得到和失去，都付出过那么沉重的代价，重到地心之下。

　　"那是前世欠你的罗汉。"

　　这句话，跟那个心碎的妈妈说，她是不是在哭累的时候会觉得一点安慰？

　　"你一定要比我的命长。"

　　是不是只有自私的妈妈才会说这样的话，要他还你更多一些？

　　对不起，我们都是自私的妈妈；对不起，我们都想把你们留在身边，永远，永远。

　　所以会恨时间，让我们在一起，只是那么有限的一段；然后却让我们分开，那么久，那么久，久到我怕我会忘了你。

　　偏还是执着，陷在红尘里。我若知道我做了一个妈妈，那便永无出头之日，终日只思量着我们要在一起，那么我一定怕得要命。可就是这样，我也认命。

　　不想再听到哭泣，不想再看到眼泪。我递给自己一方纸巾，度了这个午后一点钟的阳光里，又悸又怕的我。此刻阳光这样好，天也蓝得耀眼，我把心情放在天幕上，静静地，听一首关于生命的歌：

　　　　我会在指缝里把时间偷走
　　　　为了你

做一个小偷

唯一的一次

偷

把我们的时间都

偷回来

你　第一次在

我怀里吃奶的样子

你　第一次在

我面前微笑的样子

你　第一次在

我身边喊妈的样子

你第一次

摇摇摆摆

走出去的样子

第一次

挥挥手说

妈妈再见的样子

再见，你说

我　总是

想　我们当然会再见

因为　为了你

我做了小偷

我一定要做

那个把时间　偷

回来的

小偷

……

很少写诗，因为觉得这种文体造作得很。可是只有这时候才明白，不造作，就无法把感情自然地写出来。因为情绪是分行的，就像午后一点钟的阳光，这时忽然有了层次，一朵云飘来，就把我们的目光遮挡住了。其实太阳还在的，是我们看不见。

午后一点钟，忽然对生命有了更尖刻的理解。它不是来为你高兴的，它总是要看到你的眼泪，然而我们也要使它知道我们的力量，流泪就让它流好了，可是眼泪流过了，你还要去向它索取你的笑。

我似乎说了一个关于同理心的故事。

其实不是。

我想说的是，不管故事是怎样的，我从来不后悔我们的遇见。哪怕那一天我们要承受剧痛，或者有一天我们终于要承受剧痛。故事从来都不曾改变，我们在一起的时间是那么有限，但为了你，我会源源不断地向命运偷时间，我的爱一定能做到。不是相信，是信仰。

我不是一个普通的妈妈。我许你一个没有边界和终点的爱。

敬畏生命，也信仰爱。

许你繁花盛境

2014 年的秋天，秋阳正好。我知道过了这几日，秋便将尽了，但心里仍感激这忘我的阳光。今年闰九月，所以比起以往，秋天更长些。这多出来的月余的秋光，我们依旧还像往日一样，哭哭笑笑，忙忙碌碌，很快，秋也便将尽了。

忽一日闭目而思，觉得自己必须从前一种状态中出来了——人生总是有很多段落，这一段和那一段，种种明暗交替的过渡、停留，旋转、发足而奔或落荒而逃，只有我们闭上眼睛用心思量，才能把自己放到准确的位置上。彼时余晖已近辉煌，我笑着挥一挥衣袖，不带走旧日的时光。今天，就从今天开始吧，又是一个新的起点。我说，向前走，许你繁花盛境。

生活仍是一袭华美的生虱的袍子，我披在身上，痛痒自知。那袍子，到底还是要披的。已经不再年轻，但心还是软的，硬不起来，也不想硬起来。所以笑自己老天真。有时乐，或者愁，都会有唏嘘，感叹最多的一句，是老而无用。老而无用是为贼。偷了多少？窃了什么？这是一桩藏有巨大能量的秘密。我不说，这世界就是守恒的。

那么多风雨过来后，知道温暖要自己求。所谓自求多福，这是上苍给世人的宝藏，可惜很少有人记得，或是念在嘴边，小和尚念经那样有口无心。盛夏过后，秋时的天空就变得辽阔而明净了。那辽阔是壅塞的结果，那明净也不过是混沌的沉淀。所以我不能说年

第一辑 流光里

龄是资本，要论资本，我实在已经输得太多，出名要趁早，黄昏是只适合牵着老伴的手来散步的，哪里还能摸着小姐的丰乳肥臀诉说激情和欲望？但是每个人又有不同，这不同刻在岁月的褶皱里，不经意间你漏出指缝的笑容就是一种回报，只是你不在意它，它也就安然地寂寞在岁月里。起初我写评论，后来又写小说，偶尔也写童话和散文，报告文学将就着也能写一些，我不知道将来还会写些什么，但它们都是散落在岁月里的珠贝。

岁月这个词，读起来是一种悠长的口吻，可溶解在生活里，又不觉得它珍重。每一天，我们起床，如厕，刷牙，洗脸，早餐后上班，送孩子上学，工作三小时后吃午餐，在午后散步，或者散步心情，等待接孩子放学，晚餐，睡前故事，入眠。如此反复，周而复始，是一种安逸的庸常，或者说，平庸的福祉。我有时感谢它，毕竟是它界定了我的存在。其实，我总是感谢它的。那些以为没有它的存在就会活出不一样的精彩人生的人，从来都不会拥有精彩的人生。我从不批驳他们，生活自会批驳他们的无知。

在我人生的经验里，没有经历什么巨大的风浪。但就是生活那些细小的裂缝和琐碎的污渍，也能使我成长。长到这个年纪，为人母了，将来还要为人祖，我有满满的信心，比起别家的母亲和祖母，并不汗颜。自然的训诫，我懂得一些；人世的训诫，我也学着懂得了一些。可惜叫我惶惑，随着自然，我是越来越小了；随着人世，我是越来越老了。那也无妨，我总是我自己的。我愿意让一把年纪的心情还如小孩子一样跳得尽兴。

有时会读经，有时会自省。这个年纪，不上不下，这种认知，不左不右，自认为这便是好的。"我是好的"，这样我便值得生活厚待我，哪怕陷入庸常，平凡无奇。人说我的浓眉是好的，人说我的耳郭是好的，人说我的美目是好的，人说我的唇形是好的。人给我相面，都说这是好的。我便也相信，没有什么不好的，包括曾经失恋，曾经失业，曾经失掉我们的孩子……这世界有那么多失去就有那么多得到，它总是守恒的。所以，都好，一切都好。

待我尘埃落定，许你繁花盛境。如今是落定的时候了，我已步入人生的秋天，阳光正好。所以，岁月正好。

感谢昨天。昨天很好。

珍重今天。今天很好。

期待明天。明天，哦，明天，自然是更好的。

第二辑
且乱弹

　　我是喜欢乱弹琴的，从不追求琴瑟和谐，这脾性有几分源于天然，多半倒是职业习惯的培养。搞评论嘛，哪一个不胡说八道呢？我有时胡说得尽兴，就难免手舞足蹈，这昏乱的舞蹈记录着破碎的影像，别有一番滋味。说到底，我们都是昏乱而破碎的。

出言不逊

　　一直以为《放下武器》是许春樵的巅峰之作，到了《男人立正》和《酒楼》，啧啧啧，外门功夫倒还硬得很，内力却弱了。今天放下文艺批评的标准来看《酒楼》，纯粹站在一个女人的立场，我得说，许春樵说得很有点道理，尽管这道理有点歪门邪道。

　　他说，任何人结婚的目的都不是为了离婚，离婚不是因为结婚结错了，而是结人结错了。两个好人不一定能过上好日子，而两个坏人有时能坏成一团，幸福无比。这是匹配性出了问题。

　　经典。它让我想起了陈玄风和梅超风。两个大魔头的结合，谁说不是郎情妾意呢？

　　一个人是好是坏，是不能推断出他婚姻的质量的。就我个人而言，我有一种奇诡的想法——我宁愿我的丈夫不是一个纯粹的好人。因为如果他是一个大大的好人，人人都说他好，我反而觉得危机四伏没有安全感，觉得他的"好"是以虚伪地出卖我的"坏"为对价的。你想啊，一口锅里吃饭能不磕着碰着吗，好嘛一吵架人人都说他好，他无辜，他克己守礼，那不就是我成心使坏了吗？所以他得够坏，起码在外人眼里我得是无辜的小蓓蕾。还有他对别人都坏，就对我好，这就显得特别好，受用。

　　这是说笑话，我的意思是说，人无完人，舆论意义上的好人并不一定能把婚姻经营得很好，所以两个人婚姻失败的时候别在他们身上找是非对错。我就很赞成张慧婷跟齐立言闹，没有女人能有那么高的境界，谁嫁个窝囊废老公，食不果腹、朝不保夕的时候不觉得委屈呢？他齐立言再好，没本事给老婆买煤气给女儿付学费，那就是彻彻底底的失败。

就这一点来说男人够累的，首先他得顶天立地。怎么个顶天立地法儿呢？他得挣钱，挣到足够的钱，让老婆不骂他窝囊废。现在你要是没钱，老婆都不跟你过性生活。以前我们说女人命苦哇，女人是性工作者是生育机器，现在妇女地位可提高了，有钱的时候她不能拒绝，但是你没钱的时候绝对地拒绝你。

去年大街上流行一首歌，《男人就是累》。那令人喷饭的歌词使我过耳不忘："男人就是累，男人就是累，地球人都知道，我活得很狼狈。男人就是累，男人就是累，全世界都知道，我赚钱很疲惫。"因此我很以我是女性而感到欣慰。尽管在男性霸权体制里受到一点欺侮，但是没人指望你成为脊梁一样的人物，家庭的或是社会的。这时候男人的特权给他设置的圈套就无法不充满讽刺意味，你混，你混你就得满身伤痕，权利和义务是对等的，你不能光享受权利不承担义务吧？

我是不是有点幸灾乐祸的意思？

以前单位里有个挺爱打扮的小姑娘，特别爱拿各种各样流光溢彩的首饰跟自己较劲儿。可就是这么一个爱美爱得不行的女孩子，坚持不打耳孔，不戴耳环，要戴也是假扣的那种。因为她说她怕打了耳孔之后，下辈子还当个女人。这笑话多少有点封建迷信的意思，可本质上却是一种诅咒的轮回，说明女人对自己的处境很不满意。可是我看她收到花和巧克力和毛绒玩具和琳琅缤纷的礼物的时候，笑得也很灿烂很明媚很甜蜜很开心。我就奇怪了，如果下辈子你不当女人的话，可就没有人给你送花送巧克力送礼物了，你得屁颠颠地给人家送花送巧克力送礼物。当个男人有意思吗？

现在已经不是波伏娃激烈辩论"第二性"的时代了，如果你自尊自爱，你可以活得比男人更有尊严。所以我觉得许春樵作为一个男性作家，他太偏爱塑造男人了，对自己的重复是无法突破的，正如对别人的模仿无法完成超越。要是我写，我就从张慧婷或者王韵玲那儿下手，这些女人对于人生的展演能说出更深刻更生动更层出不穷曲径通幽的道理。合着齐立言离开张慧婷以后就成功了，张慧婷离开齐立言以后就堕落了，因为她是一个"过日子"的女人；王韵玲跟着齐立言就开餐饮航母了，单挑的话只能开个小酒馆找个打工仔拖齐立言的油瓶，即使她是那么一个"干事业"的女人，整个一男性话语建构的神话体系嘛。《酒楼》的主题是异化，金钱的异化，权力的异化，社会的异化，人的异化，这些我承认齐立言都能够表现出来，但绝不是全部。如果走进张慧婷和王韵玲的灵魂深处，应该会有更绝的人性挽歌可以唱响。没准这是许春樵向另一个巅峰冲刺的跳板。可是他放弃了，正如男人放弃女人时的决绝。毕竟这个社会的主基调仍是由男人奠定的，女人再绚丽也只是一抹调色的虹，再敬业也只是一个对白无力的配角。幸好现在已经21世纪了，我们能为自己的性别做更多的阐释和创造，而明天，将更好。

七夕之约

　　七夕的时候，大家纷纷通过网络和手机互发这么一条讯息，大概意思是说，2012 年如果不是像灾难片《2012》预言的那样遭逢世界末日，如果地没震，楼没塌，你还在，他还在，那么你要在 2013 年 1 月 4 日这一天好好地祈祷，爱你一生一世。这是一条关于爱的讯息，如果没有后面那句画蛇添足而充满市侩气息的提示（请大家多多益善地转发，当达到某条信息量的时候，你的愿望就会在某日某时实现），我想这会是一份完美的祝福。

　　我们都向往圆满的爱情，但我们当中的很多人曾经为爱流过泪或者受过伤之后就不再信赖爱的纯正品质。这是人类最庞大的遗憾。还有更年轻的人们，因为天真而世故，自以为掌握了经营生活的哲学，于是为了婚姻的经济性、安全性和舒适度，甘愿放弃新鲜真诚的爱。这些都让人感到深切的悲哀。我想起在一个潮湿昏暗的地下车库里，我侄女向我转述的一个被转述的故事：

　　办公室里有一个女孩子对大家说，我读到一个故事，于是我哭了。大家就好奇地问她，这是怎样一个感人的故事。女孩说，这是关于两头猪的故事。大家哈哈大笑，觉得这个女孩子的脑袋肯定是让门挤过。女孩不笑，她坚持让大家听她说这个关于两头猪的故事。于是她说，大家听。

　　两只普通平凡的猪的画卷在大家的眼前徐徐展开，和任何慵懒肮脏的圈养畜生没有分别。其中一只是母猪，另一只，是公的。

有点意思，大家开始有一点兴奋了。人们喜欢香艳的故事。畜生的性别令人们产生了遐想，于是鼓励女孩说下去。

公猪很喜欢母猪，对她温柔体贴，处处维护，如果有吃的，他就把最好的食物留给她，宁愿自己吃残羹剩饭，晚上睡觉的时候，他会让她舒舒服服地睡在里面最柔软的稻草上，而自己则整夜巡行在围栏边上，为她站岗放哨。

有一天晚上，公猪一面心满意足地看着他的爱人香甜地酣睡，一面在围栏边上警惕地溜达，这时候他忽然听到了人的对话：母猪已经又白又胖，是时候出栏了，公的那只还不行，看起来又瘦又小，杀不出几斤肉，还得再养养。

这话让公猪心惊肉跳。

于是从这一晚开始，公猪性情大变。他不再给母猪留食，有好东西，一定当仁不让首当其冲地大快朵颐。到了晚上睡觉的时候，他也不让母猪消停，执意赶她去最冷最硬的地方守夜。母猪很快消瘦了。

过节的时候，主人两相比较之下，终于宰杀了公猪。

猪圈显得很空荡，母猪徘徊在公猪曾经卧过的地方，嗅着他熟悉的味道。尽管这段日子以来他对她很不好，但是她心里还是惦念他。直到她百无聊赖地在他卧过的地方徘徊了一百遍，发现墙脚一行细小的几乎不可见的文字，她再也忍不住号啕大哭起来：

"亲爱的，我不能再照顾你了，我只能用我的生命来爱你。"

故事说完了，办公室里很安静，大家面无表情，然后面面相觑。女孩很惊讶，她问大家难道不觉得很感动吗？大家很平静地说，还好吧，不太好笑，但总不至于哭出来。女孩对于大家波澜不惊的反应大失所望。

当时，我侄女是这个"大家"中的一员。后来，当她在潮湿昏暗的地下车库里把这个故事当作逸闻趣事转述给我听的时候，我为了配合说笑话的氛围，故作潇洒地大笑起来。笑声爽朗明快，不过与此同时，心底却涌出一种迟钝的苍凉。我承认我笑过之后眼角就湿润了，但我利用环境的阴暗掩饰了那滴泪。

用生命来爱你。我不能对这样深邃的感情无动于衷。更让我受到触动的是，居然大多数人对它无动于衷。

我想我们的世界已经缺氧了，大多数人不知道怎么呼吸爱的空气。他们怀疑一切，尤其是真诚和善良。

七夕，佳期如梦，很多人捧着漂亮的玫瑰和浮夸的爱情在大街上旁若无人地流窜着，但我不知道他们是否真的懂得玫瑰的意义和爱情的真谛。2012，如果你还在，他还在，但是爱不在了，怎么办？

这似乎是个残忍的预言，比地震楼塌更让人鲜血淋漓。所以我没有转发那条短讯。不是因为心疼那条一毛钱的信息费，而是我希望"大家"能够明白，爱不在于生命的等级，不在于玫瑰的精致和表白的热烈，不在于某个特殊的日子那一次心怀激荡的碰撞后貌似庄严的宣誓，更不是随波逐流一厢情愿的单薄愿景。爱在每一个平常的日子里，驻扎在真诚的灵魂、良善的品格、信任的眼神、宽容的胸怀以及敢于相信、愿意感动、能够坚持的态度里。

七夕，以及剩下的三百六十四个日夜里，请约定，用尽我生命的力量，爱你一生一世。

万物生长

　　相对于那些中规中矩的作家们来说，冯唐算个异数，他走的是王小波一类的路子，不过正如他自己所说的，因为年代的距离，不能像哥哥姐姐们那样，把没好好念书缺文化少教养什么的归咎于"四人帮"的耽误迫害，所以调侃的笔调更加轻松流畅，表面上看起来没什么深度，起码他的深度不抵达表面。北京的爷们都能侃，读他之后站在我们家十八楼的窗户边上往外看，环城公园那一溜儿深深浅浅的黄绿红紫，让我想起了两年前香山上层林尽染的虚拟秋色，那是属于我心目中的老北京的一种风景。我家先生在还不是我先生的时候跟我吹嘘他是打京城那边来的，北京是他的第二故乡。那一年秋天他带我去香山看红叶，结果什么都没看到。但是我为他深深倾倒，他用他的情感和灵魂给我描述了一种美丽的秋意，大概因为他恰恰属于冯唐所说的"生而知之，不念书却充满世俗智慧"的那种人，这让我感到十分新鲜。

　　我总在奇怪，为什么我家先生从不读书，却能够在每一个看似不经意然而很关键的时刻亮出一道思想的光芒，简直像一个横空出世的美猴王。看到《万物生长》，我才知道他就是冯唐所说的那一类人，他就是这样生长出来的，在汗流浃背的夏天趿一双把脚丫子充分暴露出来的拖鞋，在大街上肆无忌惮地看姑娘，把大街当咱家；然后他可以凭一点小聪明在读书之外的时间赚一点钱，使自己还在当穷学生的时候就能够偶尔看上去鲜衣怒马、年少多金的样子。他读书不是很用功，但足够混一张文凭，他做人不是很努力，但让自己活得骄奢淫逸绰绰有余。这样的人需要懂得欣赏他的女人去改造他，就可以成为社会脊梁骨一类的人物。

至今我也不确定如何义无反顾地跟着他远离自己原先的生活模板，走上一种完全不同于我父母三十年辛苦栽培、精心规划的生活道路的。我以为我转变得很艰难，甚至流了一点泪，一点血。但我很快乐，因为我就想这么没心没肺地活着。我父母当初替我担心的一个重要原因就是，这种活法的人没什么责任感，因为他不讲规矩。一个男人没有责任感是很可怕的，像每一对为女儿殚精竭虑的父母一样，他们怕我承受不了始乱终弃的可怕后果。可是我知道他并不是没有责任感，他只是对他认为应该负责的负责。他确实是一个不太讲规矩的人，对于他来说，规矩这种太表面化的东西压根是一种伪存在，而我们的内心有更加强大的能量，让我们在需要的时候正确地担负起我们应当承担的责任。

我知道他是不读书的，更加不读冯唐，但我看到冯唐那种深度不抵达表面的行文风格之后自然就想到了他——深度不抵达表面，这就是他的风格。在我读他两年之后，在我成为他的妻子之后，我更加意识到自己的责任重大。我不确定自己是否能让他成为社会脊梁骨一类的人物，但作为妻子，这无疑是一项伟大而光荣的任务。大海航行靠舵手，万物生长靠太阳。不敢自比太阳，相互照耀吧。先生自有他生长的历史积淀，那颗太阳一早就存在于他的胸腔，他生命的空气里。正如我和风细雨的生长历史，我表面的规矩和他表面的不规矩一样虚幻。在骨子里，我甚至怀疑他更像一个骄矜的处子，比我更害怕有始无终的感情。所以我要向他学习，就像一株温室里修剪合度的观赏植物学习另一种枝叶蓬勃张牙舞爪的野生植物。我愿意我们一同比肩蓬勃旺盛随心所欲地生长。

越活越主流

有一姓庄的姐们儿，年龄在二十到五十之间，整日价自说自话跟那掰扯些男女关系，好像还小有名气。她总是称呼自个儿为"哥们儿我"，她还说出了"年怕中秋月怕半，人到三十歇一歇"这样有哲理的话，所以我觉得她还满可亲近。这年头都不读老庄了，改读"庄老"。庄老就是这姐们儿。她喜欢"爱情"这个词儿，觉得它能经得起无穷的推敲和阐释。所以人家评价她的时候就说，你可以随便把一坨爱情扔在她面前，她就这么使笔如刀地给你划拉开，开始掰扯，深入浅出，无论段位高低都有个好好玩好好有意思的说法，完了她拍拍手说：让男女关系来得更复杂些吧！

这么一来我没有理由不喜欢她。我就喜欢把正经当好玩儿的人。

其实我心里也有那么一种醒醒的想法，男女关系是越复杂越好玩儿，但表面上你得看起来很正经，不一定道貌岸然，但起码表现出你对于现存的道德规制是拍着脚底板赞成的。越是高段位的男女越经得起事儿，多复杂的男女关系都举重若轻。二奶算什么呀，整个三人行也不成问题，东宫能把西宫捧着拍着，说你分担了我的工作、解放了我的自我、我感谢你还来不及呢，怎么能搧你巴掌，咱姐妹情深一起榨干那××吧。这是现代女性对自己的一个说法，不用跟人讨说法，良人不归的时候跟谁讨说法都显得你可怜可恨，你的男人你让他跑了，你傻。

所以现代女性的一个原则是坚决不做怨妇。

先前还偶尔拣几本某女性精神导师指导身心训练的书看看，无非是说加强自身修养、自尊自爱、自强不息什么什么的，当时看了以为蛮受洗礼，还兴致勃勃推荐给一备受情感打击的女朋友，想劝她甭那么爱钻牛角尖。谁知道她越看钻得越起劲儿，我就琢磨，这么一本正经地玩概念是不对的，感情上脆弱的人通常都玩不起，你跟她掰扯这个，她伤得更犀利。看庄老之后我彻底想通了，失恋的女人压根儿不用劝，能自我修复地流三天眼泪，第四天准该干吗干吗，那种完美主义神经质的只能用更不靠谱的方式折辱她，使她明白，痛死了自己活该。

话说回来，按庄老的说法，现在的男人也变得猴精，他绝不让你抓住把柄。三十五岁这个段位的男人叫作"中年怪叔叔"，特纯情。往前不行，往后也不行，太年轻和太老的都用下半身思考，前者受荷尔蒙支配，后者见了年轻漂亮的女孩儿为了证明自己是"行的"所以不行也行。但凡"人到三十歇一半"的女人，算是徐娘半老了吧，怎么着也不能跟小姑娘拼年轻貌美了。但是她们的男人正是风华正茂的时候，一不留神就成了开宝马的"中年怪叔叔"。他有了一点钱，一点地位，一点空闲的时间，但他不准备回家给老婆买棵大白菜做晚饭，一边看孩子满地打滚一边看今晚的《新闻联播》。对于他这种有一点钱，有一点地位，还有一点时间和品位的男人来说，那太乏味了。于是多看到他开着宝马去各大院校接年轻的小姑娘。据说如今的八大艺校就和当年的八大胡同一样，胡同里有的是年轻貌美的姑娘，色艺俱佳，下流的除外，也有卖艺不卖身的，这些中年怪叔叔喜欢玩儿这个。老婆问起来也好，最好不问，他都没什么负罪感，因为是"纯思想的交流"嘛。

那么女人到了歇一半的岁数是要看得开一些才好。你要太在乎爱情的纯度和婚姻的净度就忒傻了。千万别看《山楂树》一类的闷骚型文艺电影，完了跟自己拧巴遇人不淑。既然你脆弱的小心灵不堪一击，就不要觍着脸装懵懂无辜，你男人太知道老脸杀熟了。最理想、最安全的办法就是转而归顺自然主义，爱谁谁去，老娘不伺候你这嘚瑟劲儿。没有什么不能过去的，在这个神马都是浮云的年代，年轻姑娘也是浮云，谁还不是打年轻姑娘过来的。对付复杂感情的手段本质上只有三个字，就是"不在乎"。你要是有个男人不靠谱，你就得更不靠谱，跟他说：你玩去！基本上男人获得许可之后自尊心都大受挫折，偷腥都不带劲了，就算不乖乖回家陪你炖大白菜、看《新闻联播》，也不大可能对开着宝马接小姑娘抱以强烈兴趣了。他不就是想进入女性的精神世界吗，咱老婆的精神世界更幽深难测，越看越有戏，得，还是回家跟老婆探赜索隐吧。再不成的，直接跟他说：你死去！表情不可严肃，眼神不可幽怨，千万记着"不在乎"是主基调，保管万试万灵。

这是主流吧？我认为是的。

无　题

　　清晨，曙光透过窗帘洒在我们的席梦思上。小子照例醒得比我更早一些，咿咿呀呀地叫嚷着他的不满。我翻过身来，伸出手臂轻拍他的脊背，并搔弄他大腿和腋下的痒痒肉，给他足够的安抚，直到他能够咯咯笑着面对新的一天。

　　这一天阳光很好，七点钟时太阳已经爬上了十八楼的卧室。我给小子穿戴好，送他下楼去他的老外婆那里玩耍，这是他每天例行的功课。接着俺回到楼上睡俺的回笼觉，耳中迷迷糊糊可以听到老外婆声情并茂的惊叹："嗯——嗯，宝贝拉臭臭，嗯——嗯，用劲，嗯——啊！看看，谁的臭臭？哦，我宝贝拉的臭臭！闻闻，宝贝来闻闻，臭不臭？臭不臭？嗯，真臭！"

　　被老外婆打败了，每次听到我妈这么儿童剧式的独声表演，都为之哭笑不得，那便秘感深重的"嗯嗯"声，那带着小蝌蚪尾巴似的转圈语调，那排比式的设问句，简直可爱到让人不断缩小、缩小下去，一直缩小到大小便不能自理的年代。

　　由此想到人类的排泄，的确是很奇妙的一件事。结构之复杂功能之奇巧且不作讨论，单单说如果我要表达俺要如厕的欲望，便可有许多种说法，比如方便一下，解个手，这是比较文雅一点的；比如拉屎、撒尿，这个很直接；比如尿尿、便便，这是童趣版的；最不可思议的是，屙屎，容易使人联想到坚硬的棍状物，费老鼻子劲的感觉，特搞笑。记得上小学的时候，有一次一个同学迟到了，站在教室门口喊报告，老师问他，你为什么迟到呀？那个叫史纲（这个"史纲"的父母也真是有涵养，给取了这么个富有韵味的大名）的同学就老实不客气地高声回答：我屙屎去了！全班同学当场笑岔气。

我这么说绝非低级趣味，我想说的是，你能控制大小便真的是特别值得恭喜的一件事，这说明你长大了，又不太老，并且身体健康。你处在这么一大段人生的黄金时期，想什么就做什么，实在是很幸福。你可以行自己的方便，怎么方便怎么来，即使随便一点也没有关系。历史老师说，我读高一的时候，你还是液体呢。这说明我们一直在往高级形态发展。谁都不否认女人会变，女大十八变，越变越随便，这是大势所趋。所以荣膺为妇女之后，你再看看以前你诚惶诚恐的那些事，其实就那么回事。比如你们公司美貌风骚小秘书和大肚子秃脑门董事长的问题；明星大款乱搞则叫绯闻，而历史名人乱搞就叫传奇了。其实，我们都可以说，我们的，只属于我们的，那叫爱情。

我是很喜欢说俏皮话的，虽然说得不好。但我不以为我比名人差。那些名人，他们说话和我一样缠夹不清，稍微风趣一点的，就可以叫名言，要是枯燥乏味，就算是文献。但我不一样，我风趣也好枯燥也好，都是放屁。一样的系统，功能不一样。我平时不爱骂人，更不打人，所以很少有人知道其实我也文武双全。我很随便地出生在一个不怎么显赫、不怎么富贵、不怎么引人注目的家庭，很随便地上了个不怎么起眼的学校，很随便地找了份不怎么发达的工作，很随便地嫁了个不怎么英俊的男人，又很随便地生了个不怎么矜贵的小孩，我以为我这一辈子，也就这么很随便地活一次，罢了。

人生是经不起推敲的，有时候你只能随便一点。顶瞧不起那些爱钻营的家伙，脑袋比蜂子的尾巴还要尖削，他们步步为营，步步算计，步步惊心，貌似有非常精准的人生规划，长于各种权衡和揣度，遇到这种人，偶滴神呀，往往要敬而远之。其实也不是瞧不起，是畏怯，我只是随便过过日子的人，于生活随便惯了，对那些敢于筹谋而不那么随便的人，便有一些敬畏。

作为女人，我对自己的容貌也很随便，懒得做 SPA，不懂如何化妆，不知道那些瓶瓶罐罐的奥妙用处，美容院挣不着我的钱。最对得起这张脸的是，我比我妈强一点，我不擦雅霜，我擦大宝。年纪大了才知道一些护肤品的牌子，高级的我不买，人送我才用，抠一大坨不花钱的往脸上抹。男人送礼送烟酒，女人则送化妆品，这很有意思，它说明什么？说明男人就是比女人有内涵，你不服还真不行，你说究竟是吃了喝了实实在在揣自己肚里比较划算还是刷一层涂料在脸上给不相干的人看比较划算？哎呀，女人啊，再复杂的五官也掩饰不了你朴素的智商。

从此做一个素面朝天的女人，因为不管你往脸上涂抹什么，岁月都会给你化妆。

不敢说幸福

　　姚晨和凌潇肃离婚了，七年之痒。某影评人说，从中可以得到三条教训。这隔靴搔痒的三条对姚晨来说可算是血的教训，夜阑人静，三里屯泡吧回来一时半会儿又睡不着的时候没准还能惦记起七年的恩怨，捎带矺摸矺摸那点字里行间的血泪珠玑，算是搞媒体的人（简称"媒人"）之"黄金三条"吧。怎么说呢，睁大双眼之任何八卦群众都爱盯着名人屁股后头看纯属隔墙不打鸟的冷笑话？所以你是公众人物，你就要慎重对待你的私生活，慎重对待私生活还不够，还要慎重考虑私生活的不确定性，哪怕你现在规规矩矩谈恋爱、婚姻如胶似漆，你也只能焖在锅里自己偷着乐吧，乐吧就算了，别织围脖，别秀你的恩爱，别满足大众追随的目光和窥伺的欲望，大概就是这么个意思，原话是，"幸福是经不起强调的"。名人要是经不起寂寞，可不就找抽么，挨完抽你再找一没人的地儿，搁那儿纠结：人啊，感情啊，叹息吧。

　　其实不光那些星光闪耀的哥们儿姐们儿，在我看来，你就是平常一人，要想守住你的幸福，也该让它寂寞一点比较好。谁没个三灾六难呢？谁又长着前后眼呢？老话儿怎么说的，花无百日红。幸福的小花朵开过了，总得败。败的时候你得哭吧？你不能要二说我就喜欢它败得稀里哗啦、支离破碎、满地小废渣吧？你可以装坚强，但不可能真欢喜，对怒放的小花朵和蔫了吧唧的小花朵都一样爱不释手、狂喜不已。除非你人格分裂。强作欢颜背后眼泪流尽是多么凄惶的事儿，人们对待你就像对待旧社会妓女的态度，你可怜吧？那是因为你贱呐！贱客才身怀绝技呢，我们就喜欢看你贱气纵横、贱走轻灵、一贱定乾坤的样子，特给劲。总的来说人们的优越感往往来自于看到他人的悲惨，物质的，精神的，金钱的，地位的，爱情的，身体的，总之他拥有你没有他才乐意播撒爱心。同情是人类伟大的情感，我们很愿意称之为一种美德，我可否这样说，它之所以美，关键在于八竿子打不着的落差？

鉴于幸福是这样一种东西，它的持续性和稳定性统统处于不确定的状态，非人力所及，所以为了安全起见，你把得它藏着掖着存着伪装着，旁人看起来最多也就是从无到无而已，比起从有到无，没那么引人注目、勾三搭四、招蜂引蝶，比较容易逃过街坊大妈、门房大爷、打牌大哥、买菜大姐们口水织就的天罗地网。你还别不信，红颜薄命怎么回事？英年早逝怎么回事？天妒的呀。老天这么大能耐这么大容量都善妒，何况是你身边的人。天意和人意都属不可解释的神秘力量，任你多么神经大条，经不起任何其一的没命折腾，要是它们联手折腾你，认命吧，必死无疑。

所以在我心里，似乎禁忌常在警钟长鸣，我不敢在众人面前演说幸福，只偷偷地对自个儿说，"我算是够幸福了吧？啊，幸福！"偷偷地，就这么偷偷地。到了后来连对幸福的臆想都变得小心翼翼，不能是志得意满的，不能是提胸而立为之四顾的，而必须是谦卑的，感恩的，必须在满足的后面加入"我要的还不够"的潜台词。

你不够幸福，真的，你要随时提醒自己其实你还不够幸福。不是贪得无厌，只是很用心很用力地自我告诫：我可以做得更好。为此你可以得到更多的幸福，因为你是值得的。正如你自重，所以值得别人尊重，你自爱，所以值得别人去爱。上天似乎没有理由特别眷顾你，正如周围的人没有义务善待你，你必须让他们知道，你值得更多一些。炫耀作秀和公开演讲你的幸福，只能让他们知道你已经得到的够多了，简直多得不要脸，你不一边凉快凉快老天和群众都不答应。

那么幸福有没有必然性呢？比如我们具体点儿再说回上面的例子，感情。感情这东西它其实路径可疑，非一己之力用心经营就能坚定不移地朝唯一的目标——幸福走过去（有时候甚至双方都很诚恳地付出努力都没用）。你不知道什么时候出车祸了，什么时候得绝症了，就好像韩剧里似模似样卖力演出非常有普遍性的那样。也不知道什么时候小三儿就兵临城下了，什么时候他妈你婆婆想跟你唱一出了。甚至不知道哪根葱哪头蒜就引发了不可收拾的恶战，哪句话哪个眼神就招惹出惊心动魄的恩怨。这就好像盆钵相碰、锅瓢相撞一样寻常而不失耐人寻味。大多数能够走到最后的夫妻不是因为爱情，这就使感情这玩意儿更加形迹可疑。如果没有爱，我们不会相拥彼此的人生，但是爱，对你的婚姻并没有比一块面包或者一张彩票更多一点的保障性。

婚姻中的男女于波澜不兴的生活面前，难免一争长短一较雌雄。要是遇到极端情况，道德情操、责任义务这些玩意儿没准叫你爱心泛滥，英雄主义情结一慨然而发很可能知难而上勇挑重担，一咬牙一跺脚吃亏一辈子也就认了。可是你有手有脚没病没灾的谁鸟你啊，我有必要因为结婚那天傻乎乎举着戒指一句"我愿意"，就一辈子委屈自己照顾你情绪吗？遇到柴米油盐酱醋茶、鸡毛和蒜皮这些统统都不值一提但是加起来又不能不吵一吵的问题，你忍不忍吧？

宗教和传统哲学都有训诫和警示，提醒我们要忍耐。什么宽恕啊，包容啊，谦让啊，爱啊，厚德载物啊，退一步海阔天空啊，总之家和万事兴，你忍一忍就过去了，到底一日夫妻百日恩，床头打架床尾和嘛。其实就为了这份君住欢床头、妾住欢床尾的恩情，锅碗瓢盆碰一碰能忍也就忍了。耐不住天长日久的碰，似乎谁忍得多谁活该内伤严重死无全尸。所以现代心理学家、所谓的婚恋专家以及专栏知心大姐又教导我们其实没必要委屈自己，情绪就是拿来发泄的，没有人有义务对你好，关键是自我保护、自己对自己好。必须承认，任何感情都是耐不住消磨的、所有幸福都是经不起强调的。天长日久的消磨、自以为是的强调还能过下去的那两个，必是一个有虐待狂，一个有被虐狂的倾向。结果就是幸福不在于两人往同一处使劲儿，而在于一个使劲儿另一个能接得住还接得心满意足。

所以不敢说幸福，怕意外，怕意外的车祸，意外的癌症，意外的小三儿，意外的碎嘴婆婆以及无数个无法预测的未来事件，哪一样的概率都比老天恰巧让你们两人遇上这个约等于零的机会大。万一老天没长眼让你们两个遇上了，虐待癖的那个，不敢说自己吃定的那个哪天就觉醒了不再吃你那一套，被虐的那个，保不齐哪天受刺激过度忽然就不想玩了。所以，还是心存敬畏的好，对天，对你身边的人。

围城里的是非

有一哥们儿，三十二岁，夤夜车祸，断颈椎，ICU 抢救三天四夜，最后挂了。我当时听说这个十多年没见的老同学一时按捺不住猴急的性子抓紧时间翘了辫子，第一反应是，英年早逝。这个年纪，社会精英、家庭脊梁，这一撒手人寰，可怜了娇妻幼子。多么令人唏嘘的无常人生啊，嘴里嘶嘶抽着冷气参加该哥们儿的追悼会，做好了安慰那个凄惶的未亡人以及她的永远失去父亲的小孩子的准备。

结果我未能如愿，因为他根本没有留下孩子，他的那个我意想中泪水涟涟的娇妻也并不存在，早在他翘辫子之前的数月，该女子已经干脆利落、合理合法地与之解除夫妻关系，成为毫无瓜葛的“前妻”。就这么简单，一个人，赤条条来，又赤条条走了。随身可带的，就只有他老妈的眼泪。白发兼少许谢顶的老太太，坐在床头哭我的儿，一声一声，肝肠寸断。我不能看这人间悲催的闹剧，那使我同情心泛滥，悲伤的情绪血流成河。可同时又替他觉得庆幸，并没有那可怜的娇妻幼子。使我奇怪的是，这哥们儿走得可真绝，真正的家徒四壁。空落落的客厅里，只剩下一张颜色被时间洗白的玫红绒布沙发。

隐约有知情人跟那儿愤愤不平，骂他悍恶绝伦的前妻，是一坨多么不齿于人类的臭狗屎。这是一个趁火打劫的强盗，攫走了所有的财产和回忆。这女人走的时候带走了家里一切可算计的东西，包括饭锅和碗碟，就连筷子也没给他留上一支（我想这真是一个后现代主义的女人，对今后理想人生的规划与构思着实令人费解）。她还带走了他的快乐和宁静，使后来的他与忧虑和恍惚结伴。她对他的死负有不可推卸的责任，这哥们儿其实死于这个女人的凉薄无情。

这控诉听起来合情合理，并令人义愤填膺，多么狰狞市侩的女人啊，她使他的婚姻破碎，粉碎他人生的幸福感，并最终导致他生命的过早殒逝。我不禁要为这歹毒的妇人拍案叫绝了。

可是，且慢，似乎知情人并不止一个。

关于这哥们儿之死的另一个版本是，纯属意外。这哥们儿本来春风得意，哼着幸福的小口哨，走在甜蜜爱情与辉煌事业的康庄大道上，压根没想到自己会死。话说这哥们儿刚刚升迁，某上市公司的财务总监，离婚这点芝麻绿豆大的小事儿算个屁啊，简直就是哥们儿如愿以偿的选择，他正好可以跟他的小情人（藕断丝连之前女友兼现同事）回归宿缘、春光灿烂啦（估计此为导致这哥们儿离婚的根本原因，若非如此他老婆未必做得那么绝，若非如此他也未必肯让他老婆做得那么绝，所谓人同此心，心同此意，明显的补偿性原则嘛）。谁知道半夜从哪儿"happy"回来，倒霉催的碰到个酒驾的二百五，直接把他给撞死了。

这个版本比较人性化，不像第一个，太传奇了。要是故事可以由看客任意杜撰，我个人比较喜欢这个死法。

我其实没有别的意思，也绝对不是看笑话，人已经死了，我宁愿他死在明媚的春光里，而不是被凛冽忧郁所埋葬。我只是想通过这哥们儿的事说道说道一个问题，他失败的婚姻是"杯具"？"洗具"？旁人并无从知晓。婚姻是一个让我们必须放下是非观念的范畴，当事人以及任何围城以外的他者无从对其正当性、非正当性提供有效证词。即使是死亡这样极端的个例也能给旁观者带来想象的无穷乐趣，他们争执，辩论，据理力争，似乎要为死者讨回一个公道（反方则要证明对于死者过失的宣判并无不公，生命的无常和爱情的无

137

第二辑　且乱弹

常都是合理的）。与生命一起终结的围城之战尚且如此，那些还在围城里津津有味孜孜不休打着闹着争着吵着的男人和女人，还有什么一定非要为辨明曲直对错讨个说法的？谁是谁非？答案无解。

乳　娘

最受不了儿子乖乖的样子。他那样安静地枕在你的怀里，一只柔若无骨的小手伏在你的胸膛上，毛茸茸的小脑袋则柔顺地歪向一边，使悠长而静谧的睫毛倾覆在微闭的眼睑上。此刻他樱红色的小嘴很努力地一拱一拱，试图侵占你全部的身体和灵魂，并源源不断地从你的血液里汲取你毕生的爱和精华。奇怪的是你非但不感到被索取和被剥夺，反而汹涌地想为他敞开胸膛，并对他喃喃地承诺，你的，你的，全都是你的。

其实并不奇怪，答案早就在那里，因为你是他的母亲。

我是一个母亲，尽我所能地吃掉所有于我泌乳有益的滋补的东西，然后用我的乳汁喂养我的孩子。这似乎毫无疑义，我的乳房简直就是为他而生的。让我感到奇怪的倒是，居然还有那么多母亲，为了保持乳房的挺括和弹性，宁肯丢掉哺乳的机会，让她的孩子含着牛奶、羊奶或者别一个女子的奶长大（确实无法分泌乳汁的母亲除外）。早先有女孩问我，你这样勤恳的喂法，不怕乳房变形吗？我实在感到好笑。我不知道一个女人的乳房除了哺乳之外，还有何种实用价值。倘若它只负责审美的意义，那么这两坨肥肉实在是虚头巴脑、矫揉造作、令人齿冷。先前读过一本《乳房的历史》，它说女人的乳房有三种使用价值，其一是让孩子吃的；其二是让男人摸的；其三是让众人看的。反正没有一样功能是为了自己。也就是说，其实女人如果不哺乳，不被摸，不让看，那么有没有乳房实在是很无所谓，简直就像盲肠阑尾、六指儿一样，还不如割了。如此看来，为后两种价值服务的乳房都需要美观，所谓形式大于内容，往往假的比真的还更能取悦服务对象。唯独第一种是以质取胜，假的真不了。以此推论，既然你的乳房于你本人的存在并无重大关系，怎么也只是服务的工具，那么你如果必须服务于某种对象，你想为谁服务呢？除非你想让人随便摸随便看。我这么说绝无贬低不愿哺乳的妇女之意，我其实是非常喜欢自由的空气的，你们爱美爱自己的奶子又尖又挺是你们的自由。我只是就事论事，不幸刻薄了一点。不过就我看来，女人的奶子尖不尖挺不挺到底胜算在天不在人，所谓天生丽质难自弃，胸脯和脸蛋差不多，并不因为你哺过乳就干瘪就下垂了，以前避孕工作没搞好的那种无节制生育、过度哺乳的不算。

我说了那么多铺垫，其实是想起一个人。就在一个月朗星稀的夜晚，半轮月半边星透过我们家的窗帘斑驳地洒在光可鉴人的木地板上，我抱着五个月大的儿子，侧着脑袋目不转睛地看着他大口大口吮着他老娘我的乳汁，忽然想起了她。

她有一张干瘪的脸，风霜如刻，于是上面像核桃皮的沟壑一样布满了皱纹。她总是穿月白的大襟褂子，裹上那具瘦小轻飘如一支枯黄麦秸的身子，简直一阵风就可以把她送到天上去。我很小的时候，或许刚弥月后吧，就由她照看我，在我母亲上班或者忙于其他事务的时候。她看上去很老很老了，好像受够了人间的折磨，于我印象中，她是为数已经不多的小脚老太太们中的一个，一个谦卑憨厚的农村妇女。我不知道如何称呼我和她的关系。他们叫我喊她，奶奶。但她不是我父亲的妈妈。她年轻时也照顾我其时尚且年幼的母亲，他们说我母亲出生不过二十余天就抱去她家（我的外婆当年大概属于事业型的女强人，她生下孩子居然没有余裕照顾她，于是叫乡下人带走了），是她用自己的乳汁将我母亲喂得肥白可爱，并渐渐长大了。

她是我母亲的乳娘（您是不是想起了艾青，想起了大堰河）。不错，她正是像大堰河一样的母亲。我甚至可以想象很多年后我母亲从她乡下的家里走出来，走到她城里的父母的家里去，做了她父母家里的新客时候的窘迫样子。她可曾想这世界真是荒诞，"母亲"一词真是荒唐？

　　我母亲和她的乳母的感情非常好，她像待自己的亲娘一样待她，因为她也像待自己的亲生骨肉一样待她。我现在想起来，也感到这个不同寻常的"奶奶"非常亲切，我们虽然没有血缘关系，但是我母亲身体里流淌的血液是经过她的乳汁浸养的，所以她必定也浸养了我。在我童年的记忆里，她比我的外婆更加疼爱我（总的来说我外婆是个博爱的老太太，她干妇产工作差不多六十年，经其手接生出来的小孩子数以十万计，她还有很多孙子孙女、外孙子外孙女等等一大堆小孩子，所以她不特别喜欢某个小孩子也在情理之中，我这样解释她的情感分配，我以及我妈的心理估计就容易平衡了），她总是拉着我的手，走在只有四条街的小城里，骄傲地与所有迎面相遇的熟人说：这是俺家侬（音，方言"孙女"之意）。我便真的以为自己是她从大襟褂子里掏出来炫耀的宝贝儿，仅此便足以沾沾自喜了。

　　后来，后来岁月无情，她终于离开了我们。但是今天，今天这个月朗星稀的夜晚，月色和星光静谧地洒在地板上，我用我温柔的胸膛拥抱着我五个月大的儿子，目不转睛地看他大口大口吸吮乳汁的时候，忽然就想起了她。亲爱的，奶奶，我该怎样赞美你，我该怎样纪念你，我该怎样轻蘸感谢的墨水，用心回忆你为我们付出的点滴恩情？

　　我想我应该为孩子们感谢那些勇于敞开胸膛、乐于奉献身体、甘于承担哺乳责任的母亲们，是这样一些母亲，教给孩子们第一堂有关爱与奉献的功课，建立起人际关系的第一种良好范本——亲子依恋。如果你是母亲，如果你还要为奶子的又尖又挺坚持你的"自由"，我无话可说，但我想你的孩子长大之后会为此感到遗憾，他的母亲竟然为了盲肠阑尾、六指儿之类的好看，掐灭了他的第一份口粮。他会说什么……

那些靠谱和不靠谱的东西

因为工作关系，常常要看大量的稿件，看了这些稿子之后，我就不大好意思说自己是文艺女青年了。写稿的人五花八门，我是说，涉及的题材和文化范畴五花八门，其中不乏有身怀绝技的高手，哲学、医学、政治学、经济学、民俗学、天文学、心理学……凡此种种拿得起放得下，宛若江湖游医，什么都会一点，显得还特精通的样子。我以我能够和这样的人才精英生活在同一片天空下感到或荣或耻，他们的存在显得我多么无知而单纯啊！

为熟悉我所奉职的刊物之风格及其文化定位，我翻阅了几篇前期已经刊发的稿子，发现我作为一枚新任编辑，跟那些资深的编辑相比，慧眼识珠的标准实在是有比较大的误差。如果用寡人的筛子来筛的话，他们挑的珠子估计都要给我漏下去。这并不是说寡人比较严格，相反，寡人看谁都挺可爱，挑珠子能挑出一大堆，但寡人有个癖好，寡人其实喜欢不那么圆润的珠子。故此，资深们看中的那些貌似中规中矩的文章，我往往不以为然，以此推断，我中意的那些东西，资深们估计深恶痛绝。

入行的时候，一"资深"跟我说，我们主要发一些现实主义的作品。"现实主义"，这四个字我记住了。我觉得我挺现实的，以至于敢于怀疑资深们的某些不现实。今天看了一篇某"资深"编的稿子，讲师生恋的，总的感觉就仨字儿，不靠谱，我要是责编绝过不了我这关。但它就是上了，这是事实。事实就是现实。我就觉得当编辑这玩意儿其实是挺不靠谱的一事儿。但我既然要当一枚编辑，我就得学习这种不靠谱的本事。我觉得文化人比谁都要脸面，所以具体到一篇文章，门脸儿做得好，这很重要，哪怕你后面现实主义地胡说八道呢。

必须承认，这篇小说的题记引得忒好：

"岁月在经过，我亲爱的，很快就没人会知道你我知道的是什么。"

特棒吧？这作者聪明着呢，纳博科夫的话往这儿一摆，什么乱七八糟的关系都有条不紊了。接着他开始吹他的，关于一个小学生和她的美术老师的柏拉图恋情。他怎么能让我相信，一个小学生，上了几节美术课就那么认真、那么深刻、那么充满严肃反思精神地恋上一个比她大不知道多少岁的老男人，一恋还恋了二十多年，恋散了她的婚姻家庭还不思悔改？他是人类吗？他知道柴米油盐需要吃喝拉撒吗？真现实主义啊！

从此我知道要怎么做一枚编辑了。生活的现实性要求其实就是，你不要太认真地对待现实生活。这是个很有现实主义深度的问题。虽然对这篇文章到底归属于现实主义还是浪漫主义我腹有争议，不过我还是很喜欢它的立意的，那其实是一部湖南长沙铜官窑窑址出土的、古已有之的、时空错位的爱情诗篇：

> 我生君未生，君生我已老；我离君天涯，君隔我海角。
> 我生君未生，君生我已老；化蝶去寻花，夜夜栖芳草。
> 君生我未生，我生君已老；君恨我生迟，我恨君生早。
> 君生我未生，我生君已老；恨不生同时，日日与君好。

好吧、好吧，我承认，爱情总是能不靠谱地在人间四处流淌。怎么说呢，我们总要相信浪漫主义的源头其实是现实主义的吧！所以没错，这篇小说肯定是现实主义的，相信我们编辑，一准儿靠谱。

母爱之外的意义

　　天知道我是一个多么爱思考的人，思考不花钱，思考不着边际，思考无法无天。总之在思考的基础上我变得血肉丰满，自觉比那些行尸走肉的人强出许多倍。其实不是那么回事儿，一个人身体肥胖不是好事，思想臃肿也一样。比如这个天气还不错的周末的上午，我看着明媚的阳光穿过我的小书窗，这本来很好，很好。但是，但是因为楼前又打算起几栋新楼，彻日打桩，通宵轰鸣，故而我家24楼的视界以下其实是暴土狼烟。如此我虽然从小书房里平视出去是一派融融春日的温柔样貌，实则扬起的漫漫尘埃已经把天空搅得昏昧无能。所以我想，作为一个生命机体，生下来则必须活下去，是谓生活，生活起来我们不怕苦不怕累，就怕这些种种出其不意、转折意味浓厚的"但是"。

　　"但是"发展下去的都不是什么好东西。

　　"但是"往往让我们很头疼。

　　"但是"的隐藏身份是强调和注意。

　　"但是"的意思是接下来我要说的才是重点，前面那些虚晃一枪的玩意儿你别当真。

　　我今天要说的话题是，我很爱我的儿子，但是，我在思考的基础上发现，母爱其实并不如我们想象的那样崇高和瑰丽，怎么说呢，它有时候不过是女人自我操心的结果。

我举个例子。小航航病了，半夜里要起来，吐啊，拉啊，烧啊，把我整得死啦死啦的。我和航航以及航航他姥姥都是一副灰败面目，他爸爸他姥爷则好一些，因为几乎摊不上他们操心，某种意义上说，母性是自我束缚和毁灭的代名词。

这说明什么呢？孩子体会到的爱其实是没有性别和身份的，什么母爱父爱的，大人们喜欢搞些虚头巴脑的、复杂的、自以为深刻的分类和定义，这于他们无意义，他们只要吃要喝要拉屎撒尿要温暖的抱抱，如果父亲能够给予，他们则爱父亲；但事实是，母亲不自觉地承担了更多的给予。因为哺乳的功能吗？不完全是。很多人工喂养的孩子，母亲仍比父亲要付出更多一些。所以这不是生理结构的问题，这是社会结构的问题。社会结构定型之后，诞生了被定型的社会观念，由此衍生出被定型的社会规则，照吴思的话说，应该是潜规则，因为并没有明文规定母亲要比父亲付出更多，但大家显然都默许和理所当然地认可。对于爱我的孩子，并付出我的全部，我并无怨言，但是我觉得需要提出一个"可以"还是"应该"的问题供大家商榷。女人可以付出更多，还是应该付出更多？

孩子病着的时候，一夜哼哼唧唧不能安睡，过一会儿就会惊醒，然后哭闹。我们家的情况是，我起床，抱起孩子，轻轻拍打，哦哦地哄着他安静下来；而孩子的爸爸，迷迷糊糊地躺在床上，连睁眼都觉得多余，他认为，我能做什么呢？我没必要做什么吧？男人白天事儿多，火气大，眼屎够厚，都糊上了，所以什么都看不见。第二天起床，他问我，昨晚上闹了有五六次吧？我冷笑，您没休息好，脑子不够使，漏报了一倍的数儿。

这就是孩子的爸爸。

当然不能说孩子的爸爸不爱孩子。但是，怎么说呢？到这儿就必须引用那种虚头巴脑的、复杂的、自以为是的界定了——

父爱：带着玩儿，逗笑，买贵重玩具，心情好的时候携子开车兜风，指点如画风景和惨淡人生。

母爱：哺乳，把屎把尿，心肝儿似的抱在怀里，心疼，看孩子受罪就流眼泪。

不全面，但意思大概齐。所以我说"母爱"不如用"母性"来定义，这是女人的命，骨子里有受虐性，你就不能潇洒些吗？你就不能有点范儿吗？你就不能拿得起放得下吗？不能，看到孩子无辜的、水晶葡萄一样的大眼睛，什么都不能了。你想着他是你的血，他是你的肉，他是你嫡嫡亲亲从身上一缕血脉一条筋骨，拿刀拿钳子割下来的肉团团。想着想着就晕了，什么都顾不上了，伸手搂怀里，紧紧地，紧紧地，谁也掰不开了。

这是母爱吗？和我们想象的不太一样是吧？其实真的，真的，一点都不崇高，一点都不瑰丽，归根结底是一种软弱的本能罢了。

职业与人生

　　有个牛的职业测评师叫古典，他说，如果你在一两个行业工作了十年，那么恭喜你，你是行业精英；如果你在三四个行业工作了十年，那么也恭喜你，你是精华；如果你在五六个行业工作了十年，那真恭喜你，你是精神病。按照他的标准，我恰好蹲于精华与精神病的临界点，因为我十年之内先后在四五个行业工作过。这其实是我的一桩精神隐痛，常言道，滚石不生苔，转行不聚财，要是能选择做行业精英，谁愿意小丑似的在无数个八竿子打不着的行业间跳来跳去？所以我很羡慕我老公，他在同一个行业做了二十年，并且只要他乐意，还可以继续做下去，做三十年，四十年，做到他断气为止。他在家也能干活，他赚钱不费劲，他只要一台电脑就得。多么让人嫉妒的职业精英啊！

　　目前为止，如果说到职业，我的人生一准儿往颓靡万丈的方向发展。我觉得我唯一能从事一辈子的职业是我儿子的妈。这个说法有点颓，人生其实不应该这么消沉，我的意思是，年轻时咱不懂什么职业规划，觉得工作其实就是你睁开眼必须去做，由老板支付你薪水，换回生活必需品的这么一项长期任务，所以大家都管这叫"饭碗"。你工作不好就是在砸自己的饭碗。你要把自己的饭碗捧好了，否则你就要食不果腹、衣不遮体、居无定所。那么饭碗是什么东西呢？盛菜盛饭盛汤汁的"凹"形之容器？装东西的东西？后来我知道，它其实是把你的梦想装起来不让你再轻易看到梦想是何物的丑陋容器。所以，基本上，我年轻时从事的职业都是把我的梦想压扁了、掰碎了、揉变形了再装起来的巨大的碗状物，从此我不能再做一个梦想家，我必须是一个实干家。

我的第一份工作，或者说第一只饭碗，是卖回力牌球鞋。我往长三宽二共十节的柜台组成的小岛里那么一站，穿上蛤蟆绿的工作服，就像一只真正的小蛤蟆那样半蹲半趴在鞋柜里，无精打采地卖起了回力牌球鞋。篮球鞋、足球鞋、网球鞋、细带子的球鞋、宽带子的球鞋、没带子的球鞋，在我没穿过各种稀奇古怪的球鞋之前，我已经摸过了它们所有嬉皮笑脸的样子。我常常问自己，我长得像球鞋吗？我该是个卖球鞋的吗？结果二十三天之后我忍无可忍，猴急毛躁地扒下那身蛤蟆绿的制服，再也没有跳进那个小岛。

我那时候没学过成功学，不知道李嘉诚、刘德华这样的大款大腕在没成功以前也从事过类似的工作，如果他们也跟我一样猴急毛躁，富豪榜、巨星台上就没他们什么事儿了。所以你看，我一不小心，把当亿万富翁和偶像明星的机会给错过了。

后来我先后干过出纳，查过假账，偶尔客串英语教师，做做文秘和行政管理，一混就混了十来年，混成现下这个家庭妇女的样子。大家会说，你混惨了吧？混残了吧？不然，我其实仍有一枚高傲的头颅。或者说，直到今天，我才有可能从混沌无良的现实中抬起头来，追逐我的梦想。还是那个牛的职业规划师，他说，你可以不上班，但你不能没工作。我想他这句话就是对千万像我这样有梦想的家庭妇女说的，他说，你拿你老公的钱，做做SPA逛逛SHOPPING MALL，没事约三五闺蜜喝喝茶聊聊天儿，吃着火锅唱着歌，你还能看时尚杂志，要是对《财经》和《国家地理》有兴趣，也可涉猎一二，你老公不回家你也不回家，你什么时候想回家了再回家，回家就优雅地拿一本杂志，跷着你性感的二郎腿，头上顶着某知名发廊里的帅哥设计师刚刚替你做好的时尚发型，在那儿没事人似的不把你老公当回事地风情万种左顾右盼并暴露出你涂着寇丹的兰花指。这时候你老公推开门进来了，他第一反应是什么？我老婆这么漂亮，以后不能再老不回家了。这就是我们的工作，一旦你致力于此，将会其乐无穷。

开个玩笑，其实我知道那个牛的职业规划师的意思是，你当家庭妇女的那段儿，才真的是人生的好时光，你有大把的时间做你自己想做的事，没有财务压力，没有环境限制，你可以做一个最幸福的梦想家。没错，这么想时，我心情还不错。必须承认，当我看不到我的职业前途时，人生却有了豁然开朗的希望。现在我的工作是读书和码字，除了我儿子饥饿时如狼似虎地冲上来掀开我的衣襟，几乎没有人打扰我。好了，加上这第六份工作，恭喜我吧，我已经达到了你说的精神病的境界啰。

What's the meaning!

有段日子比较纠结，我每天在生活的表面以下悒郁着。这种表达本身就很纠结，我是说，我在人们看不见的地方拧巴着我的小心灵。生活的方寸陡然间大乱，不由我的自性。正如《武侠》里那拧巴的表述——如果我不来这里，就不会遇见小玉；如果小玉以前的丈夫不跑掉，我就不会变成小玉的丈夫；如果我不做小玉的丈夫，就不会留在刘家村；如果我不留在刘家村，就不会恰巧去案发现场；如果我不去案发现场，就不会被你发现。你说，人又怎么会有自性呢？所以如果有人犯错，那不是他的错，而是所有人的错。

这段话是甄子丹说的，说得金城武一愣一愣的。

然后金城武就傻不楞登地说，你是说，有人杀了人，是我们大家的错？

然后大家都觉得陈可辛真有水平，他的这部《武侠》拍得真是了不得！

我轻笑着啐了一口，知道我们都在犯同一种错误。

我的话题就从这里开始吧，在我纠结着找不到一段合适的开场白打开我的尴尬之前，我确认这是一个很好的借口。谁让我整天睡不着觉，谁让我见天儿思忖着人的善与恶，力图要从中扒拉出一点必然的东西。岂知我睡不着觉跟人性又有何狗屁关系呢？人善或者人恶，就算其中有一千一万的必然，遇上我的时候，只需那一点偶然，就足够杀死我有关妄想的全盘计划了。我睡不着，只是因为我睡不着罢了。

于是我再来说《武侠》。

雨季当已过去的时候，雨水依然还是那样丰沛，这很不正常了。整个夏天变得很诡异。我记得小暑那天我家门前的护城河里有人在捞尸。那时大嘴和我交替在洗漱间进进出出，为一天开始忙碌。大嘴低头从24楼的厕所里望下去，说，有人跳河了。我轻笑着啐了他一口，这大清早的，你就会乱扯。谁知中午回来时，河里出了人命的笑话就被坐实了。只不过版本太多，有说是被黑社会追杀的，有说是桃色纠纷的，色彩斑斓，曲折离奇。我不便信了这个不信那个，所以就每个版本都采信一些。如同我对待生活的态度。后来有一天，觉得生活太无聊了，就去看《武侠》，突然发现，金城武遇见甄子丹的那一天，也是小暑。小暑以后，田园诗一样的生活就被打乱了。甄子丹说，我是刘金喜。金城武不信，死都不信。就问汤唯，他是刘金喜吗？汤唯说，我不知道，我只知道他是我丈夫，我是小玉。

有些事情确实只能这样去印证。如果你一定要知道背后的原因，那是你的错。

金城武后来知道自己错了，错得很离谱。好在他死了。他死了之后，甄子丹就又是刘金喜了，汤唯也仍是小玉。这结局几乎可以预料。

我只是有一点不明白，这片子为什么叫《武侠》呢？它跟武侠又有何关系呢？

我觉得，它明明叫《卸甲》。

可惜陈可辛不会听我的。所以这片子它仍然可以叫《武侠》，仍然继续故弄玄虚地骗人，骗人说，如果一个人犯错，那不是他的错，是我们错了。

我们错了吗？

算是吧，我不知道，有人说误坠红尘就是有错在先。

然后我想，小暑那天捞上来的二十四岁的年轻的尸体，现在是知错就改，改上正途了。而我们，是不是还在知错犯错，将错就错？我记得金城武是在霜降时才彻底想明白他想了一辈子的道理的。霜降时，他死了。我不知道这个霜降再来时，我们能明白多少。或许也仍还不明白，因为我们并不能就此死了。我们真的是刘金喜，不是假的刘金喜，我们有小玉，还有和小玉们生下的孩子，不能一死了之，就算不喜欢鱼腥味儿，有时难免还要用一用鱼鳔做的避孕套。

这是后话。那么我再说说之前。

看《武侠》之前，我和大嘴带着儿子在安丰，看水。我得说，"天下第一塘"的水确实是好水，有点烟波浩渺的意思，站在这一头，看不到那一头。我儿子对着安丰塘的水，面露敬畏之色，瞬间不哭了。我说，儿子，饿了吧，娘给你冲奶。于是浩渺的安丰塘上飘荡起更加浩渺的奶香。

这是一种感动吗？或许我就是小玉？谁知道呢，给儿子喂奶的小玉们太多了，可她们并没有我这么容易感动呀。所以我说，老娘实在是很纠结。大家都知道真小玉们是不太容易会感动的，容易感动的都是假小玉。

所以你说为什么刘金喜装得再像，他还是给揪出来了？

因为你还是忍不住装 × 了。

结果怎么样呢？

优雅转身，然后华丽撞墙。

所以啊，悲哀啊，这就是以假乱真的悲剧。

这么一想我就意兴阑珊了，对憧憬，对骄傲，对谎言，对夏天。

我如此狼狈，是因为我太在意生活中的意义。一想到这我就得拿《沧浪之水》里池大为跟他老婆董柳的那段对话提醒自己的无聊——"人总得追求点意义吧？""你傻啊，追求意义又有什么意义？"

我觉得这是我迄今为止看到的最经典的夫妻对话。董柳是真小玉。真小玉总是让我自惭形秽。我再一次觉得我必须自省了。说起来奇怪，我每隔一段时间就认真地考虑自省这个问题。可是每隔一段时间，我又忍不住要犯傻，去装，去纠结，去做生活的赝品。这个夏天我是不是对自己有太多的谎言？据说在一种"博克侬"的虚拟宗教里，管这叫"浮码"。这个夏天如此诡异，是因为我给浮码淹死了？我有点喘不过气来。我随时提醒自己，我是真小玉！我真是小玉！可是天呐，真的小玉会这样声嘶力竭地提醒自己是小玉而不是别的什么东西吗？

春　醪

　　春天是一个容易让人沉醉的季节。一日忽见门前两株玉兰，已是双双白玉满头。那一日心情无端大好，只为见所未见。甩掉一个冬季的沉闷，迎来这样一个繁花似锦的未来，是多么好。前一秒还在膨胀的烦恼，统统都消融在一片乍泄的春光里。

　　生活，妙不可言。你不可拿放大镜去看它，否则到处是瑕疵和扁平疣；远观矣，太平盛世，衣食无忧，夫复何求？经历了一些人事，三十五岁的人生便有了一些粗糙的痕迹。只是内心深处还有着柔软，甚或念及"都教授"这般的男子，也还有一些不着边际的幻想。据说《来自星星的你》热播后，离家出走的女人几多，想来是越发觉得身边的男人都太过不堪。也是，那样有板型有资本，还有超能力的男伴，地球上是不能存在了，唯有逃到另一颗莫可名状的星星上去痴想。但是逃到那里去，就一定能够称心如意吗？我瞧还是随喜随缘的好，身边的男子再不堪，将就着也已是大半生。人类是不经老的，何苦拿自己的有限去调戏无限？这样想来，似乎样样都是可有可无。人家要我来争来抢，摩拳擦掌，我只恹恹的提不起精神，回一句说那原是不值当的。人家干瞪眼，因想着都是为了我好，怎的我却不把这好心当作一回事。其实是烦了这人间的琐碎。为了那么一点针鼻大的小名小利，头皮挠出几多血痕来。这是不值当的。我的心要大得多，远得多。我只有这样冷嘲热讽着自己。

　　这一日夜色昏昧，我坐在桌前，细细想了很多，却终于想不起什么来。原来那一捧沙，你只能松松地挽着它，愈是用力，愈是漏沙。这沙漏了一地，难以收拾，便只能一塌糊涂了。我决定还是离开这里的好。可是从另一个角度来看，离开或许是一种逃避。那么知难而退和迎难而上，哪一样才是人生的智慧呢？

　　不可得。

　　人生有很多答案似乎都不可得。你只有一一去历经它，它才给你和解的机会。

　　人总是不肯轻易与生活和解。这样活着便累，它能叫你吃很多苦头，到头来你还要匍匐在它面前认错，说自己年轻不懂事。

　　似乎已经过了年轻的季节，但是距离暮年，又还有一段距离。这距离真是尴尬，你既不得活力四射、百无禁忌地去追求什么，也不能就此对一切欲望都袖手旁观，那显得你虚弱且虚伪。因而默默对自己念道：随喜，随缘。

　　这一日心里欢喜。缘来是你。

落日里的尘埃

天气不好，阴天。环境不好，在不开灯的房间。我的心情？嗯，在饱食终日无所事事的外衣包裹下倒是不应该不好，可确如这倒霉的阴天，就算有那么一点稀薄的阳光吧，只能教人更加惨淡苍白而不是面色红润声如洪钟兴高采烈地走到满天满地的阳光里去。我左面第二根肋骨隐隐作痛，不知道从什么时候开始，也没有人能够告诉我它为什么疼痛，或者它从来就在那里，存在与疼痛同样长久。那里好像被一枚大锤咚咚地擂过，之后一切轰鸣消失了，一小部分骨头分崩离析的感觉就在里面住下了，或碎或裂，我不确切，反正一到它应该痛的时候，它就痛起来。而我，永远不知道它什么时候应该痛。

天气不很好，可也并没有再坏一些。到了下午的时候，甚至都有一些有气无力的阳光穿透厚厚的云层到达地面了。然而这种天气仍然不够热烈，所以春天里那种应有的温暖的诱惑还不够把我这种饱食终日无所事事的家伙从屋子里赶出来。我自然也无法叫儿子出来晒太阳，他没什么头发，跟他爸爸一样重视自己的头皮。好在他无知，彼种重视都由他的老外婆来代替了（老外婆总是抱着他在外面转悠，说是晒太阳，长头发）。

在这样的天气的笼罩之下，环境似乎就变得更加恶劣。原本，这里就是一个大工厂，到处暴土狼烟。大家都痛恨市长，认为他把人们合宜的居住条件都破坏了。如今，从我家十八楼的窗户里望出去，城市更加灰扑扑的，如一头肮脏的猪。这个比喻不好，但我一时也想不出什么合适的意象来启蒙人们对这座可怜的城市的想象。我知道我做什么努力的形容也只是徒劳，所以也就作罢了。你看，人们其实也并不真正在意它。只要他们能照样开车、照样聚会、照样在工作八个小时之后夜夜笙歌，谁也不特别留心空气里的灰尘，比起自己脸上莫名其妙生出的一小条皱纹来，这没有意义。事实上我们的脸上怎么会莫名其妙地生出皱纹呢？一切皆有因果。因为这人间的因缘际会，你会是现在这个样子。皱纹和华发都是时间馈赠的礼物，虽然它们很不受欢迎。倒是我们，为之发了愁。这实在不必要。当我往脸上抹着 HR 的 PRODIGY 系列护肤品的时候，也只是惊叹于它的价格，丝毫不相信它能令我恢复十八岁时的容颜。十八岁时，我脸上焕发着羞涩于与这世界相见的光泽，任何护肤品都达不到那样神奇的效果。但那时我并不以为喜，我认为那是不自信的颜色。后来后来，在我的身体不再发育之后，心理开始了另一轮生长，当我意识到年轻的好处，已经年轻不再。但我和年轻时一样，只爱书，爱文字，这稳定的嗜好令人心安。如今我只要一读书，一码字，烦恼就都被暂时挤到一边。即使它们并没有彻底消失，但仅仅是这一小会儿猥琐的变形，也很让人欣慰。毕竟，它们知道这世上还有比它们强大的力量。那是人类的精神。

我先生整天不回家。我实在也找不出让他回家的理由。与我们的家庭比起来，他不归的理由可就强大多了。他现在有了一家说起话来掷地有声的公司，他有四百多个下属，许多从四面八方赶来拍他马屁的生意人，还有一些我不知道用途、他自己也未必清楚分量的家伙，在等他赴各式各样的饭局。如此，我们家的一餐家常便饭，对他来说显得有些多余，有时候简直是累赘，我想每一次，他拿起电话跟我说"老婆，不回来吃饭了"的时候，都难免要痛恨人们聚族而居之后还要衍生出家庭这个社会最基本的小细胞，以至于人人都获得在家吃饭这项权利之后，回家吃饭也就成了一条基本维护人际关系的规则。这其实对于现在他这样忙碌的社会人来说是一项非常重大的负担，要是他对于他的家庭还有一点责任感的话就更令人心烦意乱了，他简直不知道怎么处理这种莫名其妙的羞愧。可怜的男人，他也许就不该成家，完全没有愧疚感的自由是属于那些没有家或者即使有家也弄得家不成家的成功男人的。要么，他不该成家，要么，他不该成功。现在这个样子，我简直拿他可笑的内疚没办法。

我给开颓了的百合修剪枝丫。过年时买来的鲜花如今只剩下残枝败叶，舍不得看它们整个儿死在垃圾箱腐窒的空气里，尽量小心翼翼地把枯黄萎败的部分从败象不那么明显的枝头剔下来。我知道我只是延迟它死亡的时间罢了，过些日子，它终于要死掉的，但是我为什么要孜孜地卸下它颓了的臂膀，卸下它颓了的腿脚，就是不愿意把它整个儿好好地葬了呢？我们总是爱做无谓的、无聊的事情。所以不能不佩服张一白赶在情人节档期推出那部《将爱情进行到底》的片子。我们拿什么将爱情进行到底呀？那三段式的旁逸斜出的故事，最不靠谱的就是第一段儿。哪有那么多终成眷属的爱情啊，还把七年之痒升华成了那样，青春年少时的恋爱，外国人给了好名字，PUPPY LOVE，多形象啊，多精准啊，多深刻啊，也就是说，多是死无全尸。结了婚能守住就不错了，还浪成那样，属没事找抽型。你身边没有文慧那样的媳妇儿，女人不能再被忽略成那样之后还重视你攥在手心里的宝。我语法错了没有？好吧，我承认，第二段儿是无比真实的。要说张一白用了一点夸张，但底子是对的，过去了就是过去了，十二年之后你看看你的初恋，她不是你的心坎。第三段儿能总结出来的最好教训就是，杨峥是傻×。和第一段儿一样，你身边没有杨峥那样的情人，男人不能再被冷藏了十二年之后还拿来当烙铁使。总之，我们拿什么将爱情进行到底？我们凭什么将爱情进行到底？所能交代的都是废话。

  我说了那么多废话，我在表达怎么一个中心思想呢？完全没有中心思想。语文学得很好的讲规矩的小学生要失望了。老师跟他们说一段文章总有个中心思想。可是你瞧，生活让我们的小学生惶惑了，它根本没有中心思想呀，从来就是说一段儿是一段儿，你抓不住它，就像抓不住空气。我这样说话连我自己都觉得吃惊。最近重读《尘埃落定》，那个傻子教会我这么说话。有时候我甚至希望我就是一个傻子，在全天下人都认定我是不可救药的傻子的时候，想说就说，想笑就笑，如果说错了，我本来就是一个傻子嘛，人人都微笑地予以宽容；可如果我不幸说对了，那么，就让聪明人吃惊啦，一个傻子居然也能看出来他们的计谋。让聪明人觉得大祸临头的感觉真好。请原谅我犯傻了。

人生无稽

　　我生性好奇，我家先生总是促狭地说，好奇害死我这样的猫。我知道他的嘴巴虽无德，心却是好的。就由得他去说，他说得愈是尽兴，后来愈加要对我负责，这是他做先生的职责所在。

　　我日常行走的这条路上，常见到一个黑衣女子，永远是肃穆的神色，不疾不徐地踩着自己的步点独行。从春天到夏天，我皆见她穿同一袭套装，黑乌乌的，龟壳一样负在尚算苗条的身上。这使她看起来很奇怪，以至于我揣测她的身体是没有温度的，她穿，或者不穿衣服，只是对这世界的一种敷衍。这奇怪的行头随着天气的炎热而愈发像是对我们人类的敷衍。再见到她一脸肃穆、不疾不徐地走在我面前时，由不得便要再好奇地揣测一番：那只冷峭的壳下，究竟藏了什么样的故事？

　　我先以为她一定是个老姑娘，超龄剩女，待字闺中，对外物和自身的审美都变了形的。她那样呆板的脸和身子，无论如何不能是新鲜的女孩儿了。然而看她年纪，究竟不算老，似乎比我还要年轻些才对。她的体形颇瘦削，在现下追求骨感的年代，算是样好资本。但她竟不能好好利用它，只叫它看起来一副生硬蹩脚的样子，谈不上女性的美。我留心观察过她的脚步，不疾不缓，旁若无人的样子，但又不是那种气定神闲的踱步，更像是经过调速的器械，无声无息地匀速运转着。"活色生香"在她那里一定是个奇异的语汇，她一辈子都不可想象。我真是替她沮丧，一个女孩子。

　　这个黑乌乌的女孩子很快被我抛在脑后，虽然每每被她迎面而来的冷硬刺伤，终究不过是一个路人对另一个路人的审美情感上的挫伤罢了。忘了她之后我还有更重要的事需要去关注、烦恼、纠结、担惊受怕或者妒火中烧。人家告诉我这就是人生啊！于是我告诉自己我热爱人生。这份热爱燃烧起来，人生就变得炽烈沸腾喧嚣热闹。

　　这一天擅长突袭的雷阵雨一场接着一场，让马路上的行人吃够了苦头。街上到处是顾头不顾腚瞎闯乱跑的人，他们抱头鼠窜，似乎没有人注意到屁股也是身体很重要的一部分。我的心情也被这毫无头绪的雨水冲击得乱七八糟。我似乎有很多工作要做，可我实在又不知道从何做起。我怀里像揣着一只小拳头，这样一揣一揣的，胡乱倒腾，没头没脑，莫名其妙。雨在下，雷在打，汗如雨下，身如雷打，我使出浑身解数，却不知道把拳头打到哪里去。挣扎战斗了一番之后，我的力气都耗尽了，耗在一事无成上。

　　于是我知道，我的故事也并不比那个黑乌乌的女孩子更明亮些。

　　只是路上没有好奇的看客。

　　好奇的人都是善良的，他们不吝啬给予关心和注视。他们管闲事，有时候甚至爱打抱不平，关键时刻挺身而出。我多希望在我走道的时候，多一些这样友好的眼神啊，哪怕只是看一眼。然而，所有的人都忙着。

　　于是我也假装很忙的样子，以示与别人无异。

　　于是，更加没有人愿意看我一眼，一个一点也没有特别之处的人。

十五年的因缘际会

这个十一长假，前半段儿皆有风雨，因而显得日子也迷离，人就有些慵懒。4号却出了很大的太阳，倒叫人精神一振，很有些慎终追远又憧憬未来的想法。絮叨起来，人也有了劲儿似的。我且倒叙出去，说2号那天，接"九三财电班办公厅"的短信指示，十数人相约去某某饭店吃酒。论起来，这十数人约得倒不容易，那是十八年前的旧识，分别于十五年前初夏的某一日，此后各奔东西前程，经年都不见一面的。如今这一见，虽说事事还未休，却已物是人非了。

到相见时，团团将一张席面儿占满了，举目一望，有人肥了瘦了，有人结了离了，有人生了死了，实是五味俱全。有立了誓在家相夫教子的，如我这般不成器的家伙；有拳脚无敌天下称霸的，如咱班唯一的"美女作家"，那个叫小红的。那小红却由我载了来，一路上执手相看，你瞧我好，我瞧你好。正所谓人人为我，我为人人，少不得相互吹捧，抬来抬去便有了身价，煞有介事的。那小红也是个有趣的人，上来先顾自掏出一摞书来，又掏出自来水笔将一应旧识的大名签在扉页上，办了个赠书仪式。大伙儿立时鬼哭狼嚎起了哄来，说这是第几本啦？说话间上酒上菜，男的女的都相互劝着，有识劝的，或半斟，或满斟，顷刻去了三瓶古井贡，一时就有些乱了。奇的是那几位不识劝的，滴酒未曾沾，发起酒疯倒更甚，如小红和我。我是因开了车来不能碰酒，小红却推说自己是喝着药的，辛辣皆不能碰。不能碰酒，却耍了酒疯，这就很稀奇了。之后细细想来，恐怕不是酒疯，是人来疯。若论它的逻辑，我是平常不见人，她是见人见得多，故而都有些不正常。有人挑起话头，说起儿女的事（这话题可显出这一帮子人都上了年纪啦）。我们都说有儿有女是个"好"字，只可惜不能再生了。立时就有人接口，如何不能生？这里就有买了准生证的。果然就有人嬉皮笑脸说不错不错，我儿子是有的，女儿也有。惹得我们都眼馋。单只生下儿子的两位女同学（其中一个就有我）说，是打算再生一个女儿的，可咱妈不答应。那边就有人笑，说这两位想必都是老太太给带着孩子，故觉得生养倒还容易。说着笑着，忽又有人提起共同干一杯，为了去年今日出了车祸的一个男同学。立时大家都静默了，觉得时光到底是凄惶的。不过这沉寂在酒桌上注定短命，不久大家又有说有笑，有了儿子的，便向有了女儿的那家提亲，信誓旦旦的，惹得众人都哧哧掩口。因想起他两个上学时是谈过恋爱的，眼见自己现今是不成了，倒可指望结个儿女亲家。这胡扯八道颠三倒四的，时光复又滑稽起来……

这些人当中，男子是肚腹凸圆、顶上稀疏了；女子则皆嫁作妇人，开口闭口须臾离不开油盐酱醋。说起当年小伙子抱着吉他唱民谣、姑娘便陪着流泪的往事，都觉可笑，笑后却又惘然。人啊，这一茬一茬的青涩生猛，我们的那一茬已过去了。现如今，皆成家立室，买房沽车，钱财有那么一点，权势也有那么一点，只是台上台下再不复温柔花旦英俊小生，要扮，只能扮丑了。这是人老花黄的缘故吧。

今儿天气倒好，大太阳下，什么也都是光鲜的，所以那些旧衣旧鞋旧器械旧照片，拿出来怀旧，却不必伤感。毕竟看到我儿子薄嫩的鼻翼在阳光下，插着翅儿般翕动着，一掀一合，安稳甜蜜地做着透明的梦。

命运这东西

我不大同意"性格即命运"这句话。若要对它进行鞭辟入里的分析，那么它一定是不能成立的。通常我们把宿命论归结为一种封建的、唯心主义的迷信思想，由此推论，以性格来逻辑命运必定也是一种无知。因为它无非是前进了一步的唯心主义，是从客观唯心进入了主观唯心的档次。

唯物的我们倒不一定非得跟自己的心作对，遵循自我心灵的召唤，是一种感性，也是一种知性。所以我更愿意用"事件＋性格＝命运"的公式解释我们晦明难测的人生。譬如一个女子，很意外地失去了她的丈夫，这下她要独自一人抚养她的三个孩子了。这样的故事无论在小说还是平常的日子里，都不鲜见。这里我们看不出这女人的性格，贤惠的或是泼辣的，刚强的或是柔弱的，都无涉她成为寡妇这个事实。对于这样的命运，似乎很难有人说它是幸福的。当然成为寡妇以后，也可以有顽强的寡妇和颓败的寡妇、争取新的幸福的寡妇和沉沦于破碎的寡妇之分，这时"性格"要负上一部分很重要的责任，但归根结底，她寡妇的命是不能更改了。所以要定义"命运"这个狡猾的家伙，实在不能单拿某一种性格来说事。

因而我说，任何一个自诩能够掌控命运的人，都是无知的。

也许你能够稳健地驾驶你的人生之舵，但是命运的河流总在暗涌中包藏祸心，你不能预测湍流和漩涡从哪一处暗礁底下把你掀得人仰马翻。严格说起来，绕过险滩的人，倒并不总是那些能力强、智慧高、品德良好、情商饱满的人，你不得不佩服某些肥头大耳、饱食终日、无所事事的家伙，因为走狗屎运，他们从来不必担心邪风恶浪的意外拨弄。也就是说，当"事件"不出现的时候，"性格"的机能等于零。

我们常常感叹人生无常，这"无常"二字，是忐忑的神曲，但未必不藏着乐天知命的因子。我在和我先生赌气的时候，就常想，如果明天我还活着，他也还活着，那么我就继续爱他。结果当然是第二天天亮的时候，我还活着，他也还活着，我们都泪流满面了。

也许，正是命运，让我们的爱成为生命中的应有之义。所以爱的长度非常惊人，它和命一样长，有时候，甚至比命还要长。因为它的存在，我们勇敢起来，竟然不怕无常的命运了。这是多么鲜活的奇迹！

光影之间的良心

没几个人记得他。

尽管二十年前他像待自己的孩子一样待过我们。

即使我这样自以为很有良心的人，也只在他激动地打来电话时，猛然想起来，我早已把他忘了。

那一天我答应他，会带一帮同学去看他。他连声说，好，好，好。看不见他的表情，但能想象出他风刀霜剑的脸上绽开的笑容，好像孤独的悬崖上开出一朵鲜艳的杜鹃花。

我是个不大会张罗事的人，但凡人间的事，不爱操心，人家怎么说怎么好，人不找我，我也不会招人。应承下这件事，其实让我蛮有压力。

但是，想到他的笑，就硬着头皮去张罗了。

张罗来张罗去，总不能成行，不是这个忙，就是那个忙，我发现原来我是最不忙的那一个。可不忙的我也要找借口给他回话，说大家都忙着。我不太敢一个人去见他，一个人面对孤崖上的一枝花。

后来我终于下了狠心，在那个喧嚣而热闹的群里喊了一嗓子：某日某时去看某人，若有空，恭候阁下光临。

结果，我这一声喊，泥牛入海。大家都不说话，好像我这一声，是颗老鼠屎，坏了一锅沸腾的粥。

我黯然就下了线。我发誓以后再也不张罗事了。

这事放在我心里，总也放不下，我知道如果我不去见见那枝花，我就废了。

于是我指名道姓一个个打电话、发短信、聊 QQ，三管齐下。那天，加上我，他终于盼来了五个人，五个自以为很有良心的人。

其实我们都没有良心，我们和那另外四十四个比起来，是五十步笑百步。

那天他笑得惊天动地，拉着我们要把二十年的话都说出来。他说在报纸上看到谁谁谁了，在电视上看到谁谁谁了，他好高兴啊。我接不上话，觉得他这份高兴挺闹心，谁谁谁未必记得他。有能说会道的，和他相谈甚欢。我不大会说话，就一旁嗯嗯唧唧地附和，心想，幸亏，幸亏。

一直拉呱到太阳下山，他还舍不得放我们走。好在还有肯陪他喝两杯的。我又想，幸亏，幸亏。

他知道分别始终在劫难逃，临了，提出一个心愿：二十年了，你们能叫他们都回来看看吗？不是看我，是看看老地方，那个他们度过了少年时代的老地方。

我们都说好。

其实我心里不觉得大家都乐意。看看吧，当年的五十个，走了一个，今天来了几个？

但我们都说好。

我心说反正我是不会再张罗事了。爱谁谁吧。作为一个有良心的人，我只保证我自己按时赴约。就当我没良心吧。

那天有五个人答应了他。不多不少，一个巴掌。

他笑了，依依不舍地把我们放走。

夜色如霉，布满阴暗的天空。我能听到他在车后开怀地大笑，好像孤独的悬崖上开出一枝鲜艳的杜鹃花。

我还记得他说，现在没人知道我是老师了，我每天扛着锄头去种菜。

他黝黑的脸隐没在夜色里，和黑夜融为一体。我有点难过地想，现在他的学生见到他，还以为是菜农呢。他们没几个记得他。

那天的合影，我使百度魔图给它染上了时间的颜色，每个人都面目模糊，脸上是那种做旧的、泛黄的情绪。就让它回到二十年前好了，我们的良心都还在的时候。

我们那一阵子的爱情

　　我不能面对时间。每当这个时候，人静，无语，卧床，思念过往，我都会有泪流满面的冲动。在我看来，此刻横亘在面前的，唯有时间。它如此巨大，叫我把自己捏小，捏小，再捏小，然后我就听见了自己的哭泣……

　　最近编一篇稿，故事属于读过就萎缩的那种，只记得一句话，男的对女的说：干吗非要说爱一辈子呢，一阵子不行吗？

　　我觉得作者特搞。就凭这句话，留下，值。

　　谈到一些很崇高的东西的时候，我们都觉得必须心生敬畏，否则不足以凸显崇高。比如，爱情。但我以为我们谈的其实是古典爱情。现代爱情不具备崇高的要素，你要让它崇高起来则足以凸显你是个二货。比如，我们老在公共厕所的墙上发现"我爱你×××"。

　　如此一来我们发现主题是跑调的。我不喜欢海豚音，尤其插在原本挺朴素的歌曲里边要个花腔提上来显得你特高明的那种。所以谁要是跟我说他的爱情多么特别我就跟他翻白眼，再特别也不过是暗通款曲的一种男女关系。即使我老了，我也不特别期待有一天在公共场所的大厅里走过来一个男人对我说，那时你还年轻，人人都说你美，可与那时相比我更爱你现在备受摧残的容颜。这是我看完《情人》之后的真实想法。

　　好像爱情能打败时间似的，可我还是忍不住揣测，要是那个白人女孩当初没跟那个黄种男人上过床呢？她居然还取笑他的生殖器！哦，不不不，我们的主题依然跑调。它是跑掉了。

回到前面我编的那篇稿。男的不是问了那么高明的一句话吗？女的也聪明，她说要是你说一辈子能自个儿先把自个儿感动，你在床上还说 × 你一辈子，× 你一辈子呢，要是实事求是地说，那的确就是一阵子，这合适吗？

真是挺不合适的。

我们已经习惯了把一阵子的爱情，以一辈子来冠名。

所以时间啊，你到底是太残酷，干吗老戳穿人家的誓言呢？

特别说明，我是为时间感怀，而不是爱情。

论文学与理想男性

　　星期日，独自早起，儿子在母亲家，先生还赖在床上，于是这个清亮透明的早晨便全然属于我一人了。这是很奢侈的享受，我想我要说点什么。我发现自己对时间情有独钟。这优柔的情结，几乎是一种病态。之前稍早一些，读了马金莲的《长河》，觉得她的落点也不过是在时间上，时间融进了生命，所以时间有生命，这才值得书写。原来所有人的最高境界都着落在这个神秘的黑洞里，再往后，如果要超越，又到哪里去超越呢？我们不过是悠长日月里的一个小符号，妄想过，感喟过，也就过去了，不能再承载更多的内容——死亡是极限吧？都已经写到这一步了，还怎样再往下写呢？或许宗教可以教你到彼岸，去往生，可是现世的读者多半是不能理解的，我也还欠那种神人共妒的火候。

　　说到文学，究竟什么样的作品是文学，或者到底存不存在这样一种范式，叫作纯文学？我觉得这很可疑。干我们这一行的，通常都很鄙夷那些不属于纯文学的作品，认为它们是低俗、苍白、干枯、妄想症、不能人道、非现实主义的代名词。但我倒很纠结自己不能这样低俗和妄想症式地写作，尤其是看到一部非常有感觉的非纯文学作品之后。譬如之前的《步步惊心》和揭发仓央嘉措情根深种的那什么什么（不记得名字了，就是好喜欢，觉得一个人能把个和尚写得那么招人疼，他／她一定是个非凡的人），后来又看热播韩剧，

《来自星星的你》，分不清到底是喜欢电视剧本身还是喜欢都敏俊（按理说，我这个年纪，已经过了追星的好时光），但可以肯定，一部作品，能把一个人物塑造得让人喜欢，一定是成功的。

反过来说人性。人都是爱美的，都敏俊那么个花样美男，按人物自己说的，"这样一副皮相"，哪能不招女人爱？可姐毕竟是搞这一行的，看到十五集以后看出一点异样，可能新鲜感过去了，发现都教授也就那么点门道，而且最要命的，是他极爱哭。坏了，我知道这个人物被破坏了。一个情根深种的男人不该这样，至少不该这样哭得口眼歪斜。他是外星人，他拥有超能力，他一张面瘫脸，他要哭，不管是在人前还是在人后，都不能是这么个哭法（居然还在女人面前失声痛哭，当然这是导演的问题，我觉得情感处理到将哭未哭、纠结到凌乱那种程度就应该叫停了，再喷发就是过度）。要不怎么说我的挚爱还是傅红雪呢，女人的挚爱都该是傅红雪。也许我老了，心里老是存着那么一个刻板印象。所以不能写爱情剧，写了之后全是同一种理想男性，观众神经上受不了。当然究竟有没有爱情也还是个值得商榷的问题，或者把爱情当作一种理想而不是一种存在的时候，我们才能相信爱情。这与文学不悖。说到底，文学就是一门说谎的技术，能够把谎言说圆乎，这是值得终身琢磨的学问。现在看来，我不得不终身致力于此，因为我们正在恋爱。

这一日阳光很好，樱花已经很烂漫了，春天的气息如此浓郁，以至于生活不能不给人以美好和幸福的感觉。我窗台上的幸运草吐出了三叶的瓣，瓣瓣都是满满的阳光。先前我还在寻找，看能不能找到那万分之一的幸运，让我发现一枚四叶的预言。可是，后来，我想，寻常就是福，实在是我们最大的幸运。你费力去寻找的，其实很无谓。这感喟，在读过《涂自强的个人悲伤》后，越发被放大了。

我读《长河》时，虽觉得好，也不过是一个好罢了，我却为了这篇《涂自强的个人悲伤》，痛快地流出了眼泪，且还不止一场，是数场，往往是读到动情处，便要闭目收敛一下自己的情绪，以免读到内伤。可那眼泪终于还是收不住地流下面颊，及至最后结尾处，竟然失声痛哭。这痛哭流涕的感伤，使我很不能原谅自己的浅薄，旁观者的悲伤是不计成本的，看起来倒使人越发觉出凉薄的绝望。回到文本，不免感触一番现在，唏嘘一场实在的命运。我们的生命都是存在，但现实却要把我们拉向非存在。在这场拉锯中，强大的将胜出，弱小的则被铲除。然而谁强大，谁弱小，从来不由你说了算。把不平等归结于命运是违反社会主义意识形态的，但你要解释存在，就不能不透穿意识形态之外。这是个形而上学的命题，不触碰，浑浑噩噩似乎也能过得下去；然则读了很多书的你，终于要严肃地思考它，因为思考它就是思考自身的合理性，思考自我的本质。

在此之前，我知道山里的孩子很苦，山里考学的孩子则非常苦。但他们都存在于直观之外，我从未想到有一个活的涂自强在我心里旁若无人地进进出出，拨动我的心弦，奏响生命的安魂曲。我想我真是太幸运，我没有出生在一座闭塞的大山里，我没有生来就背负比一座大山更沉重的责任，我是一名女性，我读过书，我五官端正甚至还有几分清秀，假使我被生活逼到墙角，也有机会通过婚姻改善自己的处境。而涂自强，他什么都没有，他先天地占有的，只有一颗徒自强的心。他被现实吞没的悲剧，可不是发生在旧社会，切实地就在眼前，而我们什么也不能做。并且我们悲伤地认为，换做是我们自己，也绝不能做到更好一些。这是多么普遍的个人悲伤，因其强大的可通约性，让我们无处可逃，我，无处隐藏我巨大的悲伤。此时我只有一个信念，好好活下去，承担我的责任，而不是因为承担责任，才悲哀地活下去。我是幸运的，万千个普通的幸运者之一，我要擎着我的幸运草，把幸运延续到最寥廓的地方，我们，我和我身边的人，一起远离悲伤。

大师的位置

快递送来鲁迅的小说集，《呐喊》《彷徨》《故事新编》一网打尽。这是一代大师留给人间的全部的小说——半指厚的一本，从数量来说，着实谈不上皇皇巨著。但我以为这正是一个大师的气派，再多，就是太婆了。

先是翻看序言部分，读这部分，最能够读出一个作者来。

果然，只三言两语，老头的风格都在里面了。

其实鲁迅死的时候才四十多岁，照现在来看，还属中青年，但我更愿意称他为老头。

老头不太能容人，这一点有目共睹。他所在的世道，那么纷乱，从来没有真理一说，只有更真理、再真理、进一步真理。所以吵架也是家常便饭。大家今天你吵过来，明天我吵过去，总是很快乐、很自由，总的来说也很简单、很和谐。但是老头的调门比较高，他骂人怎样刻薄都行，但不能落别人一点骂，人若骂他，他必百倍千倍奉还。这不吃亏的性格，怎样来说都太过刚硬，所以，过早的就折了。

跳过老头的为人不谈（其实他的为人又与我何干），他的文章，我是自小就看的。那是在小学课本里，闰土和华老栓都是他的代言人。可以说在我心中，他和金庸、古龙一样悠久，比琼瑶更久远一些。只不过后来，我读过成套的金庸和古龙，琼瑶也读过几本，偏没再读他。我把这归结于时代潮流和阶层口味。我那个年代的我们这个档次的孩子，关于文学的想象就是这么贫乏。再后来，念书念到一定的地步，要求我们修专业了。这个"修"字比较有趣，它意味着广度、深度和厚度。也就是讲究长宽高，读书变成一件很立体的事儿。这一来我的阅读经验就显得浅薄无知了，我羞愧得差不多要在琼瑶的文字上撞死。

不过上帝总是为我们这种迷茫的羔羊提供很多稀奇的出路，我的眼前突然出现一片光明是在二十四岁的时候，这时候我开始立体地阅读，开始把单薄的我努力膨胀成为一个丰满敦实的我。但是我还是没有读鲁迅。

几天前我校稿子的时候，无意中看到有个家伙在文章里说，当代作家的书橱里，没有不放鲁迅的。言下之意，书橱里没放鲁迅的，统统不能算是作家。我想我现在大小是半个作家了吧，但我的橱柜里没有鲁迅，这不能不说是个极大的欠缺（其实我的书橱里没用的美服精饰多于图书，从根本上来说，我认为一个女人没有这些没用的东西才是真正的欠缺，所以你看，我再努力也只能是半个作家）。

这个时代真是太方便了，只要轻轻点击一下鼠标，鲁迅就来到了我的身边。我没把他带回家，我觉得他放在我的书橱里是多么不够受重视。所以阅读应当在办公室里进行，把阅读鲁迅当作一种工作、一种仪式，这更符合我的期待。但当然，最后他还是会长久地躺在我的书橱里。很长久，就像金庸大侠（琼瑶那"大妈"我已经把她删除了）。

论教育问题

　　每日必经之路旁的石榴树已结出青红的果子，一树石榴压弯了腰，显出多子多孙的富态。时光把果子渐渐催红了，我的果子也日渐妖娆。一日他问我，妈妈，是不是我长大了，你就变老了？我说是的。便问他现在的妈妈是怎样的，老吗？他仔细看看我，很肯定地说，不老。他稚拙而诚恳的神态，总是惹人怜爱。他眼中的我，也便美丽得十分自信了。

　　母亲是一定要老去的，因她的老去，才让她的孩子真正强大起来。为了他而老去，是那么值得。不过在他眼中没有变老之前，我还有许多事情要做。每一天，我都提醒自己，作为一个母亲，我使自己的人生变得成功，要比殚精竭虑地培养一个成功的孩子更为重要。没有人有权利把自己的梦想寄生在别人的成长上，哪怕以爱为名。有一天我会告诉他，做你的母亲，我最感到自豪的是，养育你的同时，我一直很努力地做自己。所以你的任务也很简单，做自己就好。

　　我家先生总是喜欢以别家孩子的优秀来鞭策我们的孩子。在航航还没上幼儿园时，他就不断告诫这个只能从一数到十的小孩子：你看哥哥学习多好，你以后能不能这样棒？就知道玩！我真是很无语。我不希望一个孩子是这样被培养出来的，哪怕是优秀的孩子。我的孩子更不可以！我不知道那个孩子的母亲是怎样教育小孩子的，我只知道那个孩子整天为了成绩担惊受怕，因为考试没拿到第一名而要去看心理医生。那个母亲，我很尊重她的坚忍，为了孩子牺牲奉献了很多时间和精力，但是请原谅我流露出轻视和悲悯，她把自己的一部分嫁接在孩子身上，失去了自我的同时也让孩子的自我开始变异。这不是很可怕的事情吗？但我想她并没有意识到自己以爱为名而加诸孩子的无知的伤害，反而为孩子的每一次考试高分沾沾自喜。就连那个孩子的父亲，在教育问题上明显具有不负责任的嫌疑的男人，居然也为此兴高采烈。我不是说父母不该为孩子的好成绩而高兴，而是他们高兴得太可疑。为什么孩子考第三名的时候你不高兴呢？为什么孩子没进入重点班你不高兴呢？孩子还是那个孩子，一直很努力，从来没有懈怠过，凭什么你不为他一直稳定的表现而高兴，偏要为不稳定的分值而高兴呢？关于教育问题，实在有太多误区，我们的父母在教育我们的时候，也并不完美，所以我不能苛责那些重视分数的父母，也许在我航航进入应试教育阶段后，我做得还没他们好。所以对于先生以别家孩子的优秀来教导我们的孩子，我也很少当面发表意见。我只是在想，到底哪里出了问题，让我们的孩子的成长变得那么不快乐。如果有些问题是不能避免的，我能帮助孩子减少这些问题带来的负面影响而不是加重他的不快乐吗？

答案在时间手里，我实在不必过早就诚惶诚恐地索求答案。成长是一件顺其自然的事，所以教育也应该是。抱着这个理念，我想总不会错得太离谱。关于那个成绩优秀的孩子，我也相信时间会给出一个答案，他永远不会是我航航的榜样。先生怕是要失望了，我不会给他这个比较的机会。每一个孩子都是母亲的杰作，我可不想把自己的作品搞砸了。但依我的性情，也很难有个精雕细刻、错彩镂金的孩子，我只一板斧劈下去，他便成了形；再一板斧削过来，他矫了性；最后一板斧，留给他的女人，她会让他最终成为一个顶天立地的男子汉。其余的，一个母亲实在不需要计较太多，儿孙自有儿孙福，老天都给你留着好呢。

当鲁贵作为一个父亲

悲剧大师曹禺的名篇《雷雨》，相信大家都不会陌生。对于这出性格与命运合谋演绎的人生悲剧，多数人会被繁漪的阴鸷幽怨或是周朴园的专制暴戾所吸引，然而我却出乎意料地对鲁贵这个角色情有独钟。

鲁贵这个人向来是以反面人物被众人接受的，似乎他的市侩、自私、狡诡、庸俗、卑劣等等一系列下流品质，已经成为不齿于人类的臭狗屎的典型，因为他竟然卑鄙到可以把亲生女儿当作砝码进行敲诈勒索。

我不知道在曹禺的创作意图中，是不是真的要把鲁贵表现为一个十恶不赦的大坏蛋，然而我却分明从字里行间摩挲出一个护犊情深的鲁贵来。

鲁贵或许不能算是个好人，他油滑嗜赌又贪婪成性，但是把他定性为一个坏父亲，显然并非妥当。他也许向女儿索骗过钱财，也曾经利用女儿勒诈过太太和少爷们；可是他也会为了女儿不遭受别人无谓的欺凌而愤然挺身，当女儿痛苦不能自拔时，他会啪唧甩出一句漂亮话：谁不让我女儿好过，我就不让他好过！

对于鲁大海这个拖油瓶带来的儿子，鲁贵也从未忽略过自己作为一名父亲的责任。他扒下自己的一张老脸皮，替儿子包揽差使，固然是想在老婆面前显摆自己的威风，然而倘若大海不是跟了他姓鲁的话，他为什么要替这个孩子的生计问题向周家人涎脸逢迎呢？即使是在鲁大海掏出手枪，拿着黑洞洞的枪口对准他时，他除了打哆嗦之外，还只是想到：这孩子不懂事。可见在鲁贵的心中，从不曾脱了做父亲的干系，既然鲁大海肯叫他一声"爸爸"，那么不管真情或者假意，他总是把这"爸爸"的身份牢牢记在心上了。

因而我说鲁贵实在是个不坏的父亲，倘若四凤不是周萍同母异父的妹妹，他们尽可以结合而幸福地生活下去，而鲁贵就是第一个真心撮合并祝福他们的良媒。因为只有他，义无反顾地替四凤同阴险的繁漪做斗争，绝不肯让女儿的幸福被那个变态的妇人掠夺去。而侍萍和鲁大海，不是芥蒂于自己的恨史，料定富家的子弟个个始乱终弃；就是拘囿于阶级仇恨，敌视任何一个资产所有者——在他们的世界里，永不能容下全无拘碍的自由的爱情，四凤并不是不能和周萍恋爱，而是不能和有产阶级恋爱。

能够为鲁贵正名，我觉得是一件畅快的事。我们不能因为鲁贵的卑鄙无耻，就决然地否定他也有人情美和人性美的地方，这其实是一种极具张力的人性阐释，掘出了这个混沌世界中，人作为一个平凡的子民的本质。是的，鲁贵才是真正的人，他身上拥有人类的一切丑恶的社会属性，也包含着人类最朴直的自然属性，他把一个有血有肉的人演绎完整了——这世上有很多嗜赌的父亲，也有很多说谎话的父亲，还有很多为了适应这个畸变的社会，不得不削尖了脑袋去钻营的无耻的父亲，但是他们终于守住自己作为一名父亲的角色，绘声绘色地竭力要扮演好他，这难道不是一种很珍贵的情感吗？

所以鲁贵不应该这么长久地遭受批判和唾骂。试问哪一个人能够真正问心无愧地说，自己是一个绝无不良嗜好，又真，又善，又美的好人？好人的指标值本就模糊得厉害，一百个人，就有一百个好人的标本。况且没有一个"好人"在所有的人性方面都是"好"的。

鲁贵是好人也罢，是坏蛋也罢，其实于你，于我，于这个世界，并没有重大的干系，重要的是我们知道，我们都应当守住自己的角色，绘声绘色地竭力把这属于自己的角色演好。你是父亲，你就要担当；你为人子女，你就要守规矩。否则像鲁大海那样，半个多世纪以来，确是被无产阶级意识形态倍加推崇，可惜始终在人性面前浑浑噩噩，不敢面对自己作为"儿子"的现实，不论是鲁贵的儿子，还是周朴园的儿子，他都不愿做，也实在不配做。

问世间，情是个什么东西？

问世间，情是个什么东西？说起来好笑，正视这个亘古以来绵延不绝并且将继续顽强地绵延下去的两性问题，是从武侠小说开始的。那时大约只有十岁左右的年纪，偶见金大侠在《神雕侠侣》里颠来倒去地借用李莫愁的嘴巴，向苍天质问这个似乎永远没有答案的难题，只觉这个干着魔鬼的差使，却永远像佛一样微笑着的疯女人有趣得紧。

那么，情究竟是什么东西呢？有科学证据表明，爱情，就是人脑分泌的一种化学配置，相当于咖啡因，而物理反应相当于吞食巧克力的体液。对于那些憧憬中的恋人或者时刻准备着恋爱的人，这个答案似乎太不浪漫了，然而科学的东西向来就是如此冰冷而不留"情"面，在科学的面前，死亡就是呼吸和心跳的停止，绝对不会出现化为身穿白衣的天使，飞舞在天堂的可能。据说叫作"爱情"的这种分泌物，即使是最长情的人，也无法做到连续分泌三个月以上。换句话说，即使把每个人都设定为最坚贞的爱人，三个月后，爱情也将不复存在。那么怎么解释超过三个月以上的爱情呢？比如杨过和小龙女，比如我们身边看起来感情还不错的老夫老妻。或许应该如此回答这个问题，存在的不是"爱情"，而是"爱情延留"。也就是说人在心理惯性、道德和法纪制约的情况下，继续留存的爱情余味，当人在咀嚼这种余味的时候，就会记得，我有责任爱我所爱——

是我应该爱，不是我要爱。完全没有必要义愤填膺地谴责那些水性杨花的女人和拈花惹草的男人，她们和他们，不过是完全遵从了两性关系的自然属性（或者我们可以说是动物属性），而在一定程度上忽略了两性关系的社会属性（类推为人属性）。可见，根本没有长久的爱情，但如果你是个"人"，你会让你的爱情尽量做到长久一些。

"对爱情展开科学研究的另一个重要发现，就是确认了如果出现干扰恋爱双方爱情关系的外在力量，恋爱的双方感情反而会加强，恋爱关系也因此更加牢固。"1972年，德瑞斯考尔等人研究了91对已婚夫妇和相恋已达8个月以上的49对恋人，考察被研究夫妇与恋人的彼此相爱程度与他们父母的干涉程度之间的关系。结果发现，在一定范围以内，父母干涉程度越高，有情人之间相爱也越深。后来，德瑞斯考尔等人又对这些被研究者做了调整，试图了解他们父母干涉是否改变了他们之间的关系和相爱水平。结果证明，父母干涉程度与恋人们的感情变化呈显著正相关，也就是说，父母干涉越大，恋人们爱得也越深。由于这一现象与莎士比亚的悲剧《罗密欧与朱丽叶》有着异曲同工之妙，德瑞斯考尔便用"罗密欧与朱丽叶效应"来命名这一现象。可见，杨过和小龙女式的爱情，是不得不历久弥坚的——他们的爱情波折太多，多得离奇古怪，干涉太大，大得惊天动地，再不情比金坚的话，连不留"情"面的科学也说不过去了。

多年之后看到一部张艾嘉导演的电影，《女人20 30 40》。片中有一个细节，机智精彩、匠心独具——想想的母亲在想想很小的时候就开始整日迫她练琴，想想很痛苦，于是问母亲：为什么要逼我学琴？母亲说：为了你好，如果你老公以后不要你了，起码你还有份手艺讨生活。想想百思不得其解，问：为什么我老公会不要我？想想的母亲无比坚定地回答：那不重要，重要的是

第二辑 且乱弹

你已经做好准备。

　　这一情节颇值得玩味，它似乎证明人类的爱情经过多年的"进化"，已经脱离了蒙昧的幼齿阶段，人们不再去追问情为何物，他们更加关心的是自己，并且直言不讳，肆无忌惮。

为作家宽衣解带

　　这几日很是无聊，一面读北大名师的讲稿，一面兴味盎然地读《倚天屠龙记》。对于讲稿中颠三倒四翻来覆去解读的经典文本，我一样也记不住，比如《尤利西斯》《喧哗与骚动》，甚或刚刚读毕的《追忆似水年华》。这些20世纪的世界顶级大师实在让我忍无可忍。也许对我来说，张君宝怀中的一对铁罗汉或者冰火岛上的一只海豹要比昆丁的时间哲学和普鲁斯特的"无意的记忆"有趣得多。然而我依旧痛苦地读下去。我最认同吴晓东的一段话，不是关于昆德拉的"存在编码"或者《百年孤独》的神话模式，而是对于"天真善良的读者"的向往：这些单纯的读者往往要遭到嘲笑，但恰恰是这部分天真的读者才是真正的理想读者。而中文系文学教育的后果之一就是使一批本来是文学的理想读者变成了一些成熟老练、目光犀利什么也不在乎的理性读者，至于文学研究者们离理想读者就更远。

　　作家是最富幻想资本的职业，一个人，如果不是疯子，那么他整天胡思乱想而人们又对他不以为意的话，有百分之九十的可能这是个作家。作家对于意外事件有着天才的处理能力，通常他可以完满地缝合弥天大谎，甚至让原本愤愤不平的人对痛苦和屈辱感激涕零。比如昆德拉说他被福克纳的小说《野棕榈》的结尾深深打动，故事很简单，一个女人因流产失败而死去，而她的男人则深陷囹圄，有期徒刑，十年；有人给他的囚室送来一粒白色药片，毒药，但他

拒绝自杀，因为他觉得唯一能延长他所爱女人的生命的办法便是把
她保留在记忆中。福克纳是这样煽情处理他的主人公的内心独白的：
"她不在了，一半的记忆也已经不在；如果我不在了，那么所有的
记忆也将不在了。是的，他想，在悲伤与虚无之间我选择悲伤。"
这让人感动得无法言说的语言让我们对男主人公那足够惊天地泣鬼
神的似海深情唏嘘不已。事实上有头脑的人会发现这是一个天大的
骗局，赚人热泪永远是作家不懈的追求：这是一个怯懦然而为自己
的失败和退缩拼命制造借口的男人，他不够爱她，她可以为他死去，
然而他不敢为她去死。试想一个死人能够感觉到虚无吗？虚无感永
远是生者的痛苦。所以他不论选择"悲伤"还是"虚无"，都是毫
无例外地在选择继续苟活。即使从哲学角度来阐释虚无，也无法厘
定生与死对于"虚无"的意义，谁能雍容地断定是死亡导向虚无，
而不是生命承受虚无？因此优秀的作家总是善于辞令，他们巧妙地
利用文字迷宫来感动单纯善良的读者。拨开话语的迷障需要智慧，
但同时我们丧失了情感的力量。

救赎（一）

初冬的街头，遇见了潮湿。这一场雨，到底把秋天一网打尽了，今年特别漫长的秋日的好时光，于是终结在一场冷漠的雨水里。气温在渐次暗下来的天色里骤降了好几度，我抱着臂，几乎是跳行在雨水里。穿过人行道，去对面的站台上搭乘巴士，周遭的天色已经很暗淡，我注意到和没有注意到的，都在影子里隐藏着似的，一下子把人抛到一种落寞里去了。只要是人停驻的地方，黑车都很猖獗地揿着喇叭。我对这城市的暗疮深恶痛绝，但它似乎也合理地存在着，并不影响我的生活，甚或还提供着隐形的便利。当人们把安全和诚信这一类事物放到方便和利益之后，便也能够容忍一些很龌龊的东西了。但我还坚持着例外。

回到家，先是提来开水瓶，泡上一碗炒米，将身上的寒气驱逐干净。然后一口气踢上三百下毽子，这就大汗淋漓了。原来温暖也很易得，只要是在家里，怎样都是舒服的。扫一眼桌上的书和笔，温暖便更深。想来它们是这一生不能弃的好朋友了，执着它们才能心安。这几日，开始写童诗。因为有这样一种心情，觉得零碎时间也是一种财富，并且爱着孩子，童心也就很泛滥，寻思一些浅易却不乏情感和思想的小句，这是很快乐的。我幻想着终于有一天，我可以为自己的文字做插图，这些诗句就会成为美丽的绘本，有情有景，图文并茂，真是很叫人欢喜的事情。写作和绘画都没有野心，这便很纯粹。并不担心写不出或者画不出，这比起做成人文学来，是另一种没有压力的精神修辞。孩子总是让人怜爱，连同他们的文学世界也是这样，这是一个做妈妈的写手最感到自豪的。

这一周每天都会抽点时间写诗，那是一种回到童年的心情。越发喜欢几米，因为他说，小孩子让他重温了一遍成长，也因为小孩子，所以他的作品会有更多的美好和惊喜。我也因为孩子而写作，所以觉得美好，觉得生活中处处有惊喜。每个中午，阳光最为酝酿的时刻，我在为孩子写诗。虽然这些诗很粗浅，但却情真意切。我也在向几米学习绘画，也许更多的是一种绘画的精神，不是学院派，不在各种流派里载浮载沉，不落成人的思想窠臼，单纯是童心的发散。我喜欢这样纯粹的趣味。

成人的世界是模糊的，各种告白和承诺都语焉不详。我们在工作时"能够"接触到的那些人和事，都带有机械的意味，而"不能"则是一种妄求，不可遏制的欲望总是让我们本末倒置，失去体面。随着日月流转，衰老，然后成为一种资本，可以在某一领域拥有一定的话语权。人们尊称一声"老师"，然而我知道，我还是我，并没有增减一些东西，靠的就是无知的单纯吧。我尽力去帮助别人，以我站的高度。人一生是可以遇到很多人的，但是并没有很多人让我们记住。更为糟糕的是，有些记住是为了去谩骂和憎恨。不管你做得多好，总是有些人指责你、侮辱你、伤害你；而不管你多么不堪，也还是有人爱你、赞美你、保护你。所以做自己能做的，在这个高度，不为多少人记住，只为心安理得。有时会接到不认识的作者的来电、来函，我总是尽可能地认真回复他们，虽然也清楚，并不能帮助他们达到某个目标，然而我以同理心来待他们。因为始终清醒地记得，在一段关系中，弱势者的尊严总是被悬置的，我曾经那么揪心地经历过的境遇，我希望不要换个地方出现，特别是，不能换个位置出现。在大环境中，其实我们都是弱者，即使权贵和富豪。我们有什么理由不善待他人呢？善待他人，就是善待下一个自己。正如佛的谶语：我们从未分开，在无数个轮回中，我不断成为你的妻子、丈夫、父母、孩子，你的一只宠物，你刀下的一条鱼，你眼中的一轮风景，你心上的一道伤疤……只是，你并不知道。我们和他者的关系，从来就不是想象中那样密切，也并不如想象中那样无关紧要，一切关系，都是自我的重建，如果我想要一个更好的自己，就必须经营一份更好的关系。关系不是四通八达的蜘蛛网，帮助你攀龙附凤地荣耀腾达，它只是你认识自己的密钥，回到原初的我，不卑不傲，不忮不求。

　　很少读日本人写的书，哪怕渡边淳一抑或村上春树，倒不是出于种族偏见，阅读习惯而已。小时候是知道《血疑》和《排球女将》的，并且还梳过小鹿纯子那样的辫子，一跳一跳的，像羊角。后来既不看日剧，也不用日货，因为先生是亲美的，所以连座驾都只买克莱斯勒或别克。偶然的一日，看到网上推介东野圭吾的作品，读一读倒也觉得很有趣味。据说走的是悬疑推理一路，但偏偏选的是他最温情的一本书——《解忧杂货店》。读着读着就很感动，因为写的都是平常人，毛病一大堆又还有那么一点善良挤在心灵的小角落里，一触发，就春水满江了。有个搞音乐的年轻人，搞了很多年也没搞出名堂，他确实为音乐付出了很多，像我们每一个追逐梦想不惜头破血流的年轻人一样。后来，他死了。死在籍籍无名里。说到这里，我们真的可以很悲哀的，可是东野圭吾并没有给我们这个机会。那个浪矢杂货店，它专门出产一些奇怪的信，它的牛奶箱里就有这么一封信，把我们的悲哀都悄悄地替换掉了。我想，如果把"音乐"这两个字换成"文字"，对我倒也很合适。或者它可以换成任何东西，有了这个填空游戏，那些追逐梦想而不惜头破血流的年轻人，就有了坚定的理由，把自己的路走下去，从不感到悲哀：

　　　你对××的执着追求，绝不是白白付出。我相信，将

会有人以为你的 ×× 而得到救赎。你创作的 ×× 也必将流传下去。若要问我为何能如此断言，我也很难回答，但这的确是事实。请你始终坚信这一点，坚信到生命最后一刻。

但愿我们都能坚信自己。因为救赎别人，恰恰是从救赎自己开始的。

救赎（二）

我是一个鼠目寸光的人，虽然一直热爱码字，却绝不羡慕曹雪芹那样的大师，能像几米那样，画一幅画，写几行字，未必传世，但一定畅销，就好。几米的绘本几乎没有完整地读过一本，但是他的画风和代表作都印象深刻，因为有太多的衍生品，卫生纸上都有他小人。我做梦时就想，如果我的作品也能够印上卫生纸，那是多么美气的一件事！

真正认识几米，是从《故事的开始》开始。每个故事都有一个开始，有的从痛苦开始，有的从幸福开始，有的从善良开始，有的从堕落开始，我们不可以充分选择，命运的话语权总是更重大一些。几米有一个乏善可陈的原生家庭，步入中年，岁月也还是很宁静的，可是忽然有一天，他就住进了医院，开始接受漫无边际的撕扯灵魂的等待。等待一个结果，英年早逝，或者换一种态度活下去。求生的欲望当然是强烈的，同时他听到了命运的无常交响和人性深层的呼唤，三次化疗后走出医院时，他已经不是以前的几米。

一个人像蛇一样经过诡异的蜕变，才能骨节暴长，灵活如魅。生命总是在谷底低吟浅唱，跌下去，才能向上走，这是一个U形线，或者说，命运的U形模板。所以我敬畏天地人命，一方面也有那么一点小小的投机心理——不想倒大霉而只想走大运。几米那样换髓交命的待遇，不是人人都能承受，虽然后来他在"生命意义上"有了"大发",但是,岁月到底是宁静的好。

　　我只是一个家庭妇女,偶尔会想一想人生的意义。在意义之上,其实是没有动机的,谁谁怎样怎样,与我何涉?我只关心我航航的明天,会不会有一个可以让他向别人炫耀的妈妈。说到底这是一种虚荣,但这虚荣也很伟大,因为包裹在一个母亲的大情怀里。做了母亲,就向往把我做母亲的情感体验和计较得失献给这个并不完美的世界。这世界从前是这样,以后也还是这样,但因为有了现在这位母亲,她给了它不一样的理解和阐释,她的孩子(并且她幻想,会有更多的散布在这个星球上的操着不同语言的孩子)就会因为她的情感和思想变得美好而懂得感恩。这是多么美气的一件事!为了这些小人,就算是做梦吧,也只显得天真可爱,而不是庸俗无聊。

　　人还是有一点理想为妙,万一实现了呢?从此我怀揣一个理想,就是学会画插画,做自己的绘本。关于绘本,我读的不多,初时总是觉得那是小孩子的东西,多半没有深度和研究价值,所以在人类的文学史上,可以忽略不计。但是当我有了自己的孩子,我的文学观可是彻底颠覆了。深度是看不见的,它就藏在孩子的哭和笑里,只是我们不觉。孩子们的文学,其实是最具研究价值的宝藏,因为他们才是我们的未来,可是他们又读着我们写的书长大,有了怎样的"孩子的文学",才有怎样的"孩子的未来"啊。第一本用心来读的绘本,是龅牙兔姐姐推荐的《安的种子》。十几二十个页码,好简单的文字和图画,根本没有机会让你去深入思考。可是,心却轻轻地,就那么轻轻地,被拨动了。是的,我们每一个人的心中,其实都有一颗千年莲花的种子,只是大多数人不知道怎么才能让它开花。再深邃的思想也抵不过一次心动,我深深折服了,为这简单的文字和图画。所以我想,我可不可以做自己的绘本呢?做我喜欢做的事情,做我心目中的"孩子的文学"?起步是晚了些,但还不算太晚,只要我们胸前还揣着那颗千年莲花的种子,时间就在静待你栽下它，给你明媚的春天，以及荷叶田田、莲花摇曳的夏天。

　　我做的第一本童书，还只有文字，不得不雇用画手来替我做补充的表达。这个冬天，它在静静生长。以前听叶兆言的讲座，他说他和莫言那些人不一样，他写作，必要用自己的本名才有好运气；但有些作家，如莫言那样的，用本名就一定被退稿。所以说每个人都有自己的命运，这些千差万别的不一样的命运，也是你事业的预言，你要这样才走得通，就不能走那条路。我呢？我写作也一直只用本名，因为想破了脑袋也想不到一个比我的姓氏和父母赐予的名字更为闪光的代号。我是刘鹏艳，以后，我也许会有很多美美的绘本，我的小人也许会印到卫生纸上去，你擦着屁股，还会想到我。这是一个野心十足的妈妈和你的约定！

193

第二辑　且乱弹

路　过

　　在会计师事务所工作时，有个叫周三的男孩。那时的记忆是零碎的，青春的风吹过后，周三就烟消云散了。但仍还记得有这么一个周三。今天又是周三，烟云飘过，如是有记。人生中有很多杳然而逝的云烟，那些过往是眼泪也好，是笑容也罢，在今天的我们看来，都不再具备拨动神经官能的力量，而"路过"是一个淡然到心痛的词儿。今天路过经管学校，二十年前容过我的青春和无知的地方，有那么一刻，淡然到心里隐隐作痛。二十年，弹指一挥间，我们没有很多个二十年，但对于在这里留下的"曾经"，为什么就那么轻易地放逐了？那标志性的老校舍已经被翻建得面目模糊，只那一块足球场地，倒还是熟悉的样子。因为那是唯一的放给青春驰骋的场地。

　　因为下雨（我知道这是一个借口），我只是擦轮而过。心里有那么一点小小的不平静，然而也只是小小的，不能再容纳更多的翻滚和涌荡。喜欢在这座城市里驾行，从城市的这一头到那一头，横穿出一种对距离的自信。家住市中心，一般的行车路线是向南向西，那是这座城市新的都会心脏，我们只能对中心趋之若鹜，而羞于或怯于在边缘行走。所以城市的北面，在我的区域图上几乎是一片空白。自从十八年前离开之后，我很少温习在那里度过的三年。这段距离，是我怎样驱车飞驰也不能弥合的。今天，因为很奇妙的关系，我重新走过这条路。然而已经不能辨识。去时是从高架桥上呼啸而过，当时还在想，如果在桥下，就能看见它。那么等回来吧，回来时我一定要看一眼。

半个小时后我从这里再次路过，这一次是从桥下走（我怀疑那单行高架桥就是为我特意铺设的，它怕我三心二意）。路过学校门口时，我探了探头，里面的楼宇显得局促而可疑。路口车水马龙，没有更多的空间和时间供我凭吊。我轻叹一口气，也就心安理得地扬长而去。

这次路过很难说是一种巧合，人生没有那么多巧合，正如空气里没有那么多细菌。如果你被感染了，是你免疫系统的问题。为什么别人能够在流行感冒里得甲亢？你没有问题的话就不会留心那些巧合和病菌。我想，我是有问题的。

我睡眠不好，前两天还犯了一回偏头痛，我认为那是一种神谕。一般人不可能一年犯三回偏头疼。那些神经系统容易紧张的人才有这个机会。有这个机会的都不是一般人。我承认，对于很多事情，我是有怀疑主义倾向的。这个世界你不明白的地方永远太多，所以我一向主张用真诚的简单应对虚伪的复杂。对于不明白的，保持你的不明白就好，无知者无畏，你就能很勇敢地面对。今天这个情况，是个很好的例证。我不明白怎么就走到了一路向北的地方。也许是我近乎痴愚的执着感动了神祇，也许一种我不能预警的陷落就从这里开始。但，一路向北就一路向北了，我驾着小P一点也不为自己担心。毕竟，一切都是从我的眼里看到的，如果我认为是好的，那它就是好的。所以这一场路过，很难说是哪种心情。

抬头望一眼天，其实我们都是杞人。没有一条路是由自己设计出来的，就算你设计了，命运还要给你裁剪呢，你操哪门子心？随喜随缘地走吧，那就是顺风顺水的路呀。

我来说两句

　　近日在读一本题为《雨鬓风鬟》的书，是两个女博士合撰的。这两位女博士因为是女人，所以发了很大的兴趣站在女性的立场上来解读金庸的武侠世界，尤其是金庸笔下的女人们。我因为是女人，所以也发了很大的兴趣来观摩她们的嬉笑怒骂。不说不知道，说起来吓一跳，原来金庸是一个"女权主义者"。我这么说不是没有事实根据的，或者准确地说，按照两位女博士的精彩剖析和精心梳理，金庸果然不愧为一代宗师，他的现代意识已经作为一种精神力量渗透进血雨腥风的江湖，而其中男女平等的婚恋观和社会规则的理想建构，乃至于对男女不平等的传统意识的拆解和嘲弄，尤为明显而见识卓然。比如《天龙八部》中的谭公谭婆，就彻底颠覆了人们在习惯性思维的影响下，思想定格的家庭暴力当中女性受迫害的现象。

　　严格地说起来，《雨鬓风鬟》既非严谨的文学评论文章，也不归附于正常意义上的散文杂感。女博士们写起江湖武林的风尘女侠和绝代佳人来，有点随心所欲，信马由缰。时而点击一下金庸笔下的浮雕式人物塑造，时而对比明清话本的传统女性描写，要么夸夸其谈西方文化中关于女人的"宗教罪恶"，要么一脚跨到东亚去搜索韩国的大男子主义。总之，这些看起来没有什么焦点的闲话散论，可能让一些擅长自以为是的男人嗤之以鼻，然而有一点是毋庸置疑的，女博士们企图以自己的女性话语系统，解构和颠覆男性主导社会的霸权话语体系。正如一位知名的女性主义作家徐坤所说的，这个社会已经沦落到男性语词明目张胆地践踏女性的地步，例如"×你妈的""×他奶奶的""我×你"等等，仿佛男人利用自己的生殖器掌握了整个人类社会的特权，阳具成为男人掠夺和蹂躏女人的武器，包括肉体和精神，他们连平等说话的权利都吝啬于施舍给女人一些。女人没有自己的特权话语，忍无可忍要与男人对骂的时候，也只是柔弱无力的一句"臭男人"，如果想要骂资升级，骂得畅快淋漓一些，首先要侮辱自己的群体，才能达到反抗的目的，比如"婊子养的"。

我想到这些的时候，愤怒就忍不住要溢于言表了。然而我也很清楚地知道，这种愤怒也只有忍不住想一想而已，一旦这种愤怒真的溢于言表，我想要在这个男性霸权的社会容身就变得如同怒海狂潮中的一叶小舟一样凶险艰难了。我当然不想变成箭渚。所以，躲在两位女博士的屁股后面，我也说两句。这两位女博士皆是博学敏思的前辈高人，舌灿莲花，笔走龙蛇，我辈当自愧不如其如珠妙语之万一，但心中有话，不吐不快，遂借暗陬一方，大放厥词一番，亦算了却在下一桩"不可告人"之心愿。

读《雨鬓风鬟》时，常常击案叫绝，倒并非女博士们的字字珠玑令我折服，实在是因为大家都是女人，受尽了说又说不出口，不说又觉得难受的窝囊气，因而共鸣腔发出的共振声此起彼伏，沸腾地直冒泡。看来两句三言不足以道我等如喷如沸的壮气直理，且待我平声静气，耐下性来拂灰扫尘，将这一亩三分地的金玉良言细细道来。

按照女博士们一路举重若轻的调侃，这开山一刀，是从王朔那小子的狂妄自大处劈下来的。据说王朔公然在大众传媒上向金庸先生叫板，说到金庸的武侠小说，言必称"俗"，并以新世纪的名义，声讨可列为当今中国"四大俗"的金式旧小说。殊不知王朔这个不知天高地厚的小子，本身就是极端俗文化的代表人物。正所谓三斤半的鸭头，倒有三斤重在一张嘴上。王朔单凭一条三寸不烂之舌，侃遍江湖无敌手，大胆妄为践踏精英文化，颠覆正常的书面话语系统，为市井俚语冲破艺术门槛，汹涌而入立下汗马功劳。这样的人还配批评别人的俗与不俗？他自己本就是不俗到彻底，便誓不为人的。当然，女博士们并没有这么露骨地抨击王朔，人家毕竟戴有博士的帽子，"修养"便越发显得重要，但是其言下之意与我的评语也没有什么太大分别。单只这一节，我已经对两位女博士一读倾心，要知鄙人亦是金庸的忠实粉丝，难得有两位学富五车、才高八斗的女博士与我"英雌"所见略同，简直高兴得几欲跌出一个大筋斗去。

正经步入论题时，女博士们的第一论叫作《似花还似非花》。恕在下才疏学浅，读完之后，依然不明这"似花"和"似非花"之间与金庸笔下的江湖女性们有何彻骨关联。但觉女人大多被人喻以"花"，这花和女人共通而最致命的一点当是，美色可供"狎"，然而金庸却可以不把女人当作"花"来看待，虽是如花美眷，但论及文韬武略，莫不在男人之上，例如黄蓉和林朝英。莫非这就是女博士们所说的"似花"与"似非花"的关节？所以要提倡男女平等，当务之急便是打消男人们"秀色可餐"或者"食色，性也"的狗屁论断，要让他们知道女人和他们一样娘生爹养，并不是可供观赏玩味的"花"。更有甚者，不妨如苏青，一改古人所云"饮食男女，人之大欲存焉"而为"饮食男，女人之大欲存焉"，惊世骇俗一番，未尝不是一件大快女人心之事。

论及男权社会，古已有之，并且绵延至今不绝的对于女人的审美倾向，女博士称之为"士大夫情结"。因为女博士自觉受到男人的侮辱太深，因而在屈辱中深切体会到中国传统文化对于女人的态度，一言以蔽之，就是个"狎"字。并且认为这个"狎"字，是个相当微妙的字眼，并不仅仅用于男女之事上，但凡可爱的物事都可以"狎"。同时，"狎"又不同于单纯的"玩弄"，而是近乎"玩味"，其中既有亲密也有轻蔑，也不排除欣赏和赞美。因而女博士气愤又不免心酸地说，北大陈平原先生著书《千古文人侠客梦》，倒不如改为《千古文人狎客梦》更妥帖些。当真如此，从古到今，有哪一个文人骚客是把女人当作真正的人来吟咏传颂？如果不是"美人"，恐怕连吟诵的资本也是没有的。少有不以"色"论女人的诗词歌赋、经书列传，又无非是为一些所谓的贞节烈妇著书立说。反正女人没有独立的存在必要，不是藉于美色以供赏玩，就是终生附着于某个固定的男人，以彰节烈。

　　据说《水浒传》是唯一的例外，书中居然有撇开上述"狎"见的真正令人惊慕的女人，比如"母大虫""母夜叉"和"一丈青"。不过很可惜，相信有眼睛的人都看得出来，她们是被人当作"女中丈夫"来描述和接受的。也就是说，女人不像个女人的时候，才有资格与男人平起平坐。而这些外号，无疑是她们丑陋容貌和粗鄙性格的象征符号。即使是这样，做了英雄的女人们也没有真正得到应得的、与男人们相仿的地位认同，比如女英雄们没有正正经经的自己的名字，随便敷衍个什么"孙二娘""顾大嫂""扈三娘"就算了事。

　　说到明清话本《天凑巧》，就更加让人喷饭。身手矫健而又美丽贤淑的侠女云仙，竟然嫁给了一个鸡鸣狗盗的家仆方兴。这是一个极其荒唐的烈女故事，说相当于现在随军家属的云仙，招来方兴的主人的邪念，结果被云仙暴打一顿。云仙可谓节烈女英雄，然而你再看看她竭力维护的夫权夫尊是为了怎样一个人，就不免要被她气得从几百年后跳出来大骂她一顿。那个名叫方兴的家伙，也就是云仙的丈夫，娶云仙为妻时曾有过这样一段千刀万剐的内心独白："如今辽阳嫖人的极多，就是似鬼似的娼妓也都涨了价钱来了。况且一时去看，同伙吹木屑的又甚多，东道又盛。辽东女人倒也相应，不若我讨上一个。目前虽多费几两银子，后来却不要逐日拿出钱来，况且又得她炊煮饭食，缝补衣服，照管行李。"原来该死的方兴只把云仙当作不要钱的娼妓兼免费保姆，这样的丈夫也能算是丈夫！也配云仙誓死相从！嘻，这就是男人笔下的女人，不是变态就是蠢货，哪里把女人当人了？从孔老夫子那里就开始动辄责难"唯女子与小人难养也"；讥诮女人"头发长，见识短"，但倘若女人见识稍长，又说女人干预朝政、揽权惑众，诱导"女子无才便是德"；不负责任地胡乱说女人的宽容是"妇人之仁"，但设若女人忍无可忍将宽容大度收回来，便又说"最毒妇人心"，及至男人如何歹毒却不曾有半句诤言，改口说是"无毒不丈夫"。左右罪过都让女人扛下来，男人哪里容得下女人半点不敬不从。

女人的丑陋是大忌，女人的聪明也是大忌，并且对于男人来说，女人的聪明更加不可忍受。因为丑陋的容颜还可以归咎于上天的分配不均，但是"聪明"简直就是女人有意识的挑衅了。即使是聪明的女人，也要装成不够聪明的样子，这样男人才觉得你可爱，否则只能是可怕。没有男人能够忍受女人在他们面前表现与生俱来的优越感，这对于他们来说简直等同于"人格侮辱"，但是他们可以心安理得地品味自己的优越感，哪怕是矮子里的将军。这就是为什么人类社会流行一种婚配模式——A男配B女，B男配C女，C男配D女，而A女找不到老公，D男找不到老婆。女人不可聪明，就算聪明也不能叫"智慧"，勉强算有点"才情"就可以了，比如吟吟诗作作对，知情识趣就很好，何必博什么功名争什么利禄？否则诚如女博士们自己所说的："我们只是想在校园里多待两年，不意读到博士，连自己都感觉理亏，彼此也常拿女博士相互取笑。"真是滑天下之大稽，难道女人们喜欢拿自己得之不易的奋斗果实来取笑吗？这扪心自问的讪笑的背后有多少心酸和无可奈何呀。再把话题转到金庸笔下的江湖女性身上来，且看黄蓉的聪明，千伶百俐过了头，只有她笑人的份，从没有露出破绽给别人笑一笑的，因而除了她爹和傻哥哥郭靖之外，大多人对她心存怯意敬而远之，背后又不免气哼哼地破口大骂"小妖女"。但是《还珠格格》里的小燕子就不同了，她傻，所以乾隆又怜又爱地说她"真是朕的开心果"；永琪皇子常常是为了她傻里傻气的笑话、祸事而心疼不已，最后爱她爱到甘愿放弃皇位。只此一招，不愧为某家报纸评为"傻帽之星"。

女人还切忌"幽默"。因为根据现代心理学的分析，幽默产生于一种心理优势。倘若你跟男人幽默，男人就会有一种被凌驾的感觉，幽默有时候就成为一种最大的冷漠。千万别听刘欢的，走路不可"风风火火"；不要和男人辩论，不要用深刻的问题去揭男人的短处；不可以太理智，逻辑越混乱越好，思维可以时不时短一下路，不要怕男人不懂你的意思，其实女人也不一定非得有自己的意思……这就是千古不变的"女儿经"，在男人面前女人只要保持一种状态就好——无邪的茫然。

然而金庸描写女性的时候，具有超前的女性意识。在他的书中，女人不仅漂亮而且聪明，更重要的是美女不以美色见长，她们和男人一样可以有登峰造极的绝学武功，和男人一样有勇有谋，快意恩仇，笑傲江湖。她们不再是《水浒传》中母夜叉、母大虫一样的凶神恶煞，不再是《天凑巧》中愚忠愚烈的云仙，她们有自己的原则和见解，有自己的建树和事业，有女性的妩媚，也有独立的人格。这可能也是金大侠之所以拥有如此众多的女性读者的重要原因之一吧。

当女人不再成为男人的附庸，当男人可以不再以"色"取女人，人类社会才能够充分发挥"人"的潜能，社会才能得到真正的进步。因为男人是这个"人"的一撇，女人是这个"人"的一捺，一撇一捺才可以成为"人"呐。"似花"的女人不长久，花开花落终是空。但是"似非花"的女人就不一样了，她可以像爱尔兰诗人叶芝所吟诵的那样，《当你老了的时候》，仍然美得永恒。

　　《诗经》有云：生死契阔，与子成说，执子之手，与子偕老。这一千古流传的民歌竟有如此巨大的魅力，历经亘古而不变地镌刻在人们的爱情理想上面。至于金庸笔下一帮江湖小儿女的情怀，更见一种超功利的宗教力量。不同于一男数女的中国传统爱情、婚姻的惯常模式，金庸笔下的江湖女性皆是敢爱敢恨、眼睛里容不下半点沙子的现代女人。比如木宛清宁愿一剑杀了段誉，也不肯见他移情于别的女子；而刀白凤因不堪忍受段正淳见好爱好、风流成性，竟愤然向满身蛆虫的叫花子投怀送抱，甘愿以自虐的形式来报复段王爷的不忠。除了金庸在创作后期推出《鹿鼎记》中的韦小宝这个反英雄的小人物之外，在他所创作的主人公谱系当中，没有一个顶天立地的英雄好汉是三妻四妾的。这仿佛也印证了金庸的爱情理想，或者说正面锻铸了"英雄"的完整人格——首先要尊重女性，尊重爱情。即使对于无关痛痒的配角设置，只要是能够爱妻尊礼，金庸也都一律以轻妙诙谐的笔触微笑着把他们推向阳光面。在叙述情感方面，金庸显然对之是持以认同态度的：比如爱妻子更逾自己性命的钟万仇，比妻子武功高出数倍却挨打不还手的谭公，苦恋小娟无果而宁愿独身终老的赵钱孙，他们虽不是大英雄、大豪杰，但是真情流露、情感专一，就不算恶人。至于段正淳这个王爷，虽然位高权重，面对大是大非也算光明磊落，但是他好色滥情，将他行事诉诸笔端之时，金庸遂不免时时流露出讥诮与鄙夷。女博士论及此处，言必称段正淳之流是"典型的 MBA"（married but available），笑得我直打跌。又说："现在有的男人既没有能力赚钱，又不擅长巧舌如簧、作含情脉脉状，赢得纯情少女的芳心，而同时又想作 MBA，不幸看到《鹿鼎记》，把自家和韦小宝比比，不免一万声长吁短叹，五千遍捣枕捶床：'人家命好，咱们命苦！'"真是把时下某些男人的嘴脸描摹得惟妙惟肖、淋漓尽致。

据说一夫一妻制源于西方某种神教,本质上是西方文明的产物。当西方人置疑中国人何以一夫多妻时,文豪怪杰辜鸿铭辩护说:从来只见一个茶壶配几个茶杯,哪里见过一只茶杯配几只茶壶的?这自是一贯的道理。可见中国人的潜意识里早把女人当作可有可无的陪衬,这种"一贯如此"的心理优势决定了男人的绝对选择权和女人的绝对从属义务。但是金庸却可以把几百上千年前的中国古代人塑造成西方文明影响下的现代人,不仅仅是像黄老邪那样的男人可以视父母之命、媒妁之言如粪土,便是女人也可以为自己的终身做主,她们统统都和巴顿将军一样拥有"我要"而不是"我应该"的人生哲学,何其难能可贵!至于为何金庸的书中,一个优秀的男性周围,往往都有数个优秀的女性仰慕缠绵?女博士们答曰:典型的现实主义!正因为现实社会中优秀的男人凤毛麟角,这才越发显得物以稀为贵,女人们"求贤若渴"的迫切心理极容易理解——爱我所爱——这硕果仅存的"稀有动物"若是被别人抢去了,那还了得?我这下半辈子便只剩下孤独惆怅了。因为女人们宁缺毋滥,所以郭襄、陆无双、小昭一干等人,才会守着青灯古佛,苦度余生,愣是不肯嫁给不相干的阿猫阿狗。正如陶晶莹张牙舞爪高唱的:十个男人七个傻八个呆九个坏,还有一个人人爱,姐妹们跳出来,就算甜言蜜语把他骗过来,好好爱,不再让他离开。

女博士们说诗人曾卓在"文革"时被打成右派,便是在他生命的低谷之时,坦诚而又小心翼翼地问他的爱人:"你愿意牵着我的手走一生吗?你愿意牵着我的手走过鄙视的人群吗?"这句话真的很让人感动,也许,这就是《生死契阔,与子成说》的真正意义。所以金庸的小说永远不像琼瑶的小说那样,拼命制造机会,让俊男和美女凑合在一起演绎浪漫的童话故事。他笔下的男人和女人从相识相遇到相知相爱,永远是那么自然从容。相濡以沫,患难与共,风雨同舟,生死相随,这是金庸的古典爱情,也是人类永恒的爱情——
"都说江湖消磨儿女情,岂知江湖儿女情更长?"(徐克《新龙门客栈》)

　　女博士的三论,《天涯旧恨,独自凄凉人不问》,单只这一道题名,
就触目满是寂寞凄清,自不必问,当真是"孤独"不问出处。女博
士开篇便拿了三个和尚做饵,引得众人不能不拿注目礼来对待这"孤
独"一种。铺衍开来,却原来"孤独"虽相同,也还不止一种方式,
或超脱,或幽默,或顾影自怜,或独孤求败,犹如天女散花,便看
你造化如何,拾得哪一朵了。然而紧扣女博士的题眼,显见这寂寞
孤独无非只为一字:"情",何以堪哉?无论是李秋水和天山童姥
绵延近一个世纪的"逍遥"梦,还是李莫愁因爱生恨,借此以杀人
为乐事,左右不过逃不出一个"情"字。
　　书中称李莫愁之辈为"情痴",但设若拿现在的人眼来看,恐
怕只算个"花痴"。诚然,金庸的小说虽名属"武侠"一脉,却从
没有一本不涉爱问情的。书中人物一旦"爱"起来,便天崩地裂,
天长地久。读来不免令人荡气回肠,感慨良多。女博士用了一句话
来形容这种不爱则矣,一爱便只求一辈子不离不弃的"金装爱情",
真正叫我哭笑不得:"事情一牵扯到永恒这个东西,便有叫人抽一
口凉气的情感力量。"我看这里"抽一口凉气"的动宾词组,再加
一字,岂不更妙?——这才是"倒抽一口凉气"!人性固然以"情义"
二字为先,但是到了如今的地步,哪里又有这许多一往情深的"情
种"?当真有这样稀世珍宝的"爱情"降临我们的身边,简直要比
天方夜谭还叫人拍案称奇了。无怪乎,武侠小说被称为"成年人的
童话"。既然是"童话",也就你这样说说,我便这样听听,就此
罢了。
　　偏偏女博士童心不泯,对这海枯石烂、天荒地老的"爱情"心
生向往,很不满意"现实中人可以将就,情感破碎也罢,他日缝缝补补,

几年以后又是一个大好恋人"。其实，现实终究比不得江湖武林缥缈世界，那里杀人还不偿命呢，现实里可曾有这样的便宜事情？所以鄙人倒不真觉得这些"金装爱情"可歌可泣，左右不过一个"盐巴"或者"味精"的角色，正如女博士说女人在男人的世界里就是如此地位，不堪一击，乃至不堪一提，可是设若缺少，又不免抱憾。

女博士又说庄子的"相濡以沫，相濡以湿，不如相忘于江湖"这句话过于悲观，又过于乐观了。因为"相濡以沫"并没有庄子想象的那样不堪，此庄子"悲观"之所在；而"相忘于江湖"又万万非易事，此乃庄子一厢情愿的"乐观"想法罢了。但鄙人又有另一种看法。庄子的这句话用来评价金庸笔下的爱情固然不妥，但我早说过，故事就是故事，故事里的事也许是从来没有的事。而现实生活中，真如庄子所云，倒并无过错。这不是说现实中的人有多寡淡超脱，而是他们知道"环境塑造人"的道理，有时候"不能"就是"不能"，不仅仅是"该"与"不该"的问题。或许女博士恨声道：这就是现代人，"多的是锦上添花，少的是雪中送炭，更有那趁火打劫的，只有在女子年轻貌美的时候送花的男子，哪里会有风烛残年的时候送炭的情人呢？"与其说现实中人看得透彻，忘得彻底，不若说他们根本意寡情薄。其实"长情"这回事本身倒也足非不妥，但是一旦落得现实的尘埃，你再看看它，就虚无缥缈得有些让人吃不消了。江湖中人或许可以不顾正邪之别，门派之争，生生死死只爱我所爱之人。但回归至"一地鸡毛"的现实生活，少有人能够单凭一个"勇"字，就不管死活，吮爱汁，饮情露，就此便过一辈子的。像金庸笔下的人物，情比金坚，看来个个誓不成双，便无法独活的样子，即便是郭靖、黄蓉所养的一对雕，一只死去，另一只便立即触崖而亡了。这等稀奇的事情，沦落到凡间来，人家不说你三贞九烈，反倒笑你神经病。男人大可说一句：两条腿的猫寻不到，两条腿的女人哪里还愁找不到第二个？女博士说现在的人们很能"凑合"，

第二辑　且乱弹

缝缝补补的，又是第二春。言下之意，多少对"人间无长情"的现象有些怅惘。我却想大约"凑合"不是人的劣根，反倒是物竞天择自然进化的结果。不然这种"凑合"的本性，为何从古到今都没有断过？人要进行"再生产"，就不能不时时处处地凑合。所以现实中人表面上看来，远没有金庸笔下的人物那样容易孤独寂寞，并不是李莫愁没了陆展元那样就"无物结同心，烟花不堪剪"了。但事实上，现代人内心的无所依傍，恐怕连李莫愁也望尘莫及。起码李莫愁可以把自己的半生寂寞倾注到一柄拂尘中去，大可任意妄为杀人取乐，在报复的快感中实现飞翔的感觉。现代人就没那么幸运了，想哭的时候还要拼命笑，越热闹的时候越寂寞，想做的事情不能做，不想做的事情却偏偏要去做。女博士说李莫愁生亦何欢？死亦何苦？我看人人都如此，实非李莫愁一人欢苦俱是无味。

"据佛经上记载，有人问佛为什么总是微笑，佛说：'因为我有世界上最大的烦恼，所以我总是笑着。'李莫愁就是这样微笑着，像佛一样笑着，虽然她干的是魔鬼的差事。再看她身着杏黄道袍，在惊慌失措的人们中间，似乎有着春天的明媚，但行动却像秋风卷残云。此刻，映入眼帘的李莫愁步履从容，且歌且笑。"这一段写得极妙，女博士把李莫愁当作"复仇女神"，将她与拜伦笔下的情圣相媲美："我憎恨世人，因为这样我才可以专心地爱你。"女博士论析李莫愁至此，可谓独到精辟，但我复有另外一个念头冒泡。我想这"江湖"跟"江山"也没有什么分别，推至现实中来，如果"江山"（政坛也好，商界也罢，学界、军界诸此等等皆是各圈有各圈的"江山"）是现实中人的事业标高，那么"江湖"，中人抢本武功秘籍、争个武林盟主什么的，真是再正常不过了，因为那岂非本是他们的事业？原本诸如李莫愁这样的女子也没有什么宏图大志，左右嫁个如意郎君，也就相夫教子、贤良淑德一辈子罢了。偏偏陆展元负了她一片痴心，那么好吧，我就勤练武功，争强好胜，也在江湖上博个名声。

这大概就如现在的女人被家庭情爱所抛弃，就投身事业一样，图个心有所寄，不至于后半辈子虚空无着。不过她奋斗的手段过于毒辣了些，以至于很多人误会她只是个"赤练魔头"。其实她一个弱质女流，要在男人的"江湖"中独力打拼出一个名号来，不心狠手辣，又哪里容得下她？便是如黄蓉那般一个心肝七个窍的女诸葛一样的人物，如果不是和丈夫郭靖携手并肩，恐怕也难得有人尊称她一声"黄女侠"，岂知不是"小妖女"或者"黄女邪"？而古墓派祖师婆婆林朝英，论武功尚胜出"中神通"王重阳一筹，但只因身为女子，又不如李莫愁那般会替自己大做广告，因而当年华山论剑评出江湖五大高手"东邪、西毒、南帝、北丐、中神通"，却独独没有林朝英的份。要说林婆婆避于古墓，深居简出，声名不够响亮也就罢了。为何当年与王重阳联手力抗金兵，众人却独独记得一个深明民族大义的重阳真人，而将我侠肝义胆的英烈女子抛诸脑后？若非几十年后小龙女在古墓之中、画像之前，向杨过示以祖师婆婆的过往生平，恐怕所有的丰功伟绩都悉数教王重阳一个人独揽了。可见这男尊女卑的世道，若不是凭借极端的手段来扭转，一朝一夕之间又哪里容得下乾坤倒悬？都说女人"以眼泪为武器"，而女博士说李莫愁反其道而行之，"以武器为眼泪"。我以为这个武器用得好。几千年来，女人的眼泪流得太多太滥了，男人不仅顾不上怜惜，反倒骂你没创意，单只会一哭二闹三上吊。那好，咱就不哭也不闹，直接逼你上吊去！

转念又及，金庸让杨过看一眼小龙女留下那"十六年后，在此相会，夫妻情深，勿失信约"一十六个字，便苦守崖边十六年，或许真是为咱们女人大长威风。试想想看，自古只有王三姐守寒窑十八载，刘翠萍苦斗十六春，哪曾见男人这样守身如玉只为一个女人的？真是大快女人心！从以上两方面细加思量，金大侠还真是个地道的"女权主义者"。

金庸笔下的魅力女性个性"参差",女博士罗列出一大沓"不与群芳同列"的杰出女性形象。这些百媚千娇的女子,不曾落入传统小说的窠臼,徒然只作点缀的花瓶或是调味的鸡精,而是素手柔荑撑起半壁江山,与男子一同笑谈天下,共创风生水起、波诡云谲的江湖世界。女博士更提及金庸的一套特殊文本模式——"女人创造男人",无论是万人景仰的"侠之大者"郭靖,还是智勇无双的"神雕大侠"杨过,皆系女人一手栽培。设想若没有聪慧玲珑的俏黄蓉,则资质鲁钝、耿直愚孝的笨小子靖哥哥,至多做个"江南七怪"式的候补人物,即便是梅超风那样的东邪门下弃徒,也可以随便说杀便一刀将他杀了。至于小可怜"过儿",幼时孤苦无依,若非师兼母职的小龙女不离不弃、相依为伴,莫说"神雕大侠",恐怕"恶雕小泼皮"也不能长命。

言尽于此,大家都以为金庸是个不折不扣的女性权益卫道士了,然而女博士话锋一转,用了一个"尽管……但……"的复合从句,道:"尽管(金庸)给予了女性在旧式武侠小说中从未拥有的地位与尊荣,但他在设计人物的结局时又有意无意地将女性放置在一个次等的地位。"的确,无论黄蓉怎样机智过人、武功高强,华山再论剑时,也难跻身乾坤四绝,而傻头傻脑、处处都要黄蓉点拨襄助的郭靖却雄踞"北侠"之位。无怪乎女博士要长叹一声,莫不知是"金庸的反智倾向在作怪",还是"他根深蒂固的男性中心主义意识所使然"。故事发展到《神雕侠侣》,更是叫人扼腕可惜:精灵跳脱、"我思故我在"的黄蓉日渐淡出读者的视野,单只剩下一个唯丈夫马首是瞻的郭夫人了。急得黄老邪也不能不冷笑:"我这宝贝女儿就只向着丈夫,嘿嘿,'出嫁从夫',三从四德,好了不起!"女博士提及此节,不免喟叹连连,不能不承认"黄蓉性格上的这种令人遗憾的变化更多是由女性的潜意识所决定的,并非金庸刻意安排的结果。虽然在今天'女人不是生为女人,而是被建构为女人'的观点已经深入人心，但扪心自问，又有几人能真正摆脱几千年男性文化中心所造就的传统女性意识呢？何况是古人！"不错，小姑娘狂狷自负，旁人尚可将其"任性"当作"率真"，摇头一笑，还道她天真可喜；若是一个子女成群的妇人还是这般没头没脑，枉顾礼仪是非，怕是连自己的儿女也不能容她，如何又能做郭大侠的妻子，母仪天下？虽然潇洒无羁如黄蓉，自幼跟随黄老邪独居荒岛，视纲常名教为粪土，未必知道自己原来沉积在潜意识里还有如此这般道德礼法的心理力量；可是自来中土，与俗世之人群居之后，又嫁了一个如此重礼守道的夫君，方才知晓：终归是在地球上行走，妄想足不沾尘，岂不是可笑？可见舆论环境的破坏力和塑造力一样巨大，以至于到了可怕的地步。俗语说"识时务者为俊杰"，聪明如黄蓉，如何不明白这简单的道理？今非昔比，可不若在一方无人小岛之上，便是想掩耳盗铃，芸芸众凡胎俗子也是不肯给她半点机会的。正所谓"传统的力量是多么强大，女性对男性的依附感，不仅是男人的需要，它也已经成为女性自觉意识中的一部分，甚至成为女性幸福感的重要来源"。呜呼哀哉，此非女子自轻自贱，实乃"天"道难违，而这个"天"，历来不就是男人一手翻云覆雨的吗？女人也只有叹一声"人家命好，咱们命苦"罢了。

说到金庸笔下的又一种创作模式，按照女博士的思路，我给它取了个有趣的名儿叫作"正邪对立恋爱式"。这"正邪对立恋爱式"其实也非金庸独创，许多武侠小说都沿用此番套路，仿佛没有正邪的对立，就没有江湖的纷争，倘若江湖没有纷争了，这江湖小儿女的情感纠葛还有什么意思？于是乎，江湖上越是血溅缤纷如桃花雨落，江湖儿女的感情越是如黄河泛滥一发不可收拾。只是对于金庸笔下的主人公，据女博士统计，正派人士多是男子，而女子当中，邪魔外道的比例似乎高出许多。比如魔教圣姑任盈盈和华山派大弟子令狐冲，桃花岛小妖女黄蓉和江南七怪、丐帮帮主爱徒兼全真门下郭靖，辣手魔女殷素素和武当大侠张翠山，往往女子一出场，不是歪门邪道胡搅蛮缠，便是血海漂橹人间地狱。"在男女双方、正邪之间的拉锯与抗衡中，不约而同地出现了邪趋向于正，女趋向于男的倾向"。女博士称此种怪象"暗含了男尊女卑的传统烙印"，并且置疑"是什么促使金庸有意无意地做出了这样的指派？难道男性永远代表着正统、公义的一方吗？而女性的形象无论如何超凡脱俗、光彩照人，也必定是'邪不压正'的配角吗？"

我以为这种安排倒也合情合理，但凡新生的真理探头探脑、嗷嗷待哺之时，总是被传统势力视为异端，恨不能车裂油煎而后快。而女人若想扭转乾坤，回到母系氏族大约是不太可能的，即使妄图与男人平分秋色、分庭抗礼，恐怕也不是件容易的事情，这不是"异端邪道"，又是什么？所以按照写实的精神来观照这种"正邪对立"的模式，也不能不说金庸用心良苦。而在追求爱情的坚贞度上来探求这种"正邪"的付出比例，更是意味深长。黄蓉可以为了郭靖不惜与亲生父亲反目，甚至舍去生命换取与郭靖冰释误会，郭靖却只凭师父一道偏执的命令，宁愿娶蒙古公主而负黄蓉。而《倚天屠龙记》中贵为蒙古郡主的赵敏背叛自己的父亲和民族，离家去国，抛弃亲人、家族、宗教、国家，只为赢得张无忌的爱情。排除狭隘的汉族中心主义立场，赵敏和张无忌各为其主，本无所谓正邪，而赵敏甘愿背上不忠、不孝的恶名，协助张无忌共同对付自己的大元朝廷，弃"爱情"之外的一切于不顾，傻乎？呆乎？为何不见张无忌放弃自己的江湖立场、民族气节？我们不求张无忌为赵敏倒戈相向自己的国家民族，但是他连为了"爱情"隐退的勇气也没有，岂不是印证了那句"痴情女子负心汉"？所以女子"邪门"，肯为虚无缥缈的"爱情"付出近乎惨烈的代价，"邪"得痴，"邪"得狂，"邪"得迷失自我。设若这样的"邪"，也不能和她的那个意中人"正"结合，人生便了无生趣，虽生犹死了。可见金庸并不是要证明"邪不胜正"，实是代我们一帮弱质女流无奈花落水流红地求肯一声："容下我罢。"

或者男人的世界并不是容不下女子，只是容不得比他们强的女子罢了。《侠客行》中的石清讲得清楚明白："你样样比我闵师妹强，不但比她强，比我也强。我和你在一起，自惭形秽，配不上你。"所以他宁愿娶"样样都不强"的闵师妹，这才心理平衡。《书剑恩仇录》中的陈家洛也说："霍青桐是这般能干，我敬重她，甚至有点怕她……唉，难道我心底深处，是不喜欢她太能干吗？"这就是自大又自卑的男性心理，多么龌龊阴暗！但是很少有人肯把它拿到太阳底下来晒一晒，宁愿它在见不得光的地方发霉虫噬。直到《神雕侠侣》，我们才见到一线光明，被女博士怀疑有"恋母情结"的杨过，肯对敬若天神的姑姑爱逾性命，从仰视的错位爱情中，孜孜以求地营构只属于他们两个人的地老天荒。也许杨过这十六年的相思之苦是必不可少的，它简直具有终极的象征意义：颠鸾倒凤地爱一个人，多么不容易！

女博士还分论了金庸笔下两类迥然有异的具有某种"极端"性格的女性。诚如前述，金庸的武侠小说实是暗合了现代意识的传统小说。正是这种介于传统与现代之间的道德评价和艺术标准，使得金庸小说既不能对"传统"的东西完全做到太上忘情，又不会陷入对"现代"时尚追求的一味趋同中去。在这种情况下，一方标举极端"现代"的女权意识和一方代表极端"传统"的女性操守观，各张旗鼓地出现在金庸的武侠世界里。

其一，除了女性江湖地位和尊荣的大力提升，以及金庸所赋予的数百上千年前封建社会一夫一妻的婚姻制度之外，在金庸的江湖风云录上还出现了各种各样高彰女权的"悍妻"和"妒妇"的角色。她们以嚣张的几达心理变异的姿态跃然而出，一反传统，颠覆了男尊女卑的男性中心主义，其咄咄逼人的态势，已经把现代女性意识上升到女权的阶段，成为"新霸权主义者"。

其二，尚有为数不少的深陷传统道德礼法桎梏而不能自拔的奴性女子，缺乏必要的自我认同意识，对男性盲目顺从，以至于单向依附而逆来顺受。这些与前一种"极端"背道而驰的女性，以潜藏在传统意识中的善良和懦弱纵容了自己"被动态"的悲剧命运。

不可否认，无论上述哪一种女性，首先因为她们的心理是不健康的，她们终极命运的悲剧性，理所当然是不可避免的。比如因妒成仇的李莫愁，转而变为杀人不眨眼的女魔头命丧火窟；占有欲无限膨胀的康敏，害人害己终受凌迟之苦。又及愚忠于丈夫，却最终冤死于丈夫刀下的戚芳；为自私凉薄的情人所蒙蔽，至死都被愚弄于股掌之上的马春花。金庸笔下这群鲜明独特的徘徊于现代和传统之间的江湖女性，昭然泄露出金庸的爱情观和女性观：不惜破坏女性温柔敦厚的传统形象，也绝不愿以情有独钟为核心内容的爱情纯洁性受到玷污。所以金庸不遗余力地刻画近乎心理变态的痴情女子，把这些具有明显性格弱点的女子呈现在读者面前，让人"怒其不争，哀其不幸"，为之扼腕而叹。对这些"悍妻""妒妇"，"恶"情的表面之下实在潜藏着金庸太多的同情与惋惜；而对那些被传统意识所误的软弱犹疑的善良女人，金庸也是投以质疑和批判的同时，给予无尽凄凉的怜悯和启悟——男子和女子，岂能尽如菟丝缠绕女萝？真正的爱情是两棵独立并肩的树，同风共雨。

不错，当女子的尊严和自由，被男人以爱情的名义侵犯和践踏，她当坚决而果断地放弃这段贬值的情感，而不是纠缠于一往情深的嫉妒和仇恨，或者湮没于随波逐流、逆来顺受的宽容之中。否则女子便只有将这浩浩愁、茫茫劫化作枕旁泪，直伴阶前雨，隔个窗儿滴到明，何来与男子比肩携手，逐鹿天下？

谈及此处，想起昨天所看的好莱坞巨片《Troy》，导演是华人吴宇森。这段发生于三千两百年前的古希腊战争史诗，在今天的数码杜比影院里昔日重现，依然气势磅礴，无与伦比。然而我记忆最为深刻的却并不是那尸横遍野、规模浩荡、花费数以亿美元计的爱琴海旁的古战场。事实上，一部两个小时二十分钟的电影，我能够记住的只是特洛伊王国大王子在出征前对戟明盾亮、戎装战马的勇士们所说的一句话：我们特洛伊人信奉三个信条——敬重神明，忠实妻子，保卫国家，今天我们就为这三个信条而战！我当时乍听此话，只觉血脉贲张，心想，我纵然不明白这三千多年前的古希腊人连年征战所谓何来，但只凭这一句话，我便宁愿把这大王子的军队当作正义之师，一心盼他凯旋了。可不是？古希腊文化源远流长，我倒并不怀疑我们古老灿烂的东方文明是否逊于希腊那个松散的城邦文明，可是单单凭这一条信条，无论长江流域文化或是黄河流域文化都远远不及了。人家几千年前就知道尊重女性，忠实于妻子，甚至放在保卫国家之前列的重要位置来恪守，不是比中华文明先行了何止十万八千里地！姑且不论这句话是否属吴宇森无端杜撰而出，但就整体文化背景而言，特洛伊人肯定比秦人、汉人、唐人、宋人、元人、清人、民人，甚至当代中国人更适合说这句话。

倘若金庸笔下的那个江湖，都遵守特洛伊人的信条，还会有李莫愁和康敏的存在吗？还会有戚芳和马春花的悲剧吗？

元好问曾作一首千古爱情名作《迈坡塘》，幽怨凄婉，闻者动容，词曰：

> 问世间，情是何物，直教生死相许？天南地北双飞客，老翅几回寒暑。欢乐趣，离别苦，就中更有痴儿女。君应有语，渺万里层云，千山暮雪，只影向谁去？

在金庸的武侠世界中，江湖风雨纵然波诡云谲，也不能消磨半点儿女痴情，相反，他笔下的爱情风起云涌却历久弥坚，穷山恶水而气象万千。但是，当他在坚决摒弃"一夫多妻"的封建婚姻模式时，却制造了一个又一个"一男多女"的爱恋模式，这种看似不经意的暧昧安排，给他笔下一大批徘徊游移于传统和现代之间的女性，带来异常尴尬的情爱命运。那些对待爱情忠贞不渝、至死不休的江湖女性，无论偏狭极端如李莫愁，还是旷达无私如小昭，几乎个个都成为感情的祭品。女博士认为，这一点无论如何和金庸潜意识中沉淀的男性中心主义的残骸不无关联。他在处理男女情感纠葛时，始终"体现出一种巨大的不平等，即对男女双性的任何道德评价事实上都在执行着一种隐性的双重标准"。这里表现在：男子失恋之后，可以光明正大地寻觅自己的第二段生命之春：胡斐找到了苗若兰，令狐冲接受了任盈盈；然而女子无一例外地选择了情感生命的放逐：程英和陆无双结庐归隐，梅芳姑和李莫愁念爱成狂。无可否认，全社会，包括女人自己在内的社会道德评判的尺度不能包容女人的感情出轨，"从一而终"不是律法，但却作为一种极为嚣张的精神力量，根深蒂固在人们的思想意识当中。不要说婚后红杏出墙大逆不道，即使婚前移情别恋也属水性杨花。基本上人们无条件奉行的一个行为准则是："男人无论犯下怎样严重的错误，他总是可以并且应该得到原谅的；而女人只要错一次，就永远地被毁了。"在对待此类事件上，金庸的批判同样大于同情。《雪山飞狐》和《飞狐外传》中，心地善良而不乏女性虚荣的美妇南兰，因为不顾一切追求自己所向往的爱情，不惜抛夫弃女，抛弃自己的尊严和名誉。结果金庸借南兰之女苗若兰之口道："我妈做了一件错事……那是一件大错事。一个女子一生不能错这么一次。我妈妈教这件事毁了，连我爹爹也险些给这事毁了。"事实上，南兰心灵中追求美好憧憬的执着与敢于冲破一切道德桎梏的勇气，被"一件错事"完全掩盖了，倘若她生在俄国，难道不是像安娜卡列尼娜那样叫人惊羡吗？

我们并不是煽动女子以"爱情"为借口，去推行类似"红杏出墙""抛夫弃子"的英勇行径，只是不能不质疑以女性的忠贞为核心指向的道德评价，是否应该考虑忠贞的双向性？为何段正淳那样接二连三"绿草出墙"，欺骗与玩弄女子的精神和肉体于股掌之上，也没见他不容于天下英雄呢？至死也是妻妾成群，甚至被他侮辱和损害过的女人也原谅了他。

　　"情痴"源于情深，无论程英、李莫愁等人在情感轨道上的"从一而终"，还是南兰充满幻想又不失决然坚定的爱情不归路，我们都只能代为长叹一声：欢乐趣，离别苦，就中更有痴儿女！也许爱情本就是盲目的，所以决定了金庸笔下的爱情荡气回肠，爱得极端也恨得极端。金庸笔下的武侠世界本就是一部成年人的童话，所以他的"金装爱情"不免有唯美的艺术倾向，这些被提纯，被精炼，被赋予了生命激情的爱情，爱得透彻又惊天动地。但是女博士也在不经意处提点大家：原来金庸的成年版童话故事，并不是至纯至美的，少年情侣的轻怜蜜爱、海誓山盟只是停留在小说表面的热闹上；老年夫妻平淡甚至平庸的家庭生活不是他表现的重心，却真正过滤出激情背后的理性光芒，并传达出复杂、真实的人性与人际关系。

　　在金庸的小说中，老年夫妻的感情生活，往往是寥寥数语而过的配角，然而正是这些看似其貌不扬的家庭生活，折射出更多现实的元素。金庸在描写它时，理性而节制，嘲弄而宽容，把夫妻婚后生活中鸡毛蒜皮的龃龉和争执写得俏皮而现实。这种戏谑的写作方式表现了他对爱情和婚姻泾渭分明的态度——两性关系相互依恋又相互竞争，随着岁月的流逝，浓缩了许多病态和畸形心理因素的现实沧桑，锈损了昔日完美无缺的人生理想和人格理想，两性关系中作为情侣时相互吸引的元素日渐消退，而两性关系中相互排斥的元素与日俱增。婚姻从来就不如爱情那般甜蜜，而是像一件旧衣裳，可以遮风挡雨，却不光鲜明媚，它需要双方共同的爱惜与眷顾，适时浆洗翻晒，缝缝补补这才又是一年。天下或许可以找到不吵嘴的情人，但试问哪里可以找到不吵嘴的夫妻？仅就这一点来讲，金庸可谓十分睿智：他不去着力刻画已婚的夫妇，而极力渲染未婚的小情人。可想而知，爱一个人固然很美，写一段爱出来，也极为容易写得美不胜收、写意传神；但设若要和一个人一口锅里盛饭、一张床上睡觉，整日柴米油盐，可就不太美了，写一段这样的日子就更加不容易美。所以金庸宁愿他的武侠世界里多是光恋爱不结婚的小儿女，即使结婚，也最好像胡一刀夫妇那样，电光火石，留下一瞥最炫目的光彩就一命呜呼了，或者干脆就和郭大侠夫妇一样，神仙眷侣，向以国事为重，莫谈开门七件龌龊事，柴米油盐酱醋茶。

综上所述，金庸的江湖是现在进行时的江湖，金庸笔下的江湖女性是在 20 世纪转型期被"自由"和"无奈"双重包裹住的女性：她们有现代女性的豪放和自尊，"自由"穿行于拥有强烈自我意识的爱与恨之间；她们也有传统的忧患和隐痛，"无奈"地迎合来自男性中心主义社会的挑衅和嘲弄。女性的命运究竟何去何从？这恐怕连金庸这样拥有天赋的想象力和洞察力的一代文豪大家也无从准确定位、权衡。

第三辑
在路上

在我三十岁的时候，先生突然跟我说，你可以退休了。这个由先生擅作的决定，起初让我耿耿于怀，在相当长一段时间内困惑于自己的迷失。后来我开始修行心灵瑜伽之术，试着换一种角度来看待生活，比如旅行，先前的脚步匆匆和浮光掠影，都从壅塞的心情中解放出来，现在我可以放慢脚步，对旅行的点点滴滴细嚼慢咽进行回味了……

西湖·西溪

　　27号这一天是周六，照例在床上赖到日上三竿。10:30在金大塘那家著名的"不洗手"大嫂饺子铺（该著名品牌只限于我们夫妻口头传颂的范围）吃下一碗韭菜馅儿饺子，我们开着那辆有年头的老款帕萨特上路了。一路上先生不停地喝可乐，于是时有经过胃酸发酵的韭菜味儿弥漫在车厢里，搞得我们的行程充满了对于食物的非凡想象。事实上我们已经储备了大量的冰激凌在后座，从携程网上积分兑换的车载冰箱里琳琅满目。因为我们坚持"旅行是一种享受"，对于跟随旅行团日夜兼程、上蹿下跳、吃喝艰苦、住宿恶劣的那种只能"忍受"的方式，我们素来嗤之以鼻。

　　先生仅用四个半小时就从合肥的徽州大道赶到了西湖之畔，骄傲之色溢于言表。在大华饭店订下临湖的水景房和餐台，我们趁夕阳，踏晚风，荡舟西湖之上。

　　舟子说，某处柳浪闻莺，某处雷峰夕照，某处领导的座驾……虽也来过杭州，并且不止一次地在西湖边流连，仍旧要对生活摆出认真的姿态，一一随他的指点东眺西顾，风浪里都是历史。最动情的还是杨柳岸上沧桑的码头，舟子说，许仙就在此借伞。一下子就回到了影片《青蛇》里最唯美的画面，烟雨空蒙处，白娘子和许仙痴情相望，衣袂飘飘，身后还有个扮鬼脸吐舌芯的小青……想那白素贞的痴情，最终被丈夫的懦弱，而非法海的神功，恨恨压在雷峰塔底，西湖的水就此化作女人的泪，摇橹的吱嘎声都变得气息沉重起来。

晚餐"飨"的是杭州特色的翡翠藕卷和宋嫂鱼羹。看藕卷的品相，应属咸鲜一类，可惜咸过了头，鲜味也被遮去不少，我以为这是大华饭店最大的败笔。好在桌上还有我爱吃的冰镇南瓜，香甜绵软，夏品一绝。有一道菜很稀奇，麻婆豆腐烩多宝鱼。多宝鱼肉剔下来炒豆腐，鱼骨架拿热油炸了，金黄酥脆。我难得啃了几段，倒也入口。

夜晚的杭州和白天一样喧嚣，堵车堵得我心慌。先生用了一个多钟头作环湖圆周运动，回到宾馆停车场的时候，我已经在车上睡着了。下了车，我说，咱回去睡觉吧。先生却不许，说，这车开得，心里恁堵，必要吃些冰来败败火。于是相携去一指之遥的"西湖天地"。

树影婆娑里也不知是哪个"吧"，胡乱坐下来，点些冰镇的饮料。台上有菲律宾的女优狂歌当哭。先生问，你可知为什么国内的酒吧到处都是菲律宾歌手？我且让他卖弄。果然憋不住自己回答道，这就像咱村，哪家养鱼发了财，就带动一村人养鱼致富，要是种树能发财，就一窝蜂去种树，做保姆也行，做油漆匠也行，反正就是一勤劳致富的职业，特专业化，不过菲律宾人也就在中国唱唱，搁国外那酒吧里当歌手都得是南美的。

第二天又睡到日上三竿，爬起来已经是吃午饭的点儿。拦下出租车，跟的哥说，奔复兴路"外婆家"。的哥答，您二位这是吃客呀。说得先生一阵小兴奋，自认为"吃"的专业水准已经得到了群众的认可。

到了"外婆家"，利用等位的时间，我们研究了一下菜谱。一致认为价钱公道，品相上乘。于是狂点了一桌菜，服务员都快哭了，说您二位吃不掉，真吃不掉，别点了行吗？先生说贼便宜，我再点一份。我义正词严地拒绝了他，说钱是咱的，可资源是大家的，不能让人小姑娘笑话咱是"暴发户"品行。于是先生的最后一道主食，关于一碗面条的渴望，没能得到满足。这回我们仍旧点了宋嫂鱼羹，通过对比，我们认为宋嫂后来改了嫁，因为同一种鱼羹居然有两种截然不同的味道，孰为正宗？当然这顿饭的总体效果还是令人满意的。

饭后我们驱车前往西溪湿地，一个因拍摄《非诚勿扰》而一夜成名的村庄。以下问答可证明西溪是个好地方。

A：你去过农村吗？

B：有啊，我去过西溪。

农村，杭州人提起西溪的时候，用词如此精确经典。

应当说西溪是个美好的地方，如果那天没有那么毒的太阳。我跟先生说秋天的时候我们再来吧，这里一定很漂亮。先生的眼神充满不屑，他执意拉着我进入西溪的腹地，坚定地望着远方说，喏，咱有遮阳伞。

就这样，我一手萎靡不振地撑着伞，一手被先生拖着，走进了西溪湿地。

我们首先乘坐景区电瓶车到达河渚街，古色古香的店面招徕着游客的眼光，怂恿着大家的钱袋。因为并非旅游旺季，街上人潮尚在我可接受的程度之内。我有些神经衰弱，凡分贝过高的地方都不爱去。这里的清净和热闹倒是比例协调。

最爽快的是在老酒铺里喝冰镇酒酿。我拖着先生的手要进铺子喝一碗，先生嘲笑我，说，就你，才走几步路啊，说说看，长征路上有冰镇酒酿不？

没有。

可先生一人喝了三大碗，我才喝了一碗而已。

西溪有家姓高的宅子，高门大户，绝对的地主老财的家底。走进高村我们发现这是一个神仙洞府。苏州园林太精致了，竟比不过它的浑朴自然。先生说古人真奢侈，这一进一进的院子，做什么用？

我说有用啊，这一进是大太太的，那一进是二太太的，还有，三太太、四太太……老爷多神气。先生说，你解释得很有道理，我觉得吧，这个亭子很好，比如闲来无事，我和太太在这里下下棋，身后三两小仆打打扇，忽然一阵狂风大作，我大叫：快！

快？快做什么呢？

先生得意道，快叫二太太她们把大太太晒在院子里的床单收进屋！

我倒！

也许是先生的幽默天马行空，果然叫天地变了颜色。也就是说话间，太阳竟然收起了炫目的光环，后花园的湖面上刮过一阵风，大片的荷叶像层层波涛一样，奋力翻滚起来。有人在亭外喊道：下雨啦，下雨啦。接着凌乱的游人从四面八方狼奔豕突地闯入，一下子让安静的小景变得热闹起来。

再后来，再后来我们都忘记了时间。大约太阳快落下的时候，我们重新坐回老帕，启程回家。傍晚时分天空有一道赤红的霞，寂寞地悬在天边，像是一副凄美的画。我想起了一年前丽江小城的雪山下，那也是一片苍茫暮色勾画出的绝美的景致，天边，沉醉的感觉，蓦然堕入回忆中……

以后暮色渐浓，并且开始下雨。起初小雨，中雨，渐渐大雨，进入雷暴区。我们看到天上滚动着雷电，疯狂的雨水让雨刮器变得孱弱不堪。地面湿滑，光如镜面，前面汽车的尾灯打亮了红色的光带，折射出奇异的光彩。这透亮的赤红的光带让我瞬间想起了成串儿的红纸皮灯笼，想到了傅红雪和陋巷里的雏妓。这种蹁跹的联想缺乏逻辑勾连，但我确实想到了那个古龙笔下不羁的浪子，以及他残破褴褛却一如鲜血般炽热的爱情。就这样，在连篇的浮想中，我看到了天涯、明月和刀……

珠城·彭城·汉城

7月3日，周末，又是一周末日时。傍晚，下班回家，暮色还未褪尽，一屋子蒸腾的暑气。先生冷不丁说，我们这就出发！无须琐碎解释，简单一身行头，抱起我们那个硕大的足球车载冰箱钻进老帕里。

这回的目的地是——北国锁钥，南国门户，千百年来商贾云集兵家必争之地，徐州。

晚间宿在蚌埠，先生一路执着地寻到那条著名的蚂虾街。依先生之意，北方地既贫瘠，民风又甚彪悍，实不必久留，放眼珠城，只这一处尚可逛逛。蚂虾街以油焖大龙虾闻名，论源起，合肥的宁国路反倒是效步后尘。仅此一条，不可不尝。

随意小菜，碧绿的豆角，深褐的海带，茭白胜雪，蛋花洒金，都不及一盘赤红通透的大龙虾，红得热辣流油，如火如荼，抢去了所有的风头。食后数咂其指，回味良多，麻辣鲜香，口角余绕，赞一声：妙！不是长他人志气，灭自己威风，老实说合肥的大龙虾真不如人家口味地道。我相信蚌埠人民如果把这种肯钻研、求精品的"吃"的精神放在战事上，必能所向披靡，战无不胜；投身于建设上，则一定推动经济社会又快又好发展。

一夜无话。第二天是哑巴太阳，日头不毒，暑热依旧。懒懒地起床，洗漱，早点已经不必吃了，直接找一处饭馆儿对付正餐。

挑了一家"甲鱼村"，专门活杀活煮甲鱼锅子的那种。从池子里捞甲鱼，鳖和人一样，有丑有俊，千姿百态，其中居然还有背着银白的壳，像是从石灰里扒出来的。服务员说这是家养的鳖，长得不如土鳖清俊，我心说这何止不清俊，简直是诡异。拍了一只黑背的，个头最小，却也一斤七两还富余。不得不承认珠城人民在吃方面是很有天分的，也肯用功，态度认真料又足，甲鱼烹得鲜嫩喷香，且舍得送配菜，冬瓜、土豆、腐皮、青菜之类堆了满桌，现在说起来还勾起我垂涎之欲。因此得出如下结论：虽无览胜之处，倒也不虚此行。

饭后驱车前往徐州，沿途风景不必细表，单是高速两旁一排排笔直的白杨树就让人心生无限向往。午后懒散的阳光照在公路上，正迎上光线的杨树叶便被涂成一片片金色，风卷过，沙沙的声浪翻滚，一道延伸向天边的绿意风景里跳跃着金光闪闪的音符，好像无数金片嵌在迢迢的碧玉带子上，煞是好看。

起初是一望无际的淮北平原，后来渐渐也可隐约见到山峦的形貌，只是皖北的山不比皖南的清秀，光秃秃的甚为疏陋。仔细看去，原来山上并无水土，一味地石块堆积，身心似乎都是硬邦邦的，养不得花草树木。无怪乎，如此调教出来的一方人民，也好似从没有得到浸润过，温软过，里里外外透着梆硬。或者也可说，这便是英豪的气概。

进入徐州境内，风物又大不一样。虽也是北方地区，究竟姓苏不姓皖。不能不承认差距，要知道抗拒现实是没有出路的一种表现。

傍晚时分我和先生弃车步行，绕着云龙湖观落日，听人声，赏水景。

傍晚的云龙湖是很美的，夕阳如血，斜斜挂在水平面上，将沉未沉，说不出的娇慵妩媚。湖边有戏水的顽童，矫健的泳者，聊天的老人，湖风拂面，吹去了白日的烦躁和燠热，一切都静谧而祥和。

湖边有成群的"小鸟"良久盘旋,流动在暗蓝的天际,像是一幅幅灵活的剪影。仰望须臾,猛然醒悟这些"小鸟"其实是蝙蝠。它们白日栖息在附近的云龙山上,晚间才飞来湖边,形成了颇为壮观的一道风景。也算城市的奇观。

繁树间蝉声聒噪,先生拉我去树下寻蝉。

你要寻那些地上的小空隙,拨开一些泥土,钻出指头大小的洞口,然后伸小指进去,那蝉咬着你的指头,一拖,便可拖出洞来。先生这样教我。

在先生眼里,我的童年简直可说是"浪费"。我既没掏过鸟蛋,也没捅过蜂窝,我没有玩过洋火片和弹珠,没捕过流萤也没捉过蝈蝈。至于蝉,我也是到今天才知道,可以用这种方法捉来玩耍。

到了天明,它们就脱下那身壳,飞上树唱歌了。先生说。儿时的他常常捉了蝉来,缚起它的腿脚,拿线扯了放在空中飞舞,就像放纸鸢一样。

可惜这种童趣我从来没有得到过,一直到三十岁,由他来重新教我。

这可也算是一种新生?

第二天我们去了沛县,先生说,我们去拜祖先。

沛县是刘邦的故乡,"大风起兮云飞扬,威加海内兮归故乡,安得猛士兮守四方",一曲气贯长虹的《大风歌》,唱出公元前195年的一代天骄。

自从先生娶了我之后,对于"刘"这个姓氏满怀敬畏。他跪在汉高祖的像前喃喃祈祷,向刘家的老祖先跪求了一大堆早生贵子、四季平安、福星高照、财运亨通之类的心愿。搞笑之余,不得不承认,这是一个虔诚的女婿。

告别汉城已是周日的下午,太阳已显西垂之意。老帕缓缓驶向家的港湾,车上载着沛公酿的酒和符离集的烧鸡。

先生一手扶方向盘，一手紧扣我的五指，说，梦想有一天和你一起开车去大漠。西藏或者新疆，估计这一趟下来老帕也就差不多该歇着了。

我微笑，梦想是一个美丽的地方……

大宋·东京梦华

　　周五傍晚开拔，还是取道皖北，穿过大片的淮北平原，看见绿油油的庄稼已经茁壮成长起来，几有一人高了。先生惊呼：这么快，都出穗了！真是快，新生的高粱地和小孩子一样，长得飞快，两个礼拜前路过这片土地时，一层新绿分明还在脚踝边上低喃，高不没膝。看见生命如此欣欣向荣地张狂，满心欢喜。夏天是一个丰腴的季节，阳光并着雨水，在一望无际的平原上充沛地流放。

　　晚间宿在宿州，北方终究贫瘠，四星级酒店的床板似乎都是梆硬的。并且因为当地人性喜食肉，所以我们也必须入乡随俗，捡路边烤肉的摊子，对付了一顿羊肉串子。一夜无话，期待着第二天七朝故都汴京古城开封府衙的威风。

　　翌日开进大梁门，直奔大相国寺。这座历史上第一座"为国开堂"的"皇家寺院"始建于北齐天保六年（555年），一千五百年的香火把它浸得眉眼都透着妖娆的沧桑和前朝的咏叹意味。殿前的"鲁智深倒拔垂杨柳"是一个家喻户晓的经典，我和先生未能免俗，居然也随着那络绎的游人排着队儿，只图近身一个不知所谓的合影留念。对于该幼稚行为我有如下解释：说到心怀高远不媚于流俗，也时时想做到孔庙里吃冷猪肉的圣人们那般境界，然而总是谮妄。我想有时候我们是需要一点俗人俗气的吧，不尝尝"俗"的味道，一定对不起这一身几十年的人间的游戏。

出得相国寺，驱车沿宋都御街至龙亭公园。这六朝皇宫自南向北由午门、玉带桥、嵩呼、朝门、东西朝房、照壁、龙亭大殿、宋代蜡像馆、东西垂花门和东西跨院、北宋东京城和皇城模型、北宋皇城拱宸门遗址、《五岳真形碑》方亭、北门、东便门等组成。可惜我和先生都是至懒至惰之人，一路走马观花，记忆中只是一个湖畔的园子，园子里有一座残陋衰败的宫殿而已。因想起故宫紫禁城里大清王朝的万千气象，就是比起长安城里大唐的盛世浮华和秦俑坑前沉重的雄浑与历史埋葬，也是云泥之别。不免嗟叹宋帝的江山是一个积弱的朝代，怕是只有到了怒发冲冠凭栏处的时候，才有一番壮怀激烈的气魄。可惜"壮志饥餐胡虏肉，笑谈渴饮匈奴血"也不过抛玉引砖，终究刻下一段屈辱的历史，只能随着汉民族的忧患和岳飞的悲愤灰飞烟灭。

说到宋都，一定绕不开《清明上河图》。这幅采用散点透视的构图法绘制的北宋风俗画，宽 24.8 厘米，长 528.7 厘米，生动地记录了中国 12 世纪城市生活的面貌，绢本设色，一级国宝。张择端的《清明上河图》我等无缘得见，所幸拓本、副本、赝本等等一应俱全，在大梁城里随处可见，酒店居然还免费赠送。

我以为，在众多景点中，以宋代张择端《清明上河图》为蓝本，复原再现原图风物景观的大型宋代历史文化主题公园——清明上河园，是一个不可不去的地方。这是一个浓缩的宋代民俗风情游乐园，校场驿站，虹桥食肆，瓦舍勾栏，一一梦幻般再现眼前。所谓"一朝步入画卷，一日梦回千年"，便是这般样貌了。

在虹桥下吃一碗青白莹透的杏仁茶，从古街旁林立的酒肆里寻一盘炒凉粉，最是惬意不过。走在宋都的繁华中，入眼是青衣小帽的店小二和步摇粉裙的老板娘。大摇大摆走街串巷，我便是那个有钱的"客官"，仿佛人生都变得简单富足了。

黄河鲤鱼焙面是开封顶有名的一样传统名菜，冲着它的名气，不可不尝，但是尝了之后多数人会后悔。据说清代慈禧太后逃难时停留在开封，开封府名厨贡奉"糖醋熘鱼"和"焙龙须面"。慈禧见鲤鱼静躺盘中，心血来潮说道，此鱼大概是睡着了，应该给它盖上被子，免得受凉。随之起筷将"焙面"覆盖鱼身，由"糖醋熘鱼"和"焙龙须面"两道名菜配制而成的"鲤鱼焙面"从此传为佳肴。此菜若观其色，润泽枣红，软嫩鲜香，焙面则细如发丝，蓬松酥脆，好像颇能勾引食欲，实则入口甜腻，大悖北方人的饮食习惯。四邻的饭桌上瞧一瞧，便知人人都要点它一点，却每每桌前饕餮尽兴，单剩下的就是这一道"鲤鱼焙面"再无人肯问津。若是论起来，这道菜和某些人一样，应属中看不中用一类。

炒红薯泥、黄焖鱼、白吉馍和花生糕都是开封的名点，还有白家围汤涮牛肚，提起来尽是勾人口涎的小吃。鼓楼夜市是不夜城的聚光点，据《东京梦华录》记载："夜市直至三更尽，才五更又复开张，要闹去处，通宵不绝。"此为开封最是引人入胜处。

但是若说东京的千年华梦，还是要回到清明上河园里，看一出美轮美奂的《大宋·东京梦华》歌舞表演才算不虚此行。瑰丽的色彩，婉约的景致，浪漫的音律，宏大的场面，极度奢华的视听享受，宛如置身于九百多年前的那个鼎盛王朝。九阕经典宋词和一幅清明上河图串联而成的声光电水上实景演出耗资 1.35 亿，演员阵容多达 700 余人，在这座土地相对贫瘠的城市可谓"奢靡"。夜幕降临时分，清明上河园里，你会发觉原先那些在你身边吹糖人的小贩、卖香囊的姑娘、推独轮车的脚夫……全都变成了舞台上的表演艺术家。一幅宋王朝的盛世长卷在你眼前徐徐展开，行走在一千年的繁华里，市井风情川流不息。不消说那卖炊饼的武大郎，巧舌如簧的王婆子，半推半就的潘金莲，单是骑驴的媳妇、杂耍的艺人、猜拳的小孩子，以及热气腾腾的豆糕、迎亲的唢呐与鞭炮已经让你目不暇接……

"花褪残红青杏小。燕子飞时，绿水人家绕。枝上柳绵吹又少，天涯何处无芳草！墙里秋千墙外道。墙外行人，墙里佳人笑。笑渐不闻声渐悄，多情却被无情恼。"一曲《蝶恋花》，抒写着北宋东京的浪漫与热闹春意，却叫人嚼出星雨烟花过后的无限惆怅。一个"梦"字，代表了那个在历史中隐没的朝代的所有繁华与叹息。

今夜，大宋，东京梦华。

盛世·锦绣中华

这是一个大喜的日子,全中国人民都在为五星红旗而骄傲。确实,六十年,改写的历史,让那山川也改变了模样。何其所幸,生逢太平盛世,国庆连着家庆,月光让这个"十一"变得情意绵绵,红旗把这个"十五"装点得缤纷热烈。金秋,十月,路在脚下。

为了招摇我们的爱国心,先生在车顶上插上一面猩红的国旗。可惜一上高速,飒爽秋风一阵起劲的呼啸,小红旗就被吹得无影无踪了。也好,质本洁来还洁去,它本就是鲜血染就的,革命者的鲜血渗透在我们脚下的每一寸土地上,因而它的归属,本应在这广袤的大地。

国庆日我们的爱旅起航,几乎不费什么力气,驰出千里地,宿南阳。翌日奔西峡,尽享八百里伏牛山色。正是收秋粮的时节,沿途金波荡漾。不过与皖境的农耕结构毕竟不同,看起来庄稼要高出许多。不怕老着脸皮说一句,我本不辨五谷,于是不耻下问于先生。先生不屑道:此为高粱。将信将疑处,眼见未及收获的田头,硕大的玉米棒子缀挂其间。这我是识得的。于是大呼上当,方知自称"农村里出来的朴实孩子"的先生实在不比我高明多少。先生偷笑,耍赖道,我只在南方农村待过,北方农村的作物嘛,不识得也属应该。言毕,跑下车来举起相机一阵咔嚓,又钻进苞谷地里,偷一颗大棒子扔给我。最后拉开裤子一泡尿,兀自坏坏一笑,抢先辩道:我既已施肥，便算不得偷。好嘛，这下可算长了记性，怕是再不会错把玉米当高粱。

老界岭上拜了山神，龙潭沟里观了瀑布，夜色便在身边渐渐收拢来。捡了路边一家干净的食肆，有花有修竹，伴着明暗灯火里的蚊蚋，吃些野菜山货，这一天便过得甚是圆满了。

第三日出入西安城，秦王朝和大唐盛世的风采扑面而来。这十三朝的古都，载着千年的沧桑和新鲜的热闹。大雁塔前留个身影，鼓楼商场里逛一番繁华；羊肉泡馍自然要吃上一碗，古城墙也要登上一登；古玩市场里淘一张剪纸，一幅皮影画，小吃街头夹一块臭豆腐，一包糖炒栗子，日头便偏了西。秦皇和唐帝都且搁在身后，名动天下的秦俑，以及妖娆出浴的杨贵妃，也不能教我们滞下脚步。在那路的远方，有我们更加向往的神话。

穿过秦岭之后，山色就在突兀之间变得焦黄了。从没有见过如此贫瘠的土地，到处是焦渴和困窘。很难想象，在很久远的许多个日子里，它是怎样用干涸的乳汁孕育了一个伟大的民族。从陕西到甘肃的高速公路上，蜿蜒着大大小小数不清的隧道，它们坚忍而旷达，肩负着传递梦想和承载幸福的任务。在通过那条 12.99 公里长的绵延隧道时，有人说，我感到恐惧。也许，那并不是恐惧，只是黑暗中油然而生的一种敬畏，为神秘的自然，也为鬼斧的人力。那是一条神奇的天路，一条巨龙翻山越岭，在无尽的黄土上抒写下奇迹。没有人比它更了解贫穷的无奈、缺水的疼痛和存在的艰辛，也许在经历过不毛的荒凉和干枯的晨昏之后，你才能懂得，一个人活得滋润多么不容易。

印象中，天水是一座寒冷的城市，十月初，夜间的气温已经骤降到 12℃，这对于畏寒的我来说，几乎要用"瑟缩"来形容。擎一只香甜的烤芋头走在霓虹也清凉的马路上，一半固然是贪吃，一半倒是为了暖手。所谓"地跨长江、黄河两大流域，气候温润，冬无严寒，夏无酷暑"之说，当属无稽。抑或者西北人耐寒，所以南方人到了此处，也读不出"陇上江南"的好处来。晚上十一点的天水街头，皓月当空。仰首，但见一轮冰盘，穿纱罩雾。这一天是中秋，果然是月色如水水如天。

说起来天水在我们的行程上，只是一座被忽略的城市，先生不过一时在高速公路上跑得兴起，错过了投宿的坐标城市，而不得已歇在此处。谁知机缘巧合，叫我在酒店的问讯处翻到一张天水旅游地图，顿然兴致错落起来，一定要先生带我去瞧麦积山石窟。先生闹不过我叽叽喳喳小鸟一般聒噪，终于勉为其难应允了，于是石窟之行俨然成了我争取到的美好权利，更加兴味尤浓。

翌日启程去麦积山，用眼睛和心灵拾取那颗散落在古丝绸之路上的璀璨艺术明珠。也许麦积山石窟不及龙门石窟的传播力度，在此之前我们甚至不知它的存在，然而它危崖悬棺般层级错落的壮观布局，确乎令人高山仰止。抬头初见时，谁不"啊"一声脱口而出，惊艳不已？我与先生在峭壁间缘级登攀，脚下游人渐成一个个几不可见的标点。山风吹过发梢，满目翠峦叠嶂，心旷而神怡之，与黄土高坡上的风光又自不同。无怪先人奉它作风水宝地，开山，礼佛，镇疆土，果然是一派锦绣，虽经千年风霜，而姿容犹可倾城也。用"叹为观止，不虚此行"八字来形容，最贴切不过，余下若再絮叨种种，便属赘言了。当下只老老实实记下旅游手册上的一段话：麦积山石窟，中国"四大石窟"之一，始凿于十六国后秦，经北魏、西魏不断开凿，现存窟龛一百九十四个，泥塑、石刻七千余件，壁画千余平方米，北朝崖阁八座，被誉为"东方雕塑陈列馆"。

告别羲皇故里、古丝绸之路重镇——天水，我们奔驰在下午四五点钟的天光里。一路西行，眼前的色彩愈来愈高亢明亮，太阳在我们的前方铺设出一条炫目的通天之路。先生说，我们在逐日。耐不住阳光的刺目，我扯来地图兜头将眉眼都盖了，躺在车上假寐，一时倒也惬意。偷眼看先生时，见他戴着那副酷毙的 Pucket 山寨版墨镜，迎着金色的阳光好像未来战士一样，随着日光在镜边的反射，头像仿佛也闪烁起来。一时心中得意，觉得此生就这样坐着他的战车，游遍祖国大好河山，可有多美。想想又不尽然，我们的目标何止九百六十万平方公里，那是要横亘地球，直至生命的尽头的啊。

抵达兰州的时候，夜色已经很浓郁了。休整一宿，我们去看黄河母亲。黄河大桥上红旗招展人群络绎，脚下这片圣洁的河水，用泥沙的颜色诠释着大我和大爱。虽没有去壶口，但我也能听到她宽广的胸膛里，分明有咆哮的声音，那是华夏民族的声音，一条巨龙在腾飞的声音。

据说在中古时期，有一支统治着今宁夏、甘肃、陕西北部和内蒙古西部广大地区的彪悍民族。它鼎盛一时，曾与宋、辽鼎足而立，号称宋代三国；却于一夜之间，整个王朝，连同它灿烂的文化一起，神秘地消失在漫漫黄沙中。这个王朝，就是史称西夏的党项羌大夏帝国。宋宝元元年（1038 年），党项族拓跋氏首领李元昊在兴庆府筑坛受册，即皇帝位，建大夏国，设兴庆府（银川）为其首府。

步入银川西夏城，夕阳的余晖正将我们的影子裁剪得修长而沧桑。黄河岸边的横城古渡，孤独地驻在摇曳的苇花丛中，就着苍茫暮色，回忆起康熙大帝亲征噶尔丹的辉煌往事。西边的云彩，被落日涂上一抹晕红，顾盼间，波转琉璃，为静静流淌的河水投下起起伏伏的风情。渡口的牦牛在牧人的牵引下，饮水河边。脉脉不得语间，我与它都记起归途那苍凉的温暖与遥远。

雄浑的贺兰山与黄河，一起造就了瑰丽多姿的银川平原，在这块土地上孕育出中原文化、边塞文化、河套文化、丝路文化、西夏文化、伊斯兰文化等多种生生不息的历史文明。立在素有"东方金字塔"美称的西夏皇陵前，巍巍贺兰山脉横呈在一片如诗如梦的历史记忆中。"驾长车，踏破贺兰山阙。"原来这就是塞上牛羊的大漠风光，与浓郁的回乡风情和古老的黄河文明一起，锻出这璀璨明珠般的塞上江南！

　　骆驼是一种憨态可掬的塞上动物，从来没有如此近距离地亲密接触过它吃苦耐劳的巨大驼峰。当我乘着它踽踽行走在银川北部平原沙湖的半流动性沙漠上时，激动得连脚下的黄沙都踩得簌簌发抖。这是一个沙水相融、湖苇相印的乐园，滩头有半沙半湖的奇丽风光，驼背上有我风沙遐思中的优美童话。

　　镇北堡西部影城也是个不得不去的地方，一位作家，两座古堡，满天明星，中国电影从这里走向世界。这儿有《红高粱》的热烈与《黄河谣》的雄壮，也有《大话西游》的无厘头色彩，以及以它为典型代表的时空川流的错觉。走进镇北堡，人人都是自由心灵的演员。穿上黄军装，拿上红宝书，在"大海航行靠舵手"的巨幅壁画前摆出昂首抬臂向前进的"pose"；在馍馍用簸箕来盛的大食堂里发一个"向毛主席保证"的誓言；在革委会的样板戏舞台上提着红灯这么一个精彩亮相，博得满堂喝彩……

　　对于银川的记忆是饱满的，为她苍凉大漠的秀丽水色，也为她神秘辗转的古老文明。遥远的遐想驾着历史的车轮在我的心坎上碾下道道美丽的辙印，神奇的银川平原啊，西伯利亚的寒流与腾格里的滚滚黄沙都不能阻挡你欣欣向荣的生命。那一片绿洲，是一个自然的奇迹，更是一段人功的传奇！

　　延安是我们在地图上标注的最后一站。来到这里，新中国红色政权诞生的地方，这次国庆长假之旅，似乎也在某种意义上获得了政治的合法地位，与起航时我们插在车顶，进而融于土地的那柄国旗的颜色不谋而合了。系上火红的安塞腰鼓，在枣园里敲上一阵欢快的喜庆鼓点，本次穿越五省，横跨四千余公里的国庆之旅完美收官。盛世，锦绣中华，我们的祖国，我们的家！

江城秋意浓

　　来江城纯属意外，原本是计划自驾去九华山的，谁知一场大雾，高速公路上发生连环追尾事故，加之某路段可燃性液体泄漏，阻断了我们的行程。懊丧之余，不免又有几分庆幸。人生的路就是这样，并不总是一帆风顺，有了障碍，你就必须改道，或者等待。翻越它当然也并非绝无可能，但那要付出代价。况且那些障碍或许并不仅仅是拦住了你的坦途那么简单，也许它还拦住了未知的厄运和某些意外的伤害。往往就是那么几分钟，你应该感恩。

　　感恩，当然。我们对命运的母题皆充满敬畏。我和先生都是兴之所至、意随心动的人，去哪里似乎也并不重要，只要开心就好。于是更换了交通工具，改乘当日下午的动车去武昌。

　　武汉是一个"庞杂"的城市，庞然大物杂乱无章，这是我的评价。一下火车就被这座城市的纷乱无序击中了，人流与车流都在狂乱地竞争每一寸前进的空隙，嘈杂喧嚣让你晕头转向。出租车永远紧俏得像是刚出炉的新鲜面包，往往被缺乏足够耐性的人群一抢而空。最后剩下来那个最好脾气的人，一定是半个钟头也打不到车。在这种情况下，各种"黑车"应运而生。看起来模样很绅士的私家车，会主动停在你面前，打开车门问你上哪儿？前些日子，上海的"钓鱼执法"闹得轰轰烈烈，武汉的市民一定以为那是天大的笑话。可不是，这些"黑车"为群众提供了方便快捷的出行选择，如果没有它们，你很可能在这座城市里步履维艰。据先生统计的结果，我们平均每十次打车，有八次打的是"黑车"。

大凡城市，多是基因相似的复制品，钢筋水泥的高大建筑群里，唯一勉强尚可流连的，就只能是 shopping mall 了。在武昌某 shopping mall 的影城看完《ASTRO BOY》，接着打车去汉口。此时夜幕已经降临，风雨骤然而至。霓虹灯下车流如涌，打车却更加艰难。好不容易坐上车，我和先生都有松口气的感觉。一路无话，跨过长江，抵达"武汉国民政府"附近。昔日的国民政府，今天已是商业氛围浓厚的大饭店，楼上楼下灯火通明，门前一条商业街市，更是热闹非常。后门是小吃街，热干面、锅贴、烧烤、麻辣烫、铁板烧应有尽有。此处的麻辣烫颇得川味的真髓，既麻且辣，十分过瘾，不比咱家金大塘的货色，辣子固然放得够了，麻的味道却差几分。吃饱喝足去酒店投宿，先生却说不忙困觉觉。问他哪里去，他说，捉鬼。

酒店旁边就是林立的酒吧，此时正是笑语笙歌的时候，加上万圣节的搞怪气氛，破碎的灯光和骷髅头把密室一样幽暗恐怖的酒吧装饰得狂乱迷离。头上悬着咧着大嘴的南瓜灯，身边是妆容诡异的鬼脸，参加派对的人们在疯狂的迪士高乐声中吃错药一样摇摆着身体。白天的面具被撕成碎片，扔到虚无的空气里；夜晚是一个精灵，让所有的成年人变成低智商的小孩子，变得只会酗酒、吸烟和傻笑。随着疯狂的摇摆，理性之类所谓的"文明"也被摇出体外。人们大叫着"我是鬼"，雀跃在虚假的繁荣里。我也变得智商极低，只会傻笑和摇脑袋了。音乐震耳欲聋，似乎出生以来所有的噪声都累积到今天来彻底打击我一回，崩溃。

走出酒吧，我对先生说：我耳鸣啦，还有幻听，真是见鬼。这洋人的万圣节！

第二天太阳复又出来，金光万丈。一觉睡到晌午，在滨江的一间酒肆内拣好吃的尽情饕餮了一顿，再沿着长江堤畔细数落叶和苇花。此时秋意正浓，江滩公园里有松有柏，几树枫几树柳，还有上了年纪的法梧旖旎其间，虽无叠嶂之峦，倒也有几分层林尽染的意思。水落处，芦苇都在旱地里摇摇曳曳地立着，夕阳铄金，风姿绰约，满目都是飞扬的浪漫，可把我高兴坏了。只一跳，人便没入苇花丛中，东扯一条，西扯一条，并且动员先生，满满收集了一大把。我将苇条束成一束，准备带回家去做插花。先生瓮声瓮气说，你要把这扫把头一样的东西扛回家吗？我乐不可支，这秋天多美啊，如果能够多扛一些秋意回去，不是一件顶美好的事情吗？

这个美丽的秋天很快就要落幕了，很高兴我家条几上的那束苇花多留住了一份秋意。

798 的记忆

　　飞机抵达北京的时候，恰逢入冬以来的第三场雪在京城的上空飘飘洒洒。之前先生已经严重警告我，需将全副隆冬的盛装穿在身上，所以看起来我好像一个重重包裹的大粽子，被先生塞进一辆进城的出租车。沿途雪花不大，洋洋洒洒的像面粉末子，然而已经足够将天地都染上一层白色。我枕在先生的膝上，从车窗里看出去，前赴后继的车辆都行走艰难的样子。背景全然是黑白的，就算那些没有来得及被冰雪完全覆盖的树木的皮肤，裸露在空气中也失去了青葱碧翠，只是乌压压的墨绿，颜色极其深沉，好像泡着墨水长大似的。

　　据说京城是先生的第二故乡，先生在这里度过了叛逆的青春期。想象起来，那时的先生应该像《阳光灿烂的日子》里那个吊儿郎当的马小军，斜挎着黄书包，骑一辆凤凰牌破自行车，游荡在和他本人一样促狭的胡同里追踪米兰的倩影。那属于我的前时代，基本上只能靠想象编织他在认识我之前的年轻的革命学生的样貌。我想是因为无意中要弥补这个缺憾，先生打算带我去一个很神秘的地方。起初这个地方对我的吸引力在于它的地名儿很稀奇，居然不是汉字，而是数字。置身其中，我发现它真正的魅力远远延伸在这个城市的现代文明之外，它既不完全属于艺术，也不仅仅是创意和时尚的集合，而是一支缠绕在现代艺术花房上的记忆的常青藤。正适合于缝缀我和先生之间短缺的年轮。

798 艺术区，原国营 798 厂电子工业厂区所在地，1950 年代由苏联援建、东德负责设计建造，重点工业项目，见证了新中国工业化的历程。部分建筑采用现浇混凝土拱形结构，为典型的包豪斯风格建筑，在亚洲亦属罕见。自 2002 年开始，大量艺术家工作室和当代艺术机构开始进驻这里，成规模地租用和改造闲置厂房，逐渐发展成为画廊、艺术中心、艺术家工作室、设计公司、时尚店铺、餐饮酒吧等各种空间的聚集区，使这一区域在短短的两年时间里擢升为国内最大、最具国际影响力的艺术区。

应当说，798 在很大意义上属于一个时代的记忆。且不说它在对原有的历史文化遗留进行保护的前提下，将原有的工业厂房重新定义、设计和改造，带来了对建筑和生活方式的全新诠释。单单是走进街区，那些不断跃入眼帘的锈迹斑斑的吊钩、破碎的玻璃残片和褪色的青红砖墙，就足够对人们在城市文化和生存空间的观念上产生某种前瞻性的影响，或者说，让人怀疑时空是否真的不可逆。

在 798，它的时尚永远与革命、乡土、自由等等激烈朴素的概念相联系。也许现在的我们久已习惯了体制的裹缚和城市的框架，那些泛黄的记忆反倒成为一种强悍的艺术力量，甚至不乏"国际化"的色彩，将人们推到了时尚的前沿。在街边小铺里淘几本小人书、几张洋火片；"百雀羚"的味道让我想起了很久远以前母亲的温暖抚摸；还有"将革命进行到底"的巨幅海报，向人们昭示着此在的另一种意义，即使是童话之外，也丝毫不怀疑大海航行靠舵手吧。总之艺术被还原之后，人们看到的不再是高昂的头颅。相信每一种美丽都是经得起收藏的，正如这座废弃的工厂，也可以因为记忆被感动。这正是艺术的本质力量。

马来西亚

从马来西亚回国后，一直在"写"还是"不写"，这个游刃于思想惰性边缘的问题上徘徊，直到我读到《毕淑敏母子航海环球旅行记》，才发现原来我对于生命航行的欲望，竟源于诉说的本能。那么是不得不说了，关于我们的旅行，关于我们的故事，关于我们的生命。

首先，请允许我谦卑地引用毕淑敏有关旅行和生命意义的注释：

> 我们的血液里都有流浪的因子，那是远古的基因蠢蠢欲动。
>
> 大海是人类的发祥地，我们均来自那最深邃的蓝色底层。

从空中俯瞰兰卡威，这座宁静的岛城就像海的女儿在浩瀚的印度洋上撒落的一串美丽珠贝。当我的双足浸在 Datai 海岸线上又白又细的海沙中，当我和先生驱车在翠峦叠嶂覆盖下的蜿蜒山道上，当山风的呼啸和海浪的呓语穿过我的发梢，逡巡在悬空海平面 500 多米的廊桥脚底那一块块拼接有序、露出手指般粗细的缝隙的木板之间……一切语言都变得不再有意义，仿佛只有那一片蔚蓝与天蓝，辽阔雄浑的奇妙交媾，除此之外，海天相接的地方，还有一个，屏息瞑目的你。

其次，引用之引用："每次旅行向我们展现的国度，对全体造访者来说，原本是同一个，可是在每一位旅行家的眼里，又是如此不同。"（《毕淑敏母子航海环球旅行记》引墨西哥诺贝尔文学奖作家奥克塔维奥·帕斯语）

也许我算不上一个真正意义上的旅行家，我对于旅行所怀有的热情，甚至比不上闲暇时光享受一枚新鲜草莓的吸引力。尤其是当我得知自己怀孕之后，对于一个小生命的孕育稀释了我日常生活中一切可引发快感期待的体验。也就是说，旅行虽然愉快，但是通过一个饱受妊娠反应折磨的孕妇的眼睛看到的世界，相比正常意义上的旅行日记里描述的种种精彩和传奇，要异类和低调得多。这至多算是我送给自己的礼物。

我对于异国他乡那些肤色迥异、表情丰富、种族特征明显的孩子们更感兴趣。作为一个充满期冀的母亲，她的眼睛更多捕捉的不是异域风情。大马是一个种族结构丰富的非常国度，从世界各地移民至此的族群在这块富饶瑰丽的土地上共生共荣。此外，兰卡威是一个靠旅游资源维生的岛城，它发达的旅游服务业供给当地居民一应起居所需的必要经济来源，也吸引了全球数以万计趋之若鹜的游客。这些游客大多拖家带口，从睡在婴儿手推车里的小孩，到自由穿行于酒店大堂和海滩之间活蹦乱跳的男孩和女孩们，各色或金发碧眼，或深肤高鼻，或雕刻一般精致，或洋娃娃一样可爱的小孩子，都随处可见。

岛上的时光悠闲从容到你几乎忘记了时间对于人们的无情切割，通常中午十二点的时候，街上还有近一半的商铺懒洋洋的没有揭开门板营业。岛上居民们之慵懒，还可从他们宜人的居住环境窥出门道。路边的小舍通常都花木扶疏，最高不过两三层，爬满了红色的、白色的、紫色的、粉色的花蔓。那是一种漫不经心的生长，和人们舒缓的生活节奏相得益彰。

瓜镇是距离我们居住的酒店最近的热闹市集，我和先生怀揣地图在岛上环形了近一周，才在炽烈热情的热带阳光下找到那个规模等同于屈指三孝口至四牌楼之距直径画圆的弹丸之地。唯一的shopping mall，唯一的超市，唯一的小镇广场，一切都简单如那片一览无余的蔚蓝。由于岛上商品免税，啤酒几乎和纯净水一样便宜，一罐在吉隆坡售价十几令吉的tiger牌啤酒，在兰卡威二至五令吉就可以买到。

吃喝玩乐是人们在岛上唯一可干的事情，在这里你才知道什么是真正的假日。以往我们对于城市公众假期所持有的印象，完全是虚假和错位的。对比想象一下天空的辽远和蜗居的闭塞吧，还有我们早已习惯的国内那种"上车睡觉，下车照相"的旅游方式，你可以立刻感受到生命的质量由于容器的改变，而发生了翻天覆地的变化。

先生在机场花三百令吉租借了一辆尼桑lotia，供我们在岛上挥霍时光之用。要知道在兰卡威没有一辆自己的车，简直就好像陆地动物没有自己的脚，海洋生物没有自己的鳍一样。当地设有很多出租小汽车和摩托车的摊点，租金很便宜，手续也简单便捷，大家彼此信任，友好愉快地进行国际交易。即使是设路障检查过往车辆的警察，对外国游客也特别照顾，只要你主动出示驾照，他们通常都会礼貌地优先予以放行。

先生在岛上的脾气格外的好，他会主动避让对方车辆，在错车时及时调整近光灯，尽量不超车，并给他人提供方便。而在国内开车时，先生是出了名的爆栗子，从不向其他驾驶员示弱，好像只有使用强横的手段，才能保障行驶畅达。对此先生的解释是：投我以桃李，报之以琼瑶。这当然是国民素质的一项考较，我们不得不惭愧地承认，当我们的驾驶员在宽阔然而异常拥堵的马路上像强盗一样奋勇抢道的时候，兰卡威的居民正宽容地礼让着对方，而他们的马路，大多数都仅有单车道而已。

传说中的红树林是我们追踪的第一个目标，据说林中满栽一种奇特的热带植物，它们拥有五爪金龙一样张爪入地的树根。不过我和先生慕名辗转前来此地，却纯粹是为了那个近乎神奇的深林中的餐馆 Barn Thai。可惜的是，当我们历经千辛万苦找到红树林的时候，居然被告知关门了。取而代之的是一家以马来菜式为主的小餐馆 Floating Restaurant。既来之，则安之，我们决定试一试当地口味。

顾名思义，Floating Restaurant 是坐落在水上的一家风情餐厅，去餐厅吃饭没有陆路可走，唯有取道水上。餐厅为尊贵客人安排了游艇接送的高规格待遇，全程风景如画，你必须乘风破浪在海湾里逐一饱览青山秀水，赶在食物塞满你的胃之前，睁大眼睛消化掉满目如琢如砌的半壁翡翠一样的山，和半壁翡翠一样的水。山水深处，一角古朴的木屋延伸出你贪婪的视线，那便是期待已久的目的地了。下午两点钟的太阳像燃起的火球顶在头顶上，然而一踏进 Floating Restaurant，所有视觉的炽烈和触觉的烤炙都立刻陷入一片荫凉。梁上几只古旧的电动风扇吱吱呀呀转动着，听起来好像啧啧有声的叹息，似乎转动的不仅仅是风扇，而是悠悠的岁月。

忽而脚下一阵轻晃，如同踩在甲板上那种浮荡眩晕的感觉。我说，地在动。原来又有一艘小艇送来一对客人，水波荡漾处，浪击水下的木桩，整栋小木屋都快乐地战栗起来。如此原生态的就餐环境，配上清一色头上包着黑巾的穆斯林女侍，食物变得非常值得期待。果然，杯杯盏盏端上来，鱼和虾都是鲜活的，咖喱和冬阴功也气味悠长，如果不是腹中的小家伙调皮捣蛋，相信一切都圆满如十五的月亮。

结起账来，不过五十多令吉，我和先生都怀疑这样的生意是否有半公益的性质，老板究竟收不收得回成本？那来去如风的小艇，嘟嘟响着马达，哪怕是往来油费的负担也不只这个价钱吧。

兰卡威也有它的奢华，譬如 Datai 海滩上的一所名流酒店餐馆。很久之后我回味在这个海滩上度过的浪漫夜晚时，只记得它掩藏在曲径通幽的落叶林里，一面山，一面海，需要酒店派出专门的车辆接送至餐厅，而食物因为贵得离谱的价格显得奢靡不凡。除此之外，当然也有彬彬有礼的侍者，异国风情的熏香和古榻，甚至于用来净手的清水都飘着兰花的香瓣。原色的木制建筑里坐满了静谧的客人和侍者，每个人都安静得像是一只猫，即使交谈，亦近乎耳语，似乎提高一点分贝即会为自己引来羞耻，这在中国简直不可思议。

进入酒店用餐是需要提前预订的。台面上摆放的预订卡相当特别，非纸非绢，而是从树林中随手捡起的一片树叶。你的名字就写在随风飘落的叶片上，好像时间很自然地见证了你的到来和离去。

食物精美而考究，但却并不如人意，这里的菜式吸收了泰国菜、中国菜、日韩串烧以及意法式西餐的某些特点，结果造就了四不像的古怪味道。我很遗憾，旁征博引的杂糅并不是一种美德，兼顾各国人民口味而别出心裁的烹饪，甚至不如街头小吃让人满足愉快。幸而餐厅背后就是全岛最美丽的海滩。

据说 Datai 海滩拥有整个兰卡威最白、最细、最洁净的海沙，它们就像雪白的面粉一样铺洒在海洋的边境，让一片蔚蓝变得更加澄澈和明净。这个夜晚海风温柔似姑娘的柔荑，头上繁星漫天，在透明的宁静里眨着晶亮的小眼睛。我们就这样踩在"雪白的面粉"上，看潮水在深蓝的夜空下忽起忽落，好像巨兽柔软的舌头舔着我们的脚趾。背后一排古朴的煤气灯如宫廷里恪谨的侍女，守礼地立在湿润的空气里，既不太远，也不太近，隐隐照出沙滩上一个个指头大小的洞穴。间或有透明的小螃蟹从这些小洞中爬进爬出，调皮而自以为是地忙碌着它们的生活，一如陆地上整日匆匆行走的被放大的我们。夜色舒缓，流淌着美丽的音符，那是海琼斯的小夜曲，奏出了人间的轻盈曼妙。我因此而陶醉，在这分外干净纯粹的时空，身边伴着我心爱的人。

三天一晃即逝，离开兰卡威时先生还恋恋不舍，对花木扶疏的路边小舍和湛碧的海水许愿道：有空，我们再来。

告别惬意和诗意的兰卡威，我们乘机辗转到繁华时尚的吉隆坡。这里有举世闻名的双子塔和独立广场，当然也有流光溢彩的都市夜生活。和所有现代化的城市一样，它没有留给我太多强烈的印象，除了一样热闹的人群，一样先进的公共设施，它大概只是因为独特的伊斯兰风格吸引了我对于穆斯林的神秘想象。每隔数小时城市的上空就会盘旋起轰鸣的祷告声，引发全城肃穆、全民祷告的奇观。而包头帽一样夸张耸立起来的穹顶，让我怀旧般地想念起童年时候一千零一夜的故事。让人惊讶的是，在这块向着穆罕默德的背影恭敬朝觐的土地上，居然还坐落着最现代化、最令人眼花缭乱、最打扰人心清静的 Casino。

Kula Lumper 的云顶是全球知名的赌场，这里红男绿女夜夜笙歌。如果你恰巧有一点闲钱，又恰巧有一点空闲的时间，云顶是你消磨它们的好地方。一座山头，就是一座主题公园一样的城中之城，这里有吃有喝有住有玩，博彩场、游乐场、演艺厅、俱乐部、酒吧……所有你能够想象的纵容我们身体和精神跳出日常按部就班的生活轨道的地方，到处都弥漫着灯红酒绿、靡费狂欢的节日气氛。一年三百六十五天，每天都好像在过年，你可曾想象这样的地方？这样的人们？走进这个地方，走近这些人们，我一度被强烈地感染，开心不已。但很快就被震耳欲聋的狂欢的声浪湮没，以至于几近窒息。我想我不是一个有幸安享酒神精神的人，我在先生玩得兴高采烈、乐不思蜀的时候，却清醒地告诉自己，我必须回到我的生活中去。也许它波澜不惊毫无刺激，甚至更艰难一些，但那才是一种真实。

凌晨时分我们离开云顶，抵达机场，随身的行李包中，还夹带着一掬 Datai 海滩边的珍贵海沙。我希望那洁白的海沙能够跨越空间和时间的界限，保存在我们对于美和爱的纪念中。为此我还曾担心通过边检时会招来麻烦，我知道根据相关规定，未经检验检疫过的土壤是不准私自携带出入境的，至于海沙是否在违禁的细目中，不得而知，但我想起海滩上小蟹来回恣意穿梭的样子，恐怕还有更多肉眼看不见的生物在柔软潮湿的海沙里悄然而茂盛地繁殖着，多半也是不安全的。算是小小"走私"了一回吧。

在对异国的流连和对故国的依恋中，我们飞向深蓝的夜空。马来西亚是一个美丽的国度，我们惊羡于它的干净和整洁、识礼和有序，甚至在某些方面，为我们礼仪之邦泱泱大国的生存环境及其国民素质感到羞愧。但中国毕竟是我们生长的地方，我们的根在这里，所以必须接受母亲身上某些丑陋的疤痕。希望我们下一次再出国门时，不要带着遗憾，或者，至少我们的下一代能够。

闲游掠影

　　我相信我儿子是哥伦布，再不济也是鲁滨孙的坯子，从他还是一粒小种子的时候就跟着我们东跑西颠，活脱屁股不能挨板凳的主。我给他取名翼航，他爸则赠他八个字，翼展天下，航行四海。之后我们一家三口（算是三口吧，虽然他还在我肚子里，眉毛鼻子嘴都囫囵一团还分不出个人样）行走过如下地方：

　　春，时值"菜花疯"病人发起病来最张狂的那段日子，我们踩着遍地金黄的油菜花去了皖南。那里的山水我们其实都很熟悉，照我老公的说法，早先日子他就是在那儿混起家的，差点没在穷山恶水之间买房置地，要是这样我儿子的户口就得在皖南乡下。谈恋爱的时候我们也经常去采个风、漂个流、打个牙祭什么的，基本上新安江畔桃红柳绿、飞彩流虹都看尽了。但是春天来的时候老公还是建议故地重游，因为儿子没来过，且遍地的油菜花和满目鲜活的新绿对胎教很好，在我身子日渐笨重而不便远游的情况下，皖南是最合意不过的好地方。

　　将近太平湖境，我建议索性从高速上溜下来，因为高速公路千篇一律的面目其实辜负了大好春光。我愿意我的孩子多看看田垄上的春泥，闻一闻新鲜牛粪的味道，还有那伸手可触的农家小舍上袅袅盘旋的炊烟。于是我们绕着"村村通"那种只容一辆牛车通行的村级公路毫无目的地瞎逛，天将黑时也没能绕出来。因为没有目的所以也谈不上迷路，我们在田间地头向任何一个可见的农夫村妇打问方向，以图到最近的县城解决辘辘之肠。其间倒也悠悠乐哉，饱饮山川翠色乡间野趣，有鸡有犬有鸭有羊，小马驹儿跟着老牛跑，感情它妈没教它撒丫子的技巧。

西递宏村这些拍电影拍出名的地方我们都没去，其实在皖南这样古意盎然的旧村落星罗棋布在山陵之间，每一处都流传着聚族而居宗亲毗邻的老故事，如果没有李安没有《卧虎藏龙》，山还是那片山，减少的只是门票收入，游客领略收获的倒可能更多一些。站在盘山路上遥望这个村那个村，又是一番风景，你看到白墙墨瓦都在眼底，红一簇，黄一簇，桃枝诱人，菜花疯长。梯田顺着山脊一道道翻过去，泥巴糊满牛背和农人的腿肚子。夕阳西下的时候大地苍茫，一缕炊烟一声吆喝，青草漫道盖过人影和牛粪，这一天就在深耕易耨的收获远景中消失了。间或有载着大毛竹的农用车嘟嘟嘟喷着柴油烟，气壮如牛地开过来，十数米长的尾巴拖在地上，好像爬行艰巨的庞大蜥蜴。要想在逼仄促狭的乡间小道上躲过它是非常困难的，我们往往需要小心翼翼地把车开到软塌塌的田垄上以免错车时被误伤，同时又要十分当心随时可能陷落的危险。好在情况不算太糟，总有热心而谦恭的乡下人，他们局促又腼腆地笑着，让我们感到春天就该这么温暖，不比城里的风，三月还在凌厉呼啸。

稍后去皖北看梨花，又与皖南不同。那里的山水都硬一些，人也蛮强。民风彪悍的结果是人们往往也不太注意生活细节，但凡有人的地方都容易脏乱差。如果你想吃一碗羊肉汤下面饼子，必须十分克制忍耐自己不去想那个埋汰的店主和糊满鼻涕涎水残羹油汤以及廉价擦嘴卫生纸的肮脏地面。如果你能忍，味道也还算地道，北方汉子的粗豪和婆姨的泼辣都在这一碗羊肉汤里。

梨花开过的地方一片无垠落雪，我从未见过如此众多的花树，列队一般在眼前延伸到天边。似乎家家都种梨，户户都栽桃，于是一片皎白连着一片嫣红，拉扯着公路，公路的边际之外似乎倒没有疆界了，只是这红和白。

深处有梨花王，人们扯出血红的丝带将它团团围了，说十里八里的威风，说百年千年的历史。据说越古老的梨树结出的梨越甜美，所以这梨中的王者是最惹人馋的一段木头，看它无数百曲长肢伸展出去，蔽了半边天空，身子愈发显得粗短敦厚，更像是一颗硕大无朋的花菜。其时我的肚子已经状如小鼓，不能如猕猴一般灵活地攀爬跃动，只有请我老公代劳，在那"王"的肩头登高掠影，极目到此一游。

现在想来，连我也很佩服自己，怎么能够像袋鼠一样，肚子里装着一个小孩子到处折腾。我记得我后来其实是步履维艰的，不能长久站立，甚至连坐也很困难，那个素未谋面的小子用屁股顶着我的肺，几乎要把我的肺叶挤出胸腔。我的腹腔和胸腔已经完全不成比例，膈肌几乎上提至嗓子眼，我必须不时把自己横擂在床上才能减轻整个儿心胸被顶撞的痛苦。然而就是在这样的情况下，我和我老公驾车横穿了整个省份，临近的苏浙一带也游逛个遍。最拉风的是我兴致勃勃却没带身份证跑去参加世博，被警察叔叔请到局子里连夜搞户籍证明。好在所行非虚，凭借弧度明显的大肚子，我受到最惠国民待遇，去哪儿都不用排队。这在数以十万人次计的世博园里是非常非常非常有利的行动条件。从早上十点进园到晚上八点回酒店，我以平均每小时游历一个国家的惊人速度和体力逛完了澳大利亚、韩国、沙特阿拉伯、尼泊尔、印度、法国、波兰、丹麦、西班牙和希腊，整整十个国家馆，品尝了斯里兰卡非常难吃的街头小吃和尼泊尔风味的咖喱鸡腿，饮用了印度制式的芒果酸乳，抢购了比利时原装香草冰激凌，并在波兰大厨的餐厅里享用了一顿由土豆、红菜头烤牛肉卷和波兰传统酸汤组成的纯波兰式大餐。我老公一面惊叹一面赞赏地拍着我的肚皮——为我良好的胃口，以及我硕大的肚子得到的所谓"绿色通道"权——我们可是凭借它完成了常人三天才可能旅毕的游览工程呀。

临产前一周我们用一个下午的时间做最后一次短途旅行，在梅山水库下的小镇上吃臭豆腐，在寿县城里喝牛肉汤，咬着炸成金黄色的馍馍片，估计周游六安地区全境，加起来两百多公里。一路上时而暴雨如注，时而晴空烈日，一如我们相识路上的阳光雨露。我们十指紧扣，我们抚肚大笑，目送一波一波浓绿的白杨树从身前甩向身后，盛夏的骄阳在叶片上反射出炫目的光芒，我们的路还很长，吃不完喝不完跑不完。

是为略记。

椰风海韵

儿子四个月的时候正值隆冬，我们策划去热带海滨度假，好让小屁孩美美地晒晒日光浴。因为孩子太小，先生把地点选择在海南三亚的亚龙湾希尔顿酒店，每天的工作就是带着他趴在泳池边晒太阳。其实酒店有专供住店客人使用的很漂亮的私属海滩，海水湛蓝，海沙净白，水天相接处海鸟盘旋，海帆点点，一副消解奋斗意志的奢靡图卷。可惜我们去的那几天刚好气温骤降，据当地人说，多少年来未遇的低温让我们撞大运撞上了，恨得先生差不多要撞墙：我要投诉海南的天气，跟合肥差不多嘛！

天气确实不如人意，基本是阴到多云，夜里大风起兮云飞扬，一直呼啦啦刮到半晌午。门前的椰子树叶阔干高，植被招风，吹得蓬头乱发，造型奇特。身形非常相似的槟榔树好一些，因为身材矮小，枝叶也细密得多。要不怎么说树大招风呢，大自然教会了我们多少道理啊。午后勉强有一丝阳光扯开厚厚的云层，努力一点，再努力一点，游客们纷纷替它捏把汗，好不容易费劲扒拉开天空的敞亮颜色。这已经是奢侈了，也就摄氏二十来度吧，搁在合肥没人敢露肉下水玩儿酷，但是花大价钱来度假的人们不能不勇敢地穿起比基尼。海边风大，小身板顶不住，只好骚包地穿最少的衣服来泳池边洗澡。

我们只拣正午稍后阳光尚且灿烂的时候去躺椅上撅屁股晒一会儿，偶尔也把儿子包成个大粽子的模样去海边遛一圈儿。在那里海风呼啸，大海一望无垠打着雪白的泡沫浪，把试图下水的人冲击得东倒西歪。许多人龇牙咧嘴，几乎是缩脖吊膀试探着走近冰凉的海水，那个难受劲儿就像喝白酒的男人，以一种我不能理解的蹙眉龇牙的享受态度回应着大海的嘲弄。我先生在上飞机前把泳裤押在旅行袋的最底部，他大概觉得下海游泳应该是此行的保留节目。果然，一直到假期结束前的最后一天，他都没能有机会掏出他的性感小裤头。最后实在忍不住了，他说我不能带着遗憾把这玩意儿再押着箱底飞回去。于是下了很大的决心在午后某一悲壮的时刻义无反顾地冲进了大海。

每一个微曦的凌晨，我们被儿子捣乱似的叫醒，我们柔情蜜意地把屎把尿，然后把儿子送到我母亲的房间，接着在海景房里关上门窗，拉上遮光帘，摁上"请勿打扰"的按钮，蒙头大睡直到日上三竿。每一顿都吃海鲜，高级酒店里吃，大排档里吃，三亚城里吃，田独镇上吃，吃得我们满嘴腥气，吐出口水时堪比螃蟹。没有实质性的旅游项目，没有任何计划性和目的性，如果我问，今天我们干吗呀？我老公就说，不知道，要不，再睡会儿？

儿子倒很争气，没有水土不服，上飞机也还算听话，大概没有看到过这么稀奇的世界，小眼睛滴溜溜地，哪儿哪儿都透着新鲜。算是胎教做得好吧，怀他两个月的时候就飞马来西亚，现在三亚还有什么好怵的？这小子以后会出息的，对得起他爸爸送他的八个字：翼展天下，航行四海。我默默地祝福这孩子，天涯海角，只要你能，妈妈放手让你飞到天尽头。

黄山东麓

必须承认，我是一个很懒惰的人，直到数星期之后，我仍然以"忙"为借口敷衍自己不去记述那天在东黄山下行走的风景。其实我忙什么呢？孩子由我母亲从日出抱到日落，我忙碌的程度不会超过农场上的一头奶牛。现在我说一说那天的行程吧，在很多天之后，在我拼命调拨记忆的弦时，我发现那实在是乏善可陈。不过因为我们一路都在一起，我，我的丈夫，我的儿子，我的父亲和我的母亲，甚至我的两条狗，所以，所以它并不缺少温暖。而这份温暖，才是我记录每一次旅程的用心所在。

那是个阴雨天，起先是阴，后来有雨，一路铅色浓重的阴霾都布满我们头顶上方视线所及的所有区域。按说这种天气不适合旅行，但我们兴致勃勃地带着儿子、父母和两条狗出发了。目的地的客房和一应游览项目是李先生一早和人订下的，动用了莫大的关系和情面，所以李太太只有无条件服从。服从不只是柔顺，也是和谐，一个家庭需要这样简单而不问因由的服从。

一路无话，长驱直入黄山脚下。路过皖南的山，因为冬天还没有彻底结束，春天还没有完全到来的缘故，它们尚还瘦小，青色也不明亮，但我们的两只狗都很兴奋地嗅着，仿佛闻到了浓郁的绿色。我儿子一时睡在他姥姥的臂弯，一时兴奋地人立而起，未几，腹饿，钻进我怀里用膳，咕嘟咕嘟的，吞咽凶猛，如一头小兽。公路上颠簌着丰盈的乳汁和我给他的爱，我知道它们一样的丰盈，这食相凶猛的小兽想必也知道。否则，他凭什么那么心安理得地认为，只有在我的怀里，才是最安逸的？

我们去黄山，但不是那座闻名遐迩的黄山。黄山东麓下？抑或是东面的黄山？反正先生称它作"东黄山"，据说有野人和野笋的。笋，我们上次偷掘了很多，味道委实鲜香，屁股上的泥也厚重，把小车后备厢甩得淋漓纵横。那时儿子还在腹中，而现在，小子已经整整六个月了。这次他爸爸要带他来看野人。

野人就在眼前了，突然风雨一阵紧似一阵，路上行色匆匆的人们衣角都掀起老高。姥姥说，不要冻坏孩子吧。于是作罢，野人在即将出现时即消逝。这样的天气，怕是只适合躲在暖气房里睡觉。

如此，驱车去了酒店，竟真的睡去大半个天光。把暖气开得足足的，安顿下吃得心满意足的儿子，李先生和李太太便相携去见周公。再打开窗帘时，雨水稀薄了，也快到了吃晚饭的时间。于是唤了狗抱了孩子出门，去寻一处藏在野村里的酒家。

之前要穿过一条街，这条街不长，却很新。当年上海茶林场那些来皖南搞支援的老职工们在这讨了老婆生了孩子，不走了，圈了这么块地，后来搞旅游开发，建公园，建酒店，建 CS 野战场，就成了这条街。街两旁都是按照老上海们对家乡风物的感念以及革命时代的温暖回忆立起的建筑，风格怀旧朴素，烙着某个年代的印记，比如大红的标语和更红一些的五角星。穿过这条街，几乎没有过渡，就是荒野。七八点钟的野地里已经什么都看不见了，黑得瘆人，只有两道迷茫的车灯，瞪大了眼睛，努力探寻着出路。

酒家何处有？荒野在咆哮。黑暗像一把大刷子，只一刷，就把我们的眼睛刷瞎了。在黑暗中的荒野上寻找一个微弱的点，简直太艰难了，到最后我们不禁要问，到底传说中的它存在吗？就在我们几乎以为不可能找到它的时候，黑暗中现出了影影绰绰的灯影。于是一路庆幸地欢呼雀跃着，驶近了那家小酒馆。到了这个时候，吃什么已经不重要了，我们也很难记住究竟吃了些什么，总之，一定是山野的味道就对了。这让城里的人心安起来，多远多累于是也无妨了。

后来，后来我们都睡了，睡在沉沉的、山里的夜色里。第二天要赶大早回城哩，只一夜，山里听雨，那雨细润绵密，潇潇地一直到天明。不过，房中暖气需开得足足的，和城里一样。

普陀祈福

普陀是个圣灵的地方，我和先生初相识，在那里许愿。后来他果真娶了我，可见菩萨是显了灵的，我们都感念她的恩德。再后来我父亲又去普陀许愿，于是有了小航航。这一来我们全家人都感念她的恩德了，纷纷说，要再去普陀。

航航六个月时，普陀之旅终于成行。先生开车，我和老外公、老外婆轮番抱着小家伙，轮渡，跨海，来到菩萨的脚下。在香烟缭绕的大殿里，在金碧辉煌的佛尊下，把我们的感念重重念诵了一遍。我看到南海观音低眉顺眼地俯视着苍生的膜拜，苍生如蚁。她立在那里，多少年了？把众生踩在脚下。浩瀚的东海载不动的东西，比如烦恼，比如永恒，比如彼岸，比如来生，统统都在她的手心里，覆雨翻云。我知道她是慈悲的，有求必应，但凡人间的哀愁，她也必成全。她总是垂眉微微笑着与你对视：你说吧，我便不说了。于是我们都心满意足地归去，以为她收下了全部的要求，只等着结果了。其实她的心愿是，你们会得到答案，那都是你们自己的收成。

所以佛说，缘生，缘灭。又说，有因，有果。

缘来时，你便来了，跪求一应烟云富贵、无常姻缘，但终究是抵不过寂灭的根本。你走时，只记得带走自己，留下佛。那么求与不求都在自己了，并不在佛。

我们种下的因果，俱都历历在目，谁有脸去怨菩萨待他的薄厚？

这是我入了梵境后，方才想到的，但是出入归出入，执着归执着。你我都是被菩萨踩在脚下的，如蚁，自然还是要仰望，不顾东海咸腥的风，吹来咸腥的雨。

雨是一直下的，我最是清楚不过地记得，和先生初来这里时，一夜风雨飘摇，滴穿了天色。那天海风在夜里吹碎了百结的柔肠，黎明前后暴雨如注，直到我们要登船时，还不肯歇住。于是两人依稀撑着一把蓝格纹的尼龙伞，拣光滑如镜的石阶下山去。一路打湿了半边身子，心却是暖的，因我知道，我求的，菩萨必是应了的。记得沿路都是湘妃竹，记得满山都是芭蕉树，或许记忆都是错的，但我仍这样记得。湘妃竹和芭蕉树都是喜欢凝泪的东西，似乎有了泪凝在脸上才好看，才诱得人心。由于世上竟有这样一种东西，必要蘸一点泪水的咸涩，方才显得它的娇艳和深邃，所以人心都向着泪，对于笑着便可得到的东西却并不那样看重。

或许就是这样，先生终于娶了我，以及我们终于有了小航航，便都显得可贵了。而那些为此流过的泪水，其实洗刷掉很多痛苦，所以也并不能称为痛苦的泪。算是，我们为捉住那生活的小虫豸，滴下的树胶和流脂吧。所幸都已成了琥珀。

瓷都景德

端午后雨水突然多了起来，原先大旱的地方，竟纷纷转而大涝，苍天对苍生的捉弄，可见是顶有兴味的。我们出发时天色还敞亮得很，到了皖南赣北交界的地方，乌云滚滚压境而来。接着雨水便十分淋漓地倾泻而下，雨柱粗而壮，车速加上风速，裹挟着雨阵，几乎要把小小的一尊卧车掀翻了。若是翻了，便是卧佛的姿态。

所幸穿雨乘风，我和先生都安然。这一路话也稀疏，似乎被风雨吹散了。我想我们终究是越来越老了，连带我们的感情，终于不再有当初千里驱车十指紧扣的缱绻。可我们毕竟在时间的鞭策下有了孩子，这样，流淌在我们之间的关系，只有更加浓厚了，如血。

这次把儿子寄放在老外婆家，实是生养之后难得的一次二人世界。只是其中的兴味，又别有参差，终究是注入了另一种味道，我时刻都惦念着的乳香的味道——那个粉嫩的小肉蛋儿，这时又在做什么？他对谁都殷勤地叫着"妈——妈"吗？

这样一路念想着，进入景德镇时，雨水还不肯歇。我们躲在路边小店的房檐下，拣了几样小吃铺子里现炸现卖的货色，就着雨水，滴滴答答地吃了。一面嗂着嘴，一面呆呆地看那水洗的街面，看那不怕大雨的人，撑一把护头不护腚的伞，踩着水洼吧唧吧唧过来，吧唧吧唧过去……这样的情景实在是滑稽，一时间有些恍惚，我到这里来为了什么呢?

先生说,我们要去捡个大大的便宜,方才对得起这一趟。

先生说的"便宜"是瓷器。

在我们居住的城市里,一件"景德烧"要七八百块,但这里几十块便随地都可捡到了,实在是大便宜。于是花了一个下午,从几十家店铺里进进出出,终于相中了两家相宜的货色。又去锦盒店专门挑了礼品盒子,装了十来个青花的瓶。看上去似模似样,居然果真就是"国粹"的样子。先生说,拿去糊弄老外是绰绰有余了,我自己先就以为这是好的,人家拿来糊弄我也一样能成。这个便宜确是大大的,倒一趟总有好几千块吧。别的不说,就是我平常用的陶瓷面碗,麦考林要售二十九块九的,店主十块钱也卖与我了,这有什么技术含量哩?和艺术也不沾边的。

排档里吃了几样不常见的婺源蒸菜,平日只知道米粉肉,这一次居然吃到了米粉鱼。我发现这里的人似乎对饮食不很上心,不像我们那里,到处都是金碧辉煌的豪华饭店,抬抬脚没有几百块出不来。说到底是个"镇子",生活习惯究竟是朴素些,多的是排档,几十块钱吃到饱,只怕肚子不够大。

看了两场电影,又给儿子拣了几件衣裳,便心满意足地上路了。这回我注意看赣北的山色,近处是怎样一种绿,远处又是怎样一种绿,只是层层叠叠的黛色在心中有了计较,却形容不出。我想这便也很像我们心中很多无从说起的苦衷吧。人在路上,我们总是在赶路。

路过许多"岭"、许多"坑",高速便要由隧道通过。一进隧道四处都暗了,只留顶上、壁上一溜排昏黄的路灯。车子行得快,那灯便连成一条线,在眼前拉过去,让人恍惚,仿佛时光就是这样流淌的。我又想到那时间隧道的神话,我想我这样来了又去,倘若来时是顺着时光走,那么现在是逆行了。我眨一下眼睛,是否就能看到前一刻的自己？我眨眼，是儿子出生时候的样子。再眨眼，是我大着肚子的臃肿模样。再再眨眼，我和先生初相识。再再再眨眼，我髫龄笑靥背着书包去学校……我闭上眼睛，一笑，真的真的不愿意再睁开眼睛呀，眼角却分明湿润了。时间，总是让人忧伤地微笑。

圆梦·九寨之旅

这个九月，终于成行九寨。那是在我和先生的梦想里布了三次愿景的地方，每一次都因为意外，无奈地折了梦。这一次临行前，又遇到一些小意外，我几乎以为九寨沟那梦幻般的山水只能是擦着梦的粉、施着想象的妆了。然而终究成行，倒又是一桩意外。

从初秋的城市里飞出来，途经重庆，再落地时，已经是初冬的感觉。我套着绗缝蓝格布的小袄，瑟缩在盘山公路上的一辆小面包车的最后一排。那高远的天青色逐渐被苍茫替代了，我看见一座座山峰从身边流过，那风物又与江淮间的群山迥异，插满了经幡和白塔。再要去仔细瞧，及目之处却猛然被暗与冷吞掉了。我想这就是高原了，极冷的，夜又这样暗，径自将人吞掉，不生一点怜惜的。

转了不知多少道山头，方踏进酒店。这酒店却又叫我狠吃了一惊。触目皆是花草、流水、高而远的天篷、苍凉的磨坊和城堡、藏家的马帮……不可用奢华来形容它的一应饰物，但是它靡费的空间，却非用"奢华"两字来形容不可。这是大格局笼络来的气派，确是一等一的大手笔，他们叫它——九寨天堂。自然，费用也叫的是天堂的价儿。先生不知打哪儿听来的消息，说房顶皆是玻璃幕墙的，躺在床上便是满目的星。于是为了这躺在床上看星斗满天的浪漫，下了决心挨一番狠宰。殊不知进了房间才晓得那所谓的"躺在床上看星"实在是个冷笑话。玻璃是有的，对着床的一面落地窗而已，因坐落在山上，故在晴夜里，从那个方位看过去，确也看得见半个天空；然而我们入住的三晚却偏逢了这山里最窝囊的好时光似的，皆无星无月。山里又寒凉，一入了夜，清冷如坠冰窖。幸而倒有一面电壁炉，24 小时的人造火光摇摇曳曳，虽说是虚假的温暖，但温度却是真的。

　　一夜无话，第二日进沟，原是打算由那著名的"Y"字中择一沟先行，第二日再进军第二条沟，一则玩得尽兴，二则人免奔波，可消消停停、轻轻松松。这是先生的如意算盘，他说网上的人个个都推荐这条路线。我倒有些不以为然，疑心那些人进进出出掏这样一大笔门票钱，脑袋定是让驴踢过。因沟里是不让住游客的，第二日进沟也没有另外的折扣，每个人又要白白缴出三百多块。况且那沟那山那水，无论从 Y 线的左边那一撇还是右边那一撇看来，总不会有太大的分别。这另缴的几百块和一整天的时间，怕是有些浪费。心里想着，却不便就此拂了先生的意，因这次九寨之行得来十分不易，他前后费心筹谋了三次的。岂知先生的算盘竟先自松动起来。那载我们入沟的的哥极会说话，指点这个与那个，颇一副热情好客、地主之谊的样子，说得先生十分受用。的哥建议九寨只玩上一天也便够了；晚上回来看民族演出，且可张罗到打折票的；又极力怂恿翌日去黄龙看五彩池，直说得天花乱坠。先生禁不住搭讪，三言两语便说定了，演出必看，第二日还乘他的车，赶去一百多公里外的黄龙。

　　其余按下不表，且随我入沟看风景。

　　这本是九寨沟里最美的季节，气候宜人，又赶上新近正是各学校里开学的时间，游人的数量便也适宜。进沟前还裹着我那纻缝蓝格布的小袄，十点来钟便熬不住了，大太阳一出来，天蓝水蓝，上下都是通透的水晶，更显得人的厚重。山里昼夜温差之大，似是乘直升机一般，这直上直下的工夫，就可把人折腾半死。

　　先坐直通车上到整条沟的制高点——原始森林。这可真是个糊弄人的地方，除了树便是树，论起来又比不上热带雨林的富饶和多姿。

多是杉、松和柏这样针叶的植物，也有榉树、槭树、栗子树，大多相貌平平。只一种叫红桦的很是奇特，皮子像蝉蜕过的一般，这样一层一层长上来，似乎长一道年轮便要褪一层皮，就这么痛苦地成长起来。更奇的是树干如涂了血般殷红，那蜕皮便成为一种带血的祭献了。

　　走下原始森林，便全靠两只脚踩遍沟里一百零八个海子了。这是腿脚灵便的，且还耐力好的人，换了我这样的，只走马观花，说不得半道还要乘上一段返程汽车。那九寨沟最美的是水，世所公认，我来之前看广告片，见那水美得竟是五彩斑斓，自也是一见倾心。那天却是积雨云飘忽，一时把阳光遮住了，五彩颜色便出不来。我是懒，先生是有耐心，于是就坐在海子边上等，等那大块大块的云散去，惊艳的时刻便到了。水是真的清，远远近近的，深深浅浅翡翠的颜色，山水有倒影，便是镜子。那是叫人不得不爱、不叹、不心仪的，自是只有天堂才得见的奇景，因人间早已经稀了，绝了。大大小小的瀑布也见着几个，其中一个，据说曾入了《西游记》的镜头的。那飞瀑溅起水珠，如珠如玉，故得了名就叫珍珠滩瀑布。更有叫盆景滩的，很是应景儿，果见一小撮一小撮的灌木浮在潺潺的流水上，小巧得可爱，使那传说又变成了童话。在80年代的老电影《自古英雄出少年》取景的磨坊前留影，抚着那转经筒，水流都成了刻在岁月上的经文。

　　这一日下来，腿脚僵直，肌肉似乎都是蜷着的。先生连说，一日确是足够，那二次进沟的，不是凡人。当晚随的哥去九寨天堂剧场，看藏羌族的兄弟姐妹们载歌载舞，先生又说，真不错的，可以上春晚。那布景也是美轮美奂，烟火、喷泉、追光灯眼花缭乱。进门先奉上一条洁白的哈达，跟你道一声"扎西德勒"，这是礼节；谢了幕就把舞台一劈两半，围着中间的大火堆不分演员、观众、男女老少地唱歌跳舞，这是狂欢。论起来，张艺谋导的几个"印象"也看过，皆不如这个实在，实在的精彩。所以说艺术家能不能实在一点做人呢？实在的东西观众心里总是有数的。

第二天去黄龙，沿着那条新近才竣工的"著名的安徽援建"的公路，攀上了四千多米的高原。观景台上风景如画，那辽阔的天幕在云堆雪积的峰上缥缈着，风和阳光都是凛冽的，让你晓得，那藏人脸上高原红的基调便是这风和阳光了，那是别处绝无可能复制的颜色。路上还须特别一提的是，先生忽然尿急，吩咐的哥去近处的加油站行个方便。偏加油站厕所维修，难为了先生。的哥说我带你去藏人家的厕所。于是就驱车去了。到门前方知那"藏人"就是专卖藏药的人。只见藏人身前柜台上摆满了老参、鹿茸、虫草、贝母，又有一男一女两个年轻人在那讨价还价。先生立时就有了上当的感觉。

从厕所出来时先生兀自嘀咕不休：此乃一泡金尿也，一泡尿撒去老子四千多块啊。

这时咱们的包里已然多了九克虫草和两朵藏红花，统共不够一巴掌握住的东西。的哥说，这都是再实惠不过的价钱，故藏人纯朴。先生说，实惠不实惠，咱也辨不出，故藏人叵测。

这是一桩笑话，倒把黄龙的美景给耽搁了。也是头日里咱透支了体力的缘故，这一路上山下山，再提不起兴趣，勉强坐了索道，一步一挨挪到五彩池，也只摆了 pose 照几张相片草草了事。那水是好的，也如翡翠，如水晶，从天堂飞落一般浮在山洼里；钙化池也壮观，亿万年由着水流那么刀削斧砍下来，目睹了人间一切兴衰，曾经沧海难为水的样子。只是，天冷，身子乏，心里还惦记着四千块钱的一泡尿，到底兴致提不起来了。

第四辑
为悦读

对于读书这个问题，我很羞愧，因为打小除了读童话之外，只读武侠小说。我没有受过多少文史哲训练，也就是说没有幼功，所以二十五岁之后攻读研究生的时候，几乎是一穷二白起步。三十岁遭遇人生重大转折，然有道是"失之东隅，收之桑榆"，青春不再，总要从岁月里收获点东西才对得起自己。人生苦短，挤一点时间读书吧！

关于《平凡的世界》

　　据说路遥写这本书的时候案上摆的是巴尔扎克、托尔斯泰之流，所以一不留神就写出了百万巨著。我特仰慕这种人，如果是我，就是摆上耶稣和穆罕默德也憋不出来这么神奇的东西。所以我不配采摘文学的果实，我顶多看人栽树、培土、施肥、修枝，那硕果是人家的，我不眼红。

　　我只谈谈我的一点感想吧。

　　重读这本书是很多年以后了，这时候我们的物质生活已经极大丰富起来，穿当季流行的时装，吃几百块一碗的鲍翅，出门开四个轮子的小汽车，动辄拿多少处房产说事儿。但这时我发现自己的情感变得更加脆弱而不是坚强，我需要更多精神的支撑而不是自足地圆满着。读这本书的时候，看到那种生活的赤贫纠结，那种人格的坚忍强健，我会流泪，心疼，咬牙唏嘘，诅咒自己的虚荣和对虚荣的放纵。我想我是一个多么幸福的人啊，过着这么美气的日子，不是在连一条没有补丁的裤子都穿不起的黄土高原上放羊或者营务贫瘠的庄稼。这么好的条件下我们要做点什么才对得起自己呢？反思，沉重反思。

　　不记得多少次被这朴素的文字打动而眼窝子发热，真是敬佩这农民的文字，完全可以用经典和不朽来形容它的力量！与现在技术性痕迹很重的现代派小说相比，它的质地正如那片橙黄的土地。我曾经在陕西的黄土高原上"打酱油"路过，只那短暂的惊鸿一瞥式的接触，足够让我触目惊心，这样的土地上能繁衍的恐怕只能是贫穷，而在这片土地上繁衍生命的人们得有多大的勇气和能耐啊！

喜欢它对告别的悠婉叙述："别了，童年，别了，我童年的小伙伴；别了，我的青草坪，别了，我的马兰花……即使有一天我要远走他乡，但愿我还能在梦中回到这片洒过我的欢乐和伤心泪水的地方！"我有过这样的"童年"吗？我不确定。这甚至让我对自己很恼火，因为我感觉自己的生命质量不够厚重，我把它归结为我们这代人的虚无苦恼。有时候太舒服的生活关照让我们的精神世界短路，我们不知人间疾苦之余还难解心中的莫名忧伤。

也喜欢它对生活做出的深刻而不矫情的总结："人世间多少阴差阳错的悲剧在如此上演，但这不能简单地归结为一个人的命运，而常常是当时社会的各种矛盾所造成的，你没有心思从根本上检讨自己的不幸，只是悲叹自己的命运不好。"在那种条件下成长的孩子，我指物质赤贫，还有底层阶级的思想囿限，一个农民的孩子，有多少改变自己命运的卓识远见？但他有！所以写完这个，42岁翘辫子了。我得说是天妒英才。从此我得郑重思考我的命运，如果我的命运不好，是我没有解决好我的社会矛盾，命运朝我冷笑是命中应有之义。

这本书其实应该早一点看，十七八岁将成人、二十岁出头想闯荡的时候，那时候读这个解乏，你会知道人生是这么一种意义，七灾八难都不算什么，走过这个才能走到圆满，哪怕是不那么圆满的人生，也值了。像我这样的，自以为人生观、价值观什么都基本定型的中老年妇女，再来读，也有好处，起码精益求精再打磨一番。对着生活之流，有时候人会麻木，这书能调动起你的情感和情绪，知道要好好过日子，不管还剩下多少日子，努力打闹着总没有错。

除此之外，这书中还有好些个原生态的语汇，毛茸茸的质感，

第四辑　为悦读

相当给力，比如"强人"的"悍性"，比如"烂包"的"光景日月"，比如，"骚上一段杨柳情（杨柳是很多情的，但是把'骚'和'情'连起来读是另一种味道，当杨柳依依由多情变成骚情，便是乡下人和城里人的分别了。说实话，城里人对语言的感知力逊色得多）"；比如，"怎？把他的！（这是一句很有意思的话，读起来酣畅淋漓，每当人物遇上个什么高兴事或者倒霉事都喜欢用这三个字结束他们的亢奋，农民的璞玉之质尽显其中）"；比如，"你他妈装死狗，叫老娘和三个你嫩妈吃风屙屁啊！（嘴笑歪了，'三个嫩妈'是指那老小子的三个女儿，他老婆是很有语言天分的人，骂架水平之高无人敢掠其缨）"。你会觉得农民的想象力其实是很无羁的，除了专注于生活之外，他们也很搞笑。

必须承认，读这部书，心灵被狠狠地撞击着，这也许就是那种"用生命和灵魂来抒写"的作品。我的导师达敏先生在一部理论专著里说写作的人分三个水平，下等的用文字和技巧写东西（这种估计叫写手，我年轻的时候觉着这层次就老好了，认为码字儿无非是让自己快乐，翻江倒海写点什么发泄一下快感也好，当然能赚点稿费就更好了）；中等的用思想和智慧写文章（年纪大一点我开始想着朝这方面努力，但说实话努力到这儿已经吭哧喘息、疲惫不堪）；上等的作品，必须用生命和灵魂来抒写（这高度，难了心了，我一个讲究吃喝穿戴，沉湎于现世欢乐，小内裤都恨不得印上 hello kitty 的人，恐怕此生难以企及）。尽管我导师口气很大，他断言中国现当代文学史上无有上等佳作，因为中国没有马尔克斯那样的人才。但我以为《百年孤独》也不过就是神神道道莫名其妙，魔幻现实主义是吧，预言？寓言？中国人怎么能不读中国人写的书呢？我觉得一本能让你哭，哭完之后沉思，沉思之后自觉变得伟大的书应该就算是"上等"了。《平凡的世界》算一本。"痛苦怎么能白白忍受呢？它应该让我们更伟大！"儿子长成时，要让他读一读这文字，告诉他，什么是男子汉。我当然养不出孙少平那样的儿子，我给予孩子缺乏苦难的生活（这也使我欣慰，毕竟让孩子熬煎不是我的初衷，我只是愿意看到他像个真正的男子汉那般成长），但我同时还要帮助他构筑起强大的精神世界。当然，首先我要使自己足够强大。

关于《先斟满自己的杯子》

　　2011 年的第一场雪在这个下午无声飘落，起初只是细碎的小末儿，不留心几乎寻不着痕迹，渐渐频密了，恍如纷乱的柳絮，飘飘扬扬，在铁灰色的天空下舞蹈起来。我站在十八楼尚且温暖干燥的卧室里俯视这因为冬季的寥落而显得几分静谧的大地，不良的空气质量让极目之处昏昧蒙尘。这是这个季节惯常的风景，荒凉，受尽北风挞伐的样子。犹如此，还是要带上一颗感恩的心，正如我们的祈祷：神啊，请你赐予我恩慈，接受我不能改变的；请你赐予我勇气，改变我能够改变的；并请你赐予我智慧，有能力分辨它们。金韵蓉在《先斟满自己的杯子》这本书里有一个关键词，"悦纳"，这正是我们面对生命时所能做的适当选择。充满喜悦地接纳生命中所有的悲喜与盈缺，如果你还没有从放纵的情绪中找回自己，请跟我默念。

　　从阅读第一本有关女性身心放松训练的书（至今我仍然很感谢一个叫张德芬的台湾女人，她的《遇到心想事成的自己》帮助我有勇气和信心挣脱画地为牢的身体和情绪，相信我们身心的小宇宙与自然宇宙之间存在着某种频谱相依的神秘关联，当我们开心时，会吸引相同频率的正面能量，而我们不开心时，物理能量场中的负面能量就猛身而上，像磁石吸附它的同类一样，我们的身体做出了"好"与"坏"的决定，造成我们"幸运"或"不幸"的命运，所以我们自己就是那只令人敬畏的上帝之手）开始，我注意到事实与情绪之间的微妙联系。以后在心理学课程的学习当中，我更加理性地认识到，事实就是事实，没有好坏之分，好与坏的分别在于我们对此施与了情绪的影响。所以，对于生活的馈赠，好的与坏的，"悦纳"是唯一让我们坦然宁静的方法。

用两天时间读完这本并不艰涩的轻读物，其中很多道理，作为一个跨过而立之年的女人，已经一早就了然于胸，然而我还是相信开卷有益，起码我分享了另一个优秀女性的心情和智慧。我相信"学习不应该是知识的堆积，而是滋养生命的养分"，相信在"工具性消费"很大程度上让位于"情绪性消费"的今天，我们有理由让自己变得更可爱而富有情趣（之前，尽管我知道某些消费的区别性意义，但从未有意识地去定义它们，读金韵蓉之后我能精准地表述那些以单纯消费某种功能为目的"工具性消费"和消费特定情境为目的"情绪性消费"的消费行为，从而为自己爱臭美、爱小资情调、爱华而不实、有钱买个我愿意的消费行为找到合理解释，纾解罪恶感。比如同等质量的餐巾纸，我宁愿花费 1.5 倍的价钱去买一包印有 Ddung 娃娃的限量版，典型的买椟还珠，一准被坚持传统消费习惯的父辈骂为败家），也相信 BQ（Beauty Quotient，中文为"美丽商数"，或"美学商数"，金韵蓉认为一个完整的美丽商数至少包含三个 B，即除 Beauty Q 之外，还涉及 Brain Q 和 Behavior Q，有头脑，有修养，这样的美丽才是一个女人的魅力体现，这个表述很经典）对于一个女人的重要意义，相信卖火柴的小女孩不必选择在卖不出火柴之后冻死在圣诞夜里（金韵蓉在最后一篇文章里引用了吴淡如的一段话，说，好好过日子的女人一定可以在卖不出火柴的时候找到其他活下去的办法。这种新奇的说法很使我震动，我以前从没有想过卖火柴的小女孩可以有另外一种结局，是啊，安徒生欺骗了我们，好像非童话才是童话的本质）……所有这些都不过表明，现代女人，有能力，并且应该，对自己负责。

关于《时间简史》

　　读霍金的书对于我来说过于艰深了些，尽管这顶多算是一本科普读物。必须承认我在宇宙科学领域的无知，很多概念我闻所未闻，比如我要靠查字典去理解"拓扑""耦合／去耦"和"熵"等等这些刻薄的玩意儿。我不懂过程，但对于一些结果表示浓厚的兴趣，比如在摩天大楼上生活的人比在平房里过日子的人早衰，因为引力让时光的频谱改变了，上边看下边发生的事都显得那么慢；还有黑洞不是一个洞，它是质量极大的暗恒星，站在上面人会因为脚部受到的引力大于头部受到的引力而被生生撕裂，这些东西我都记忆深刻。也许对于我来说，有趣就足够了。

　　我不是很理解霍金说的每一句话（要是我没理解错，大概时间只是另一种形式的空间，所谓四维，就是长、宽、高加时间刻度，这才是完整的空间概念，到了书的结尾部分居然还出现了十维和二十六维的时空，简直让我精神分裂），我也没有太多的时间和精力去深刻理解。一方面这是一个永远无法令我感到骄傲的领域，另一方面并没有太多的人对此有深入的兴趣，我愿意安全地待在大多数里，尽管据说每 750 人中就有一个人拥有一部《时间简史》，但我相信他们都和我一样无知，或拥有相差无几的无知。唉，人活到这样无赖的境界也可算人间瑰宝了。不管怎么说，这本书带给我们一些日常经验以外的知识，我们知道认识世界有另一条道路，这很奇妙，我们开心不已，人生开卷有益。我想起了《万物生长》里白教授的精辟见解：你可以忘掉，但是不可以不读书，即使你读过忘掉了，也比根本没读过强，这就好像吃东西，吃过，拉掉了，跟什么都没吃比起来，就是两码事。所以那些你忘掉的东西，就当它是垃圾拉掉好了，剩下的才是精华，都留在你身体里面了，那是人文关怀，是科学素养，是人生修为。

很高兴看到"人存原理"（该原理可解释为："我们看到的宇宙之所以如此，乃是因为我们的存在。"即我们之所以看到宇宙是现在这个样子，是因为如果它不是这样的话，我们就不会在这里去观察它）这条定理，据此我们可以认为，我们之所以是现在这个样子，是因为如果我们不是这样的话，我们就不会存在。这真是一条伟大的定理。这解释了我之所以这么无能无赖地活着而并不感到特别难受的原因，并且它极具推广价值，每个人（哪怕是一坨垃圾）都能从中得到价值感而肯定自己的存在。

我饶有兴致地阅读了关于时空旅行的段落，在此之前我早就确信，如果具备特定的工具，例如超光速的航天器，人们可以在时空中做任意穿梭，回到过去以及抵达未来。根据广义相对论，这在理论上完全可行。可惜迄今为止，按照霍金的说法，我们只可以将粒子加速到光速的 99.99%，而不能更快一些，所以这种旅行只能以遗憾告终。另一种方法是利用虫洞直接抵达另外时空，在此模型中我们可以想象时空曲率正好合适到可以作垂直穿梭的程度，也就是科幻片中的时空隧道。这谁都没见过，也只能是一种理论的，或者想象的可行。况且即使是理论上的可行，这其中也存在无法圆满解释的悖论，比如"杀死祖父"。结果出现了历史的选择性假说（解决时间旅行佯谬的一种方法是假定存在选择历史整个系列，它们在某些关键事件处相互分叉，所以当时间旅行者回到过去，他就进入了和记载的历史不同的另外历史中去，在这种情况下，如果"我"杀死了"我"的祖父，"我"当然可能以另外的繁衍形式出现，但最终"我"不可能杀死全部历史链条中那个不确定的祖父，使"我"不出现），这是一个创举。但它还是无法解释如果我回到过去，遇上另一个时段的"我"时，我和"我"以什么形式出现。究竟我是镜像，还是"我"是镜像？这两者中必有一个为虚我。思考到这我越来越兴奋，仿佛我已经能看见那个在暗处窥伺我的虚我。她从未来而来，而我往未来而去。虽然我并不能知道她未来的样貌，但她却与我息息相通，并且因此给予我不朽的感觉。如果有一日我将死去，似乎也并不是一件可怕的事情，因为"我"随时活着。

关于《人性的弱点》

　　在潜意识中，对"成功训练"这些玩意儿向来抵触，概因我本身就是那种没有成功特质的人，练或者不练，就是这么一堆儿。最近因为新买了一大堆乱七八糟的书，书商就白送了这么一本畅销书。我觉得这个便宜可以占一占。

　　入眼先看目录，大体还是那一套为人处世的所谓金言警句。说老实话，并无闪光之处，好像每一本励志训练的书都这么三板斧。耐下心去读，倒也有一些收获，因为它不是光说理，有时候也说故事，动情处还楚楚撩人。看到《父亲备忘录》的时候泪腺一涌一涌的，初为人母所以儿女情长，觉得卡耐基这老头有点意思。后来还读到感恩，读到与人为善、助人为乐，这些都是我们生命中本该存在的美德，不值得特别渲染和强调，可是我们当中能够像书中人物那样真正做到的却并不多——卡耐基有一对贫困的农民父母，举家负债的时候还不忘挤出一点可怜的俭省下来的物资去资助附近的孤儿院，而这项资助是长期的，从卡耐基还是一无所知的小孩子的时候一直到老两口有了一个功成名就的儿子，这儿子把自己赚得的钱拿来孝敬没享什么福的老头老太太，但是他们仍然坚持将所有的孝资奉献出来，因为他们觉得他们已经足够供给自己的生活，而应当把这些钱送给更需要它的人。无语了，我承认卡耐基的成功是无与伦比的，不是因为他够精明够能干，而是人格蓄养中保有幼功，那样一对父母不可能养出失败的儿子!

我开始反思我的人生,我从没有真正努力关心过与我有切身关系的人以外的人们,即使偶尔施赠予悲悯,亦不过是一时所动,兴之所至而已。我们往往没有那么博大的胸怀,把与己无关的人拉进我们关注的视线。但是从现在开始我想我要做一些事,我会努力关心与己无关而需要帮助的人,为自己设定一些助人的目标,让自己在平凡之余却不失崇高,因为我想内心更加平安快乐,我想帮助我的孩子开启感恩和助人的心智。

生活并不像我们想象的那么枯燥和困难,关键在于你"从滑稽的一面看待它"。据说经济大萧条时,很多寡妇就是靠一美分一美分地兜售家制小饼干,养活了一家大小,甚至开起了连锁作坊。她们在学校门口和蔼可亲地向小学生推出自己制作的卫生而价廉物美的小饼干,一分钱一块饼干,既从中获得了乐趣,又得到了足以维生的家用。所以你看,既然一个寡妇都能够生活得很有趣味,我们有什么理由不积极地看待生活呢?并不十分忧惧,也不盲目乐观,安静地思考人生的远景(如《圣经》所言,要安静,便可知道我就是神),更要全心全意活好每一天。任何时候,做好你自己,并且向每一个黎明致敬:

> 看着这天!
> 因为它就是生命,生命中的生命。
> 在它短短的时间里,
> 储存着你所有的变化与现实:
> 生长的福佑,
> 行动的荣耀,
> 成就的辉煌。
> 因为昨天不过是一场梦,

而明天只是一个幻影，

但是活在很好的今天，

却能使每一个昨天都是一个快乐的梦，

每一个明天都是希望的幻影。

所以，好好把握这一天吧，

这就是你对黎明的敬礼。

　　　　——印度戏剧家卡里达莎《向黎明致敬》

关于《潜规则》

吴思这个人很有深度，写过《血酬定律》，1998 年首次提出了"潜规则"这个概念，被誉为"潜规则概念之父"。他研究的这些东西，光听题目就让人振奋，历史能从这么一个切口去解读，这是一种什么眼光？这是一种什么思想？这些年总听说某某被潜规则了，听着既暧昧又幽怨，还野趣横生，就以为这该是个源远流长的词儿，只是最近被重新发掘罢了。没想到是个生造的东西，有好事的给翻译到国外去，就是"Hidden Rules"。

如果说"潜规则"是规则背后的规则，那么规则前面还有一个"元规则"，吴思管这个用来规定规则的规则叫"暴力最强者说了算"。一语中的。从此官本位的合法伤害权得以垄断天下，如果你是官，你伤害别人的权力是非常大的。所谓"身怀利器，杀心自起"，说的就是这个了。当官属于风险很低，但是收益还好的行当，所以有的人喜欢当官，他不是人民的公仆，他是百姓的父母。而老百姓对于这种伤害的抵抗成本非常高，还必须冒着随时掉脑袋的高风险。所以"鱼肉百姓"这个词儿不是白来的，官就是干这个的，老百姓就是这么被干的，一切只是游戏规则的应有之义。

但你不能说这个民族道德真空了，这个民族有他运行的特殊规制，元规则、表面的堂皇的规则以及潜规则，各行其道各司其职，皆属行军必备。其背后人类学意义上的灾难总以一种轮回的形式（历史兴衰，朝代更替）出现，这表现出了规则结构的稳定和永生。从鲁迅开始的国民性批判，再过多少年仍会继续。其实也不独独是中国的历史，比如近年来最典型最好玩最让人津津乐道的莫过于韩国某某女星又被潜规则了。说的人和被说的人都不太当回事，因为它是一种存在，还是普遍的予以接受的存在，谁会在乎每天吃饭、大便这种事呢。或许你要说人性如此？那么就是如此吧。基本上在社会化的情况下，你不能阻挡资源和权力的分肥，从而必然导致一部分占有资源和权力的人合法地伤害别人并掠夺更多的资源与权力。此乃天之道，损不足以奉有余。

《摆平违规者》一文特别精彩，它说的其实是一个"和谐"的问题。潜规则一词既出，就表明它是某一范围之内人人必须遵守的白纸黑字之外的隐性规制，不管是伤害别人的，还是被别人伤害的，你都必须服从这个网络结构的大局。比如这一行的行规是贿银 3000 两，你狮子大开口要 5000、10000，这就非常危险了。因为你的权力只值 3000 两，在这个数之内你吃了也就吃了，没人妒忌你，揭发你，攻击你，但是超过这个边际就是违规，你大祸临头的日子就不远了。所以潜规则的核心是"和谐"，它必须保证双方基本关系的维系，对于被伤害的一方来说，能忍也就忍了，伤害的一方应在限度之内合法地实施伤害权，否则一旦这种关系被打破，那是引火烧身自取灭亡。

《崇祯死弯》也有趣，你得用现代统计学、管理学的边际分析法去理解这个 U 形弯。我说不过吴思，但我知道"边际"是个很微妙的东西，边际收入、边际成本、边际利润这些玩意儿它都有意思，多少多少是个顶儿，多少多少是个底儿，我们传统文化里说的"进退有度""秾纤合度"的"度"就是这个东西。现代人读史必须找准点，所谓一切历史都是现代史，所谓重要的不是历史叙述的年代而是叙述历史的年代，所以找到一个新鲜剀切的"点"是很不容易的，否则你埋到故纸堆里只能是堆砌历史，这是大家鄙夷学院派的根本原因。

大体上吴思研究的是明史，引经据典多从那个朝代下手，他的意思我这样理解：潜规则的根基是人性，苛政只是引信，所以各朝各代改换门庭总是从前朝的苛政开始，至后朝的苛政结束，中间人们觉醒一次，起来反抗一次，推翻政府一次，然后由另一个政府接手再糊弄一次，变本加厉，不得不再觉醒了，反抗，推翻，如此循环往复（吴思管这叫"正义的边界总要老"，关于正义边界衰老的问题，这么看来其实是一种瓜熟蒂落的自然现象）。但是关于潜规则的运用，现代人不如古代人。比如清朝的时候，地方官向京官行贿，按规矩先要去琉璃厂的字画古董店问路。这里边有学问，有高雅不俗的文化底蕴。古时候送礼没现在这么不要脸的，直接送现金，含蓄一点的送现金卡，不管送什么，怎么送，都叫送礼，或者红包，语言贫乏，表述无力。历史上人家那是有文化积淀的，界门纲目科属种分明，什么"三节两寿"，什么"程仪""别敬"，什么"门敬跟敬碳敬冰敬瓜敬"。所以说中国的传统文化从 20 世纪断裂是有根据的，现代人干的活还是这活，但是脸皮厚，技术性差，丢脸，俗。人性没变，但是活儿越来越糙了，不忍卒"睹"啊。

最后吴思给了"潜规则"一个定义，啪啪啪啪多少条这么一列，相当有范儿。这个定义它其实不是好东西，它使本来很有味道的东西变味儿了，如果没有定义我们可以把这个东西的疆界任意扩大和缩小，完全在我们自己的思维度里驰骋，照任何有利于我们阐述和行动的解去求解。那会更有意思。但吴思说他其实也是勉为其难，被人逼的，因为媒体把"潜规则概念之父"的帽子丢给他，他必须站出来说点什么，权当抛砖引玉。我就照着吴思的方法去理解潜规则，发现他提到的而我没有想到的一点，就是它有益于降低人际间的冲突和交易成本。这很重要，我以为有了这一点大家就没法无视和鄙视潜规则了。想想看确实，该潜规则的时候你如果不潜规则，活该你死得很惨。比如原来可以我得也可以你得的一个大好机会，我潜下去了，你二，你不潜，这个机会就我得了。表面上看，我向潜规则屈服，我送礼我拍马屁我成了冤大头，但经过换算，这笔打入整个人生的经营成本后来会得到特别高的收益，单位成本其实是很低的。所以只要是不二的人，都得走潜规则，这才是颠扑不破的真理。历史的车轮滚滚而来，从不以任何人的意志为转移，它有那么一套天煞的内部规制，你抗着？找死啊！

吴思是一个真正的公共知识分子，每一个条缕分明的案例解析都做到了绝对的振聋发聩。"雷锋叔叔不在了"，这句与"上帝死了"同样文采斐然的精神论断，的确终结了一个时代的人与人心。吴思为我们提供了一把刀，一个案板，一副骨架。尸检结束时我们发现那是我们自己，就是看笑话的这阵工夫，我们把自己解剖了。这是人生的杯具吗？还是纯粹的文字游戏？不管哪一样都足以使我们对历史规律产生敬畏。游戏是历史的应有之义，对照每一段人生，你很难不对生灵发出叹息。

关于《爱你就像爱生病》

　　庄雅婷，挺有名的一博主，这姐们儿言必称"哥们儿我"，有时候嘚瑟起来就以女流氓自居。看过她的一本《那些有伤的年轻人》，再倒回去看《爱你就像爱生病》。读庄老可以不讲顺序，因为没有顺序可言，翻开书哗哗哗直接跳到《多情贱客无情贱》，雷倒了。喷饭兼喷泪。对于那些仗贱闯天涯的人，一直特别佩服，要有多深的受虐情结才有那么贱呐。当年遇到这样的贱人，发誓要跟全世界为敌才过得了自己这关，因为他的贱让你不能忍受，结果你不自虐的话根本活不下去——到底是什么造成了双贱合璧，这个问题一直困扰了我很多年。结果我承认庄雅婷引用的那句名人名言（她一姐们儿的话）无比正确："女流氓是文艺女青年的天花，每一个人到了这么个阶段都得出一回，之后终身免疫。"我当女流氓那会儿，自己都以为自己必死无疑了，特分裂，对从良以后当贤妻良母这回事儿压根想也不敢想。谁知路漫漫其修远兮，还横竖颠倒、左右纵横让我给走过来了，所以说时间和心境这玩意儿它神奇诡谲无与伦比。再有小姑奶奶问我，您年轻的时候怎么就要上流氓了呢？我得说，谁还不是练出来的。再往后，就都是圣母玛利亚了。

　　看得出来，写这本书的时候，庄老正跟自己拧巴着。《伤城记》太伤感，难得地甩掉了一以贯之成就她文字风范的那种女流氓气，读得我嗖嗖直抽冷子，叹息啊，为女人的内伤之深重。她把自己喻为女巫，在《伤心号街车》里，由于被下了诅咒，终身困在伤心镇无法离开，因为她，永远也，无法、忘记、他。到底女人是女人，不能是任何其他一种简单一点不那么找抽的生物，所以注定的，叹息吧。我真是庆幸去沈园的时候不是一个人，也没意识到陆游和唐婉表妹邂逅在那照壁下有缘无分或者有分而缘尽的哀伤，什么错什么莫什么难什么瞒，我压根没那条神经。记得走的路线好像也是逛完鲁迅他们家直接就奔了老沈家，绍兴太小巧，就那么些地方。不同的是我心闲，且犯不着跟自个儿找惆怅，没有越思量越浓得化不开，所以也不觉得曾是惊鸿照影来，只记得在孔乙己小店排队等座儿吃茴香豆。那夜雨很大，乌篷船顶油亮油亮的，身边人高高大大，撑一把伞（我姑且想象它是油纸伞，其实是那种最廉价的尼龙三折伞），路过青石拱的小桥。身上湿透，心还暖着。

恋上你不一般的才情，比如，"为什么不在巴黎建设共产主义呢？不是不能，是没必要。为什么不在苏黎世建设共产主义呢？不是不能，是太可惜了"；比如，"看多了名人传记才知道自己从小被蒙蔽了，或者说，其实自己吓自己。人总归要乱搞的，为什么他们的乱搞，叫传奇？"；比如，"阴天，在不开灯的房间，潮湿得让人想骑上暖气片。晴天，轻蔑地望着电油汀，对它说你也有今天。"多么充满异次元哲理的小文字，只有你这样混在北京的文学女流氓写得出。如你所说，不管名人，还是出不了名的人，"人生总归要出老千的"，心胸要宽广，要没心没肺，就算练成了。还有好多好多经典牛气的话，说不下了，就不费劲说了，看这书本来是轻阅读，搞到后来要不断研究踅摸，可把我累坏了，这么着的话我发觉我中了你的套，你要以自己拧巴的历史教训使我们也拧巴起来。不不不，我们要吃喝玩乐团结紧张严肃活泼，我们不要思考哲学的终极问题，哪怕是用生活杂碎伪装起来的问题（诸如"活着不过是对死去的等待，所以随便活一下就算了，这和在牙医门口排队等号，顺手拿本时尚杂志看看打发时间没什么两样。"这种话看多了的结果是，直接让你颓了）。最后仿庄老的文格总结一下：多么好玩的人生哇？多么拧巴的岁月哇？怎么不心平气和呢！怎么不惜时如金呢！就这么倏地一下，我们都老了，只要你想，何妨啪啪抽他几个大嘴巴子，然后喝一杯茄汁椒盐伏特加，我们管这叫 Bloody Mary。

关于《拆掉思维里的墙》

Fuck you! that is me, anyway！

就让我从这句话开始吧。古典，新东方学校一名普通的词汇培训师，他摩拳擦掌信誓旦旦准备帮助我们当中 30% 的人拆除我们思维里的墙了。我承认，这是一个优秀的年轻人，他说的好多话我们都似曾相识，但未必这么深入地思考下去。"成长，长成为自己的样子。"我们应当相信，独特的我，能够获得独特的成功。况且，就算不成功又怎么样？特蕾莎修女说："上帝不是要你成功，他只是要你尝试。"我喜欢这句话，它让我对成功有了另一层理解——假如我面对了，我已经获得我人生中的成功；别人，或者我们口中所说的，社会的认同，其实倒只是不重要的附加值。

古典说，你应当多看一些干净明亮的书籍，这样，你也会跟着变得干净明亮起来。我觉得这是一个剀切中肯的建议，我尤其是一个容易被我所看到的东西左右情绪的人。事实上我总是不自觉地沉浸到我所喜欢阅读的书本中去，愿意跟作者一起经历我们共同的丰沛与敏感。所以，阅读干净明亮的书籍，对改善情绪很重要。

古典说，千万不要相信"是金子总会发光"这句话。这句话会害死你。是的，比起那些闪闪发光的呈于众人面前的金子，更多的金子蕴藏在沙土和矿石里，它们不但不可能发光，甚至不可能被任何人看见。所以，即使是金子，你的常态也只能是，不发光！听起来让人沮丧不是吗？事实上这撩开动人面纱的刻薄一笔正是你的良药。如果你是金子，你要做的事情就是找到让自己发光的方法，被挖掘，被痛苦地碾磨、冲刷、淬炼、抛光，直到熔去身上所有的杂质（那些不好的习惯和污点），你才有资格发光，这时的你才是真正有价值的。

还需要怨天尤人吗？还觉得怀才不遇吗？你之所以被现在这样对待，其实真的很公平。

古典还说了一套很玄的心智模式，win-win（双赢），win-lose（输赢），lose-lose（双输），我觉得第三种模式最有中国特色，谁也别说谁卑鄙，卑鄙是公共财产。他说共赢只是一种理想假设，建立在"一、资源无穷大；二、不止一次的交易"的条件上。所以不能固守着一种模式，别太天真，有时候我们必须破釜沉舟鱼死网破地 PK，直接克死对方或者拥抱着一起赴死才行。无所谓对错，只有是否有效。我估计这就是"见人说人话，见鬼说鬼话"的市侩传统哲学的现代化版。唯有做到此，才能遇鬼杀鬼，遇佛杀佛。

古典当然还是一个年轻人，还没有完善地把自己的理论系统建构起来，比如他对"沉没成本模式"的片面否定，显然缺乏足够的说服力（所谓的 sunk cost effects 沉没成本效应指的是，对于已经损失的成本，人们往往不甘心就此放弃，因而继续追加投入，结果换回更重大的损失。大多数股民手中的股票就是这么被一步步套牢的。因此古典建议，对于那些已经变质的感情、专业或工作，应立即停止追加投入，这才是明智之举。但他忽略了人们用于弥补损失的追加成本取决于侥幸心态，即，他认为损失是可能被弥补的，如果明知损失会更大，则人们会立刻停止再投入。这说明，前途不明朗造成了人们的投机心理，沉没成本扩大化并不完全归咎于古典所说的"舍不得""自尊心过强"和"害怕损失"这些非理性，相反，人们相信继续投入会有 50% 的翻本概率这一理性支撑，所以你很难说究竟是坚持下去还是立刻放弃才是最好的选择）；再比如"等待成本"和"开始爱好者"的辩证关系，也前后充满了矛盾（按照古典的说法，生命不该等待，生命应当穿越，所以"等待"付出的代价将远远大于果断行动。但在同一章中，他又说那些很容易"开始"的人往往是冲动而不能对自己的行为负责的，所以如果你想开始一件事，你必须等一次，再等一次，再再等一次，等到确定自己不是冲动为止。那么如何确定你是在做必要的等待，还是在负责地开始呢？大家一头雾水）。但我还是喜欢这个年轻人，他肯做那么多深入的思考，本身就说明他很优秀。最后，感谢他提醒我，应当特别关注孩子 0~3 岁和 14~18 岁这两段时期，要多抽时间和他们在一起，哪怕错过任何东西，不要错过这时候的他们。因为前者是孩子基本性格养成的重要时期，而后者是他们世界观养成的关键时刻。如果你是一个母亲，你只有足够重视这两个时间段，才不会后悔，才不会发出终身的遗憾。谢谢古典。

关于《30 年后，你拿什么养活自己？》

　　说是顶级理财师给上班族的财富人生规划课，说是全亚洲加印122 次连续 192 周荣登畅销书榜的奇迹之作，说是许多人看过这本书后，恨不得重新活一遍！

　　结果中招了。

　　读上手觉得自己傻啊，一本书十几二十块，就能为你揭示只有富人才知道的秘密？！

　　当然还是有收获的，收获的价值在于立马把手头一间空置的房子装修了，租掉。浪费资产是可耻的，浪费资产增值的机会是不齿于人类的。瞧瞧我们都从中学会了什么？精于算计的人生，从 20 岁开始节衣缩食，为了 70 岁悠闲地享受夕阳做准备！真 ×× 的逻辑。我想起一个笑话。说一个流浪汉在沙滩上晒太阳，一个渔夫问他，你怎么年纪轻轻不学好呢，你得干活呀。流浪汉说干活是为了什么呢？渔夫说干活为了挣钱嘛，多简单的道理。流浪汉说挣钱又为了啥呢？渔夫说挣钱吃好的喝好的，想干吗就干吗，想不干活都行。流浪汉微笑，您以为我现在是在干吗呢？

　　所以说这本书很 ××，它说你得狗一样活，牛一样活，这么活上一辈子，你就能像猪一样享受最后的时光了。我这么好吃懒做的一人，当然不能让自己这么活上一辈子，那是对自己犯罪。当然首先，我仍要以严肃的态度反省自身是否有此书所指出的真正恶劣的地方——过度消费。确定地说，我没有。所以，我骄傲。我从不借贷，从不赖账，从不打下个月生活费的主意，我有两个钱只花零点五个。剩下一点五我捂着，能捂出小鸡仔你还别不信。故此本人三十余年来轻松搞定个人财务问题，虽不至发财，倒从未困顿过。至于我70岁的时候怎么办？尽管此书深入浅出、苦口婆心、旁征博引、罗里吧嗦一大堆未雨绸缪的必要性，我仍然相信，为了夕阳的辉煌而牺牲朝阳的灿烂，不是一个聪明人的做法。怎么就不能开好车了？怎么就不能住豪宅了？ 20岁有机会开好车你不开，等到70岁得雇司机开了吧？熬一辈子给人家过瘾呢。20岁有机会住好房子你不住，70岁跟人共享养老院是吧？也是，你独一个老家伙住栋大房子还真挺担心自个儿死了臭了都没人知道。

怎么说呢，归根结底这是一个人的价值观问题，你认为你的一生哪样活法才是有价值的呢？还真别拿30年后的赤贫来吓唬人。况且了，我不信20岁凭自己本事开上车住上房的家伙会蠢到70岁让自己居无定所食不果腹。碰到我这样的死硬派，深入浅出、苦口婆心、旁征博引、罗里吧嗦半天的作者算是白瞎。

关于《好妈妈胜过好老师》

我很幸运在小航航还懵懂的时候开始读尹建莉的这本教子手记，于是我知道我很重要，因为我的教育，孩子才变得优秀。"妈妈"这个伟大的称谓不是白白获得的，我承诺，我必须使我母亲的身份最淋漓、最有效地发挥它应有的作用。我觉得老尹说得太好了，我们应使孩子在他最初的人生旅程中有一段天使的经历，不让他感到卑微，认为自己生来只能是没有翅膀的凡人。我充分认同老尹，不是因为她是教育专家，而是因为她是一个成功的母亲。她的圆圆在两岁多的时候就知道在打针的时候安慰护士阿姨，"我不哭"；她的圆圆在十岁的时候就知道安然地接受最小、最差的那份水果，因为"如果我不吃这份，别的小朋友就会吃，总有一个人要分到不好的东西"；她的圆圆在参加高考、人人竞争意识强烈、恐怕别人的成绩超过自己的前夕，还不忘把自己辛苦总结的心得整理出来，让妈妈打印好，送给全班同学每人一份。这样的孩子，需要一个多么有心、多么有爱、多么有力量的妈妈才能教育出来啊！

我愿意做这样的妈妈，我致力做这样的妈妈。

爱是个很大的命题，从当母亲的那一天起，我就决定把这份爱好好地延续下去。所以感谢老尹为我们写了这本学习如何去爱的书。一个人不是因为生育了孩子，所以就成为父母；而是有能力去爱孩子，才可以当得父母。所以我们又要多么感谢这些天使一样的孩子啊，是他们让我们变得更美好，更完善，更有责任感。

特别鸣谢老尹给我提了个醒：多动症是个谎言！

以前读过一些心理学书籍，以为自己对 ADHD（Attention Deficit–Hyperactivity Disorder 注意力缺陷与多动障碍）还是比较了解的。其实我正是陷入了老尹所说的一个教育的误区。这个误区是个很致命、很阴损的大坑，足够坑坏一大批孩子，因为按照医学界的调研比例，我们的孩子至少有十分之一患有多动症！这些医学的、心理学的、神经学的专家可以拿出这样那样如山的铁证，证明我们的孩子脑部有器质性的病变，才导致他们上课不注意听讲，调皮捣蛋，往同学的铅笔盒里放毛毛虫或者在老师的屁股后面扮鬼脸。这些轻微的脑损伤是看不见的，但却是很严重的，严重到你必须花大价钱给孩子治这个病，必须花大价钱给孩子买这样那样的药，必须拿出开刀打针吊抗生素的气力来，坚决以科学的医疗方式把这个多动症拿下。很多孩子就这样被害了。很多家长就这样被坑了。我倒抽一口凉气，我知道如果我没读过这段儿的话，以我对心理学和病理学的迷信态度，肯定会把孩子的一些正常行为往 ADHD 上引，比如"活动过多，一刻不停"，比如"注意力不集中，容易分散"，比如"情绪变化迅速剧烈"，比如"必须立即满足要求、容易灰心丧气"……哪个孩子或多或少没这些"症状"呢？而这就是国家乃至国际儿童多动症的行为量表所列示的诊断标准！这是个震动教育界的医学谎言，大人们往往很容易接受，因为这样一来，无论是老师还是父母都能很轻松地把教育责任推卸掉，一切都可以归咎于弱小无助的孩子本身的问题，一把药片，一段行为矫正治疗，就是我们为这个可怜的孩子所做的全部了。后怕啊！暗道一声侥幸。医学研究的畸形生态环境与药商的叵测居心相互推波助澜，制造了我们身边大量的多动症儿童，让孩子受苦，让父母心疼，让教育缺席，让爱的基因产生变异。

这时候我想我家先生引用的一句名人名言倒真的在这里派上了用场，他说，知识越多越反动！谁说不是呢，村妇是不知道 ADHD 的，她们让她们的孩子很混沌地长在野地里，虽然距离文明比较遥远，但起码不用大把地吃哌醋甲脂利他林片。

关于《美丽笔记》

读金韵蓉很多次了，感觉这是个相当精致的女人。记不清读她的第一本书是在何时，又是怎样一本读物，心理秘籍？教子手记？还是关于美丽的时尚絮语？但属于她的一个词语，一个温润地闪着光的词汇，却依然牢固地嵌在我的脑海里，那就是——悦纳。她告诉我，你要悦纳自己，悦纳这个世界，悦纳你所拥有的，以及不能拥有的，一切。

我很高兴在我们的世界里，有这样一个优秀的女子，为我们做出榜样。这是一个女性群体的美好榜样，知性，有幽幽的、悠悠的内涵，并且绝不强势，她只是很温暖地、很女人地，装扮自己的典雅，秀给悦己者和己悦者看。没有一个男人不喜欢温暖的女子，即使他们都曾经倾慕年轻貌美的女人，但最终收服他们的，是这些或许并不年轻，也不够美艳，但是绝对温暖、绝对美好的女子。比如击败戴安娜的卡米拉。如果你相信查理斯王储既不瞎又不笨的话。间或你也可以想一想，小鱼儿和花无缺的爹，那个叫作玉郎江枫的家伙，怎么舍得移花宫两位绝代倾城的宫主，反钟情于一个小小的使婢？小鱼儿的妈叫什么？就连古龙的粉丝，如我，也不大记得，反正是"碧柔""若云"之类从内到外都让男人感觉柔软舒适的名字。

读金韵蓉，是一种在悠闲的下午品一杯茉莉花茶的感觉。你不能寄望于犀利深刻或者紧张激荡的阅读快感，她只能给你平静的微笑，而这微笑在喧嚣尘上的欲望都市是很难得的，尤其是，她并不要求你逃避欲望。她甚至帮助你装饰你的欲望。在金韵蓉的体系里，如果我能够称之为"体系"的话，美是天然的，同时也是雕饰的。她作为芳香理疗师和时尚杂志的撰稿人，完全有理由追逐表面的浮华而无视深刻。但不深刻并不代表肤浅，正如不在黑道混也不一定就是白道一样。我们的时空里存在一种可以同任何颜色相匹配的色彩，存在一种可以与任何声部都共鸣的音符，用时尚的语汇说，就是百搭。所以不管你是深刻的人，还是肤浅的人，你都可以读一读金韵蓉，读一读她性灵的文字，以及精致优雅的生活态度。正如她九十岁高龄的老师，必精心地敷脸才肯入睡，必着美丽的服装才肯走出卧室一样，美丽其实就是一种态度。你我都不能不钦佩她们对待美丽的态度，纵然我们不可能做到，但作为女人，我们难免心生痒痒的翅膀。试想一个如此认真地对待自己的美丽的女人，能不美丽到一百岁？

　　所以，纵然有些道理是我们都知道的，也不妨从新的角度、以新的方式，再读一遍。你不去整形，但是可以化妆，你不化妆，也可以换换新衣服，就算不换新衣，还可以在镜前抿一抿鬓发，可以在草地上闻一闻花香……这都是女人对美丽的态度啊。

　　以此书中的温暖和优雅，与天下女子共勉，并请同喊出独属于我们的口号吧！

关于《沧浪之水》

有一天我说我要读一读阎真的《沧浪之水》，我想看看做官的人是怎么做人的。一个不想做官、并且做不了官的人，去读官场小说，这里的欲望只能根植在"窥探"两个字上。看了之后我觉得这本十年前流行的书放到现在也不过气，因为它的哲学精神摆在那里，再没有比这更深奥又更简单的道理了，生存的道理。池大为的体悟是，"世上没有比钱更浅薄的东西了，可也没有比钱更深刻的东西了。"这一语，道破天机。

到现在我都认为，一部好小说，唯一的标准，就是你读下去之后把自己给陷进去，然后你有知道它的结局的强烈欲望，就那么一页页翻下去，舍不得放手。这不是一条庸俗的标准，我搞文艺评论也有年头了，雅的高的深的神圣的审美的标准我都知道一点，但我不那么真心地认为，我最真的理由就这么一条。就凭这一条，我说《沧浪之水》是部好小说。说完这个我们再说它其他的好处。

阎真思考问题很幽默的，你看他的表述，"厕所的老鼠吃屎，见了人到处窜，仓库里的老鼠吃谷，见了人大摇大摆，码头不同！"这一句"码头不同"就把等级特权给活灵活现地描画出来了。我爸老是说，一个人要是进对了门，他这一辈子就不愁了。老头子没什么文化，比较朴素地表述这个"进门"的意义，大约就是不愁吃穿这么简单。但是阎真把这个精髓画出来了，它就是轮到你夹着尾巴吃屎还是大摇大摆吃粮的区别。

以往我们说思考，思考是人类深刻又进步的高级表现。可是阎真发现其中的真相：虽说我们有个脑袋，可是决定脑袋的居然是屁股，屁股坐在怎么个地方，脑袋就怎么个想法。所以别说你人格高贵什么的，你不高就不能贵，你高到一定地步了，贵不贵也由不得你，由角儿说了算。大家都是按照角色来表演的，戏份都是一早就安排好了的，几千年就这么排好了，君臣，夫妇，父子，由不得你说我怎样怎样，那不乱了套？我们唯一的自由是演好了或者演砸了，但不能罢演，不能想怎么发挥就怎么发挥。

想到这我没脾气了，"预设表演"，这么个人生定位，你的人生还能有什么盼头？但也不是。还盼，盼的只多不少，因为你知道在那个角儿那个份上有什么、不能有什么，你盼的就更加具体入微，更加胸有成竹，实物让你感到倍儿有劲。悖论太多了，也就不那么当回事，否则你就只能跟自己拧巴着过日子。过日子，这是实在的说法，或者你矫情点儿，说生命，说生活，说生存，反正人就那么一辈子，过去了，玩完，既没那么崇高，也没那么艰难。我觉得阎真说的看问题的"立场"很重要。果然，在这之前，我都是多少有那么点书生意气，"站在世界的立场上看自己"，起码追求"在世界的立场上看"。有了那么个看法，我觉得自己人格伟大，我觉得别人可笑，我觉得自己跟别人硬是不一样。其实我错了，谁不是"站在自己的立场上看世界"呢？谁不这样看谁不是人。就算我觉得自己跟别人不一样的想法，不也是站在自己的立场上看出来的结果吗？世界会觉得你不一样？世界知道你他妈是谁啊！既然注定是这样一个结果，何必五十步笑百步呢，我就站好自己的位置放心大胆、心安理得地看好了。

再说池大为这个人物，他总结出的那么多条经验，够经典的，我要是男人我也觉得我一辈子得这么过。可我毕竟是个女的，但我又不是池大为老婆董柳那种女的，也不是刘跃进老婆凌若云那种女的。所以我还按我的脚本演。也算是，个人风格吧。总的来说，人追求精神高度没错，但是追求那些虚的之前，你得有实的垫底儿，阎真就这么个意思，我觉得再研究也就那么回事了，作为搞评论的，我可以说很多，可是我只说这么多。最后以池大为和他老婆的对话与天下有识人共勉：

　　　　"人总要追求点意义吧？"
　　　　"追求意义又有什么意义？"

关于《续红楼梦》

对刘心武认识不足，只知道他从《班主任》起家，但这些年真正读过的作品只有《钟鼓楼》。知道他在百家论坛上开过坛，主讲《红楼梦》，但只听过"秦可卿之死"那一段儿。我本人对红学不感兴趣，但因为它是显学，所以也读一点，显得咱有学问。老版的《红楼梦》还是好多年前读的，读的时候也没好好读，囫囵吞枣，也不知吞没吞完（我记性特别坏，很多书读了之后基本白读，一点印象都没有，好像照相机曝光）。记得是看到贾宝玉那活宝出家了，下着大雪什么的，白茫茫一片，就干净了。现在把刘心武的这个"续貂"找来读，基本是缺乏判断的，搞不清楚它是不是狗尾。但既然敢拿《红楼梦》来说事儿，我知道刘心武是抱着必死之心的。你想啊，两百年来那些人尽是吃素的？口水都把你淹死了。所以红楼它只是个梦，写出来不吃臭鸡蛋是不可能的。老曹已经是个神祇，他不是供后人翻越的，翻越他的任何企图都是吃臭鸡蛋。所以说咱老刘家的这个人物，这个七十岁的老人家，他很可爱，他的可爱甚至使他变得可敬。他就这么随着一己之性，一口气把后二十八回写完了，完了让人骂，让人扔臭鸡蛋，他都无所谓了。所以这是大家。

很遗憾读的是"选刊"，那么就选了前面十四回，后面下回分解不出来了。但基本脉络是清楚的，真是难为刘老头，那么费劲吭哧吭哧，不过现代汉语就是现代汉语，老曹又该捂着嘴偷笑了。后面看了两段评论，当然都是"捧"着的一方，"棒"的那一方没给登，其实不登也猜得出，那些"红粉"能有什么好话？刘心武批别人的时候也是毫不留情，下手忒狠的。从评论里知道个结局的大概，跟想的当然不一样，别扭。广义上来讲，谁都有资格续写，他们在脑子里也都续写过，只是现在老刘把它弄成铅字，这就很折损别人的想象力了，于是狠狠地扔臭鸡蛋，情理之中。我只能说，无论老刘怎么努力地"还原"，抱着脂砚斋的批注狂钻也好，顺着原作"草蛇灰线，伏延千里"也好，他也不能是老曹，所以注定它还是半部伪红楼。我实话实说。

关于《乌合之众》

　　古斯塔夫·勒庞是个很有意思的心理学家，法国人，群体心理学的创始人。他对于群体的理解在他那个时代足够时尚尖锐，即使在今天看来也偏激有余。比如他对教育体制的看法，对社会主义的看法，都让人吃惊。我相信译者戴光年也是个有趣的人，只有有趣的人才能有效运用有趣的文字。如果勒庞不能被有趣地翻译过来的话，这本书肯定会失色不少。

　　勒庞对于女性似乎不够有敬意，在他看来，妇女儿童这一类人处于人类文明的底层，不仅可有可无，甚至有野蛮的破坏作用。当然这样反女性的话他并没有直接地说出来，或者他习惯了这种讽刺的口吻，对于一切需要使用到他的评价的事物，采取一种居高临下的、吹毛求疵的态度，他的尖酸刻薄与文章的学理价值相比甚至更胜一筹。

　　总的来说，在认识勒庞之前，我已经对社会心理学有了比较基本的了解。我阅读到的有关大众心理的文章也足够我对"群体"这一特定的心理对象形成自己的稳定认识。所以勒庞的犀利解剖只是从趣味和历史知识上对我有一定的帮助，我本人并不赞成他的所有偏激观点。那种认为群体只能是愚蠢、冲动、偏执、无理取闹、神经质……的说法在一定程度上伤害了人们的感情，并且勒庞是否忽略了在群体中其实也存在着个人的狡黠智慧呢？个体对于群体的道德认同、情感趋同和行动上的同化等并不代表个体智力的全面失守，"从众"因而可以有真假之分，在相当多的情况下，人们只是迫于某种强烈的氛围和环境压力"权宜从众"。这一点在现代心理学中已经多有阐述。

但是勒庞的思考依然是深刻的，这一点毋庸置疑。而且他多次提到了中国，这个法国老头对羸弱的东方古国充满批判主义的同情。勒庞睿智地指出，通常人们把一个民族和国家的所有问题归结于"体制"，这实在是低智商的无稽推理。任何一个国家民族的根本问题都不是制度问题，同样一种制度，在一个国家能够建立良好的社会秩序和国民效率，在另一个国家却带来混乱和腐朽。所以制度只是工具，使用这一工具的人，也就是我们讨论的"群体"，它的民族气质和民族性格决定了制度的效果。在我们身边依然有很多人在不断地提"体制"的问题，他们以为自己是前瞻的，是理智的，十分聪明地指出了社会问题的症结所在。其实他们不过是一群被不断暗示和洗脑的、人云亦云的笨蛋，本质上只能是一帮——乌合之众。

关于《一句顶一万句》

　　买这本书的时候，刘震云还没获"茅奖"；读的时候，已经获"茅奖"了。虽说不是冲着"茅奖"才去读这本书，这时候却多少有点意思要看获"茅奖"的东西到底是个什么东西。这就跟刘震云写这本书一样，有点绕了。编辑说这书用的是明清野稗日记的风格，也不知野稗日记是个什么风格，只是接下去看，看出点意思。说的是人与人之间说不上个真话的事。初时觉得琐碎，零零碎碎说了一大圈子的人和事，倒像羊拉屎，可没见着一根主线，一个主事的人。后来晓得主线就是人间那些琐碎的事，一个事往往能扯出七八件事去，起先说的跟最后说的，往往倒不是一个事那么简单了；主事的人也有，叫个杨百顺，也不叫杨百顺，叫个杨摩西，也不叫杨摩西，叫吴摩西，也不叫吴摩西，死的时候是叫罗长礼。这么着一圈绕下来，确实够折腾的。但人间的事，又全都在这个折腾里，一下子倒给说尽了。

　　我这么个说法，也不知是不是叫个"野稗日记体"，反正大体就是刘震云写"一万句"之后落下的这么个"一句话"的风格。可见世事都是可捏可揉的，如你说出的话，写出的字，有时全由你主张，但又全不是你的主张，或不全是你的主张，拿捏只在一时起意。若起意是往东去，便是东边的事，若起意往西去，便是西边的事。即或原意不在东也不在西，因是自己一张嘴说出去的，也不能就打自己嘴巴说"说漏了嘴",还要自说自话自圆其说下去。这一来扯得更远,已经不知原来想说的到底是什么。我们这一拨人,或说我们这一民族的人,祖祖辈辈这样绕着说下来,说到我们自己头上,已是麻木不仁。没见着这本书前,也不以为意,现在见着了,便觉有些悲哀,确是达成了老刘的心愿,他原意是想敲那么一下人心的。

　　说杨百顺,或说杨摩西,或说吴摩西,或说罗长礼,本不喜这个人,后来倒觉是个老实孩子。因他心善,质地也纯,一辈子只想找个能说得着话的人。若说这是我们这一拨人,或说我们这一民族的人的隐喻,却又低估了现如今的大家伙儿。因没有一个人再把这当回事,至少没当作作家想象的那么重要的事。就算我这样爱跟自己拧巴的人,也不觉这事十分重要。这恐怕又叫作家伤心了。要说人与人,原说不上什么,都是各过各的,你或这样想这样说,他或那样想那样说,皆在情在理。大家自说自话,各说各理,倒显得多样共存,和谐社会。或并不像作家、编辑杞人忧天的,中国人皆因人和人说不着而孤独;外国人皆因人和神说得着就不孤独。中国人、外国人,各有各的孤独,也各有各的不孤独,要硬说孤独,最伟大的说孤独的作品,肯定不在中国。这老刘得服气。确实也得服,你想啊,人与人说不着,倒还不瘆人,只是自个儿憋得难受罢了;人与神说着了,不单是个信不信的问题,或还有妄想症,或还有自虐情结,或还有你的神与我的神有嫌有仇的纠葛,如那个老詹与他开封教会的会长。这一下孤独就复杂了,深刻了,凌厉了,欲说还羞死人了,你能比?所以,一句话,憋在心里沉甸甸的,说出来就是废话了。

关于《金刚经说什么》

"一切有为法，如梦幻泡影，如露亦如电，应作如是观。"

多少年前念过此句，从此不忘。这是佛的语言，充满了般若智慧。我念佛经，一是没有悟性，二是没有耐性，所以不敢只拿一部《金刚经》来读，要读，先读南怀瑾的普及版。至于鸠摩罗什的般若，实在是不能受持。

南师说法，也算深入浅出，我等冥顽之徒，也能识得其中一二昧。印象极深的一句，"心无所住"，这就能成佛了，因人人俱有佛性，只看你开悟不开悟。以前总说和尚四大皆空，但依南师的说法，佛不是谈"空"的，非空非有，即空即有，这个状态才对。换句话说，有没有都没有问题啦，问题是你有没有把它当作问题。

另有一段关于罗汉果位的公案，叫我颇震撼。普及一下佛教知识，小乘的罗汉果分四等，初等的果位要七还人间，就是转世投胎七次才能彻底得道。二果是一还果，就是重返人间一次即可得道。这罗汉来人间走一遭，见到坐胎的善女人，就一头扎下去。有的怀胎十月，生下来了；有的未成形就又走了，到人间走个过场嘛，也算是来过。如果推算起来，因因果果，这罗汉前世欠着这善女人的恩情，所以要来还；但这女子也欠着他眼泪啊，所以要很伤心地哭一场。读到这，真是想大哭一场了，因我想到了我那坐胎两个月就走掉的孩子，没想到竟是个罗汉！所以真的不必伤悲，要为他高兴啊。"过去心不可得，现在心不可得，未来心不可得。"心心念念都如恒河流沙，过而不住。

一个人可以不信佛，但总得有点信仰，这信仰不是迷信一个教主、一个偶像、一个膜拜匍匐的图腾，而是使得内心强大的力量。虚诞一点的说法，就是"道"，不过所谓道，即非道，是名道，而已。得道也很简单的，吃饭时吃饭，睡觉时睡觉，而已。

最后引一句所谓的"道"——"我要过去，你过来。"

关于《幼儿园那些事儿》

"孩子在发展的过程中是需要成人适时帮助的，快乐并不等于孩子在需要帮助的时候得到了帮助。"这句话对我触动很大，在此之前，我一直奉行让孩子快乐的育儿理念，认为快乐是衡量童年幸福值的唯一标准。李跃儿却对我说，快乐与幸福不等值。

我觉得这本书最大的优点是，作者给了妈妈们一个很优柔的故事。这个优柔不是贬义词，而是"优秀＋温柔"。李跃儿是位幼教专家，她这个专家不是因为啃过一本又一本大部头的理论专著、做过一个又一个深奥的学术课题得来的，她是以一个资深幼儿园园长的身份来给我们讲幼儿园的那些故事。作为母亲，我很感动于她的用心，她非常用心地刻画了一个母亲在为孩子选择幼儿园时的种种纠结、焦虑和困惑。并且因为她的用心，我在读这部本来应该是普及幼教知识的育儿书的时候，感觉到充沛的情感和令人感动流泪的东西。比如一位幼儿园的老师，当宝宝们幼儿园毕业的时候，她为他们在幕布上贴上一张张从入园、到成长、到即将离开的照片，她痴迷地看着这些宝宝们留下的印记，然后飞快地揩走了脸颊上的一滴眼泪。这个细节让我眼睛酸涩，我好像真的像这位老师一样，看到了脑袋鼓鼓、像天线宝宝那样扭着屁股的小宝宝们，牵着爸爸妈妈的手来到幼儿园，然后像一株株幼苗在这里扎根生长。三年，一千多个日夜，他们和老师在一起，成为老师的学生，但更像是老师的一个个孩子。

他们搂着她，叫她，妈妈。

　　"所有的孩子都点燃了自己的蜡烛，他们是那么从容而坚定，那么势不可挡地长大了。"李跃儿最后在幼儿园的毕业典礼上这样描写她的孩子们。虽然这个情节有特定的语境，这个点蜡烛的动作是毕业典礼上的一个节目，但是我觉得它更像是一个隐喻。这里的文字非常有感觉，弥漫着文学的味道，让我们在那一瞬，因为生命的生长而动容。

关于《西方哲学史》

必须承认我的智力在哲学方面不能达到令人满意的程度，一部《西方哲学史》使我痛苦地阅读了将近两个月，而这两个月里我几乎是无聊地囫囵生吞下了整部书稿，丝毫没有消化的迹象。"读"似乎不是一个精神动作，而是一种肉体的刑罚，直到半部书稿将尽我才发现原来很多年前我就已经读过它——这一重大发现还不是建立在我对知识的回忆上，而是从书橱里瞥见了另一本同样的书。这个罗素啊，我真是要对他五体投地，他怎么可能对这种使人昏昏欲睡又神经衰弱到永远也不可能好好睡一觉的地步的东西做如此精深的研究！他写，而我是读，可我不能厚颜无耻地说我读起来比较容易。对于翻译家我也要报以敬仰之情，这是个有着无比坚韧毅力的忍者般的人物。要让我简单回忆一下刚刚读完的这部书似乎都有严重的困难，我只能按照已有的经验图式来廓清西方哲学的历史——从古希腊开始，我们说人类拥有了一批可算作哲学家的先贤，他们是巴门尼德、毕达哥拉斯、德谟克利特、赫拉克利特、苏格拉底、柏拉图、亚里士多德、伊壁鸠鲁、犬儒主义者和斯多葛学派的一帮学者，这一时期我们称之为古代。古代人有很多奇思妙想，他们最初的哲学灵感大约和巫术、占星术、炼金术以及数学等等相关联，大多数哲学家拥有大一统的身份，似乎垄断了那个时代的文明，他们是通晓人类有限的所有知识的全才。其中苏格拉底有个悍妇老婆，这我早就知道。并且人们总是说，你想当哲学家吗？那么娶个悍妇吧。我不知道的是苏格拉底还是个职业军人，他站着的时候也能入定，沉思到他的哲学世界里去，而能够使他的整个肌体对外界严酷的环境毫无反应。后来他被判处死刑，大约是因为他坚持真理，而他身处的世界不能够接受他的真理。这个倔老头最后死得其所。后来有个贵族后裔柏拉图霸占了苏老头之后的大哲学家的位置，鼓吹先天的理式，那是个玄妙的东西，似乎只有高贵的人才能享有，而这些高贵的思想和道德毫无疑问是被贵族先天占有的；无产阶级是愚民，他们不可能达到知识和道德的完善，诸如此类，黑白分明。然后是亚里士多德，他比较平民化一些，应该是集古代哲学之大成的一个伟大家伙，但我不很分明他究竟做了什么有趣的事。古代结束后人类进入黑暗的中世纪，大约是公元 4 世纪到 14 世纪，整整十个世纪的时间，欧洲大陆被教会统治，此间出现了一些经院哲学家，最杰出的那些被冠以"圣"的头衔，比如圣托马斯·阿奎那和圣奥古斯汀。他们的名誉一部分与上帝有关，一部分与俗界的政治权力有关，总之他们是被当局承认的神的代表，有时候民众也以为他们的神圣来自神圣本身。接下来文艺复兴和宗教改革开始了。起源于意大利的文艺复兴对艺术的影响显然比对哲学的影响要重大，宗教改革和反宗教改革导致了新教与旧教的分野，路德就是这时候出现的。近代以降么，涌现了很多科学意义上的大哲学家，比较有名望的有洛克、休谟、卢梭、康德、黑格尔、柏格森等等，当然还有马克思。从英国贵族血统的罗素之眼光来看，所谓共产主义学说无非是一群无产者的野蛮幻想，一个衣不遮体食不果腹的人之眼界也只能达到那样的地步了，更高意义上的哲学冥想远非其智力所及。罗素的哲学史梳理到此为止，当代和后现代的各种理论和学说不在罗列范围，因为似乎没有哪一种学派或思想能够达到它的前辈标识的那种广泛影响的水平，大家层出不穷，各自为营，热闹然而短命。至于眼下这个信息时代，则注定更没有什么哲学可有冠绝的余地。也就是说，历史被悬置了。

关于《长恨歌》和《纪实与虚构》

王安忆的书我一直谈不上多喜欢，倒是她早年间那些小清新的作品，还极有好印象。比如《69届初中生》。也许从里面看到了我母亲的影子，看到了我家乡的影子，所以亲切。后来那些故事，离我比较遥远了，我又极不喜欢那上海老牌殖民地浮华昏昧的气息。所以不管是《长恨歌》还是《纪实与虚构》，我都不觉得它们能够担待那么大的名声。当然这是一己之见，偏狭得很，还是必须承认王安忆笔下文字的老辣，比起69届初中生的她，后来经过世风浸淫的她当然更能在官场文坛上如鱼得水。但不知为什么，我还只是喜欢1969年的她。

读《长恨歌》，有些受罪的感觉，大段大段的关于上海街弄风物的描摹，叫人着急，王安忆却不急不躁、意犹未尽似的。大约因为我们是外乡人，是在她的"大上海"之外的无关的人，看不懂这曲里拐弯、莫名其妙的"现代上海史诗"。

看王琦瑶四十年的人生，是够长恨的，从上海小姐到暮年弃妇，最后死于非命，这不是常态的人生，却在王安忆的笔下仿佛就是一个平常得不能再平常的琐碎故事，她竟说上海处处都是王琦瑶，说王琦瑶是上海的"心"。这又是我们这些外乡人看不懂的。看不懂的结果是不知说什么好，我这么一个搞文学评论的，面对它，竟要失语的感觉。只好从一个女人的角度来谬论几句吧。

合上小说，是女人都要叹的，叹一个美人迟暮，叹一个时间对女人的残忍谋害。因此王琦瑶存那么一箱金子是有必要的，不管她死或者不死，或者正是这一箱金子引来了杀身之祸。倘王琦瑶不死，这故事又要怎样继续，这才是我感念的。因想她一个六十岁的老太太，无父无母无夫无子，老了老了还要倾着心血扮嫩，不知讨谁的欢心。这样一个女人，除了打扮，好像无事可做，她的打扮又都是为了徒劳地挽救时间，向繁华靠拢。须知那些繁华总都站在年轻人那边，你再悉心地经营，不过都是水中捞月掩耳盗铃。倘若甘于做一个老太太，像一个寻常的女人那样过常态的人生，一切便也很恬淡快乐，再怎么说，还有一箱黄金打底，这箱黄金够她子孙绕膝地被孝敬着、尊奉着；若还想再风流些，也够挥霍一阵子，摆足富婆的谱，住洋房、养洋狗，包上个把小男人，倒也安全写意。所以说无论什么时候，说到女人为自己打算，都说她要把钱牢牢抓在手里。这是最蠢的安全法则。但王琦瑶却也唯有这样了，她本爱自己多些，养个女儿也是白眼狼。至于男人，只有那个死鬼老男人才真正为她打算了一些；就算程先生，好到不能再好的老好人，也是没有担待的；其余则都是敲髓刮油，配不上一个爱或不爱的定义。

这是一个秋天渐渐要深入下去的时节，丹桂飘过来的清香没有把人心洗得清白活泼，倒是云翳和阴霾占得多一些，往往叫人叹气。我想，人生是不要筹谋的吧，尤其是女人的人生，费尽心机总是枉然，你不能做一个武瞾或者慈禧；就算是武瞾或者慈禧吧，女人也不觉得快乐，因那都不是常态啊。所以，平安地，做一个平常的女人，获得一点平静的心情，是最好不过了，也没有那么多怨深恨长的纠结。

在《纪实与虚构》里，王安忆谈到了写诗、写小说与写童话的区别。她自己的经历是，起先写诗，后来写小说，其中有段时间对童话也很感兴趣，可惜仅写出一篇，就断定自己在写童话方面是没有天分的。她还说到了童话大王，我估计说的是郑渊洁。这童话大王果然是个奇思妙想的有本事的人物，他对于这个世界很有一些哲学化的看法，但又是用孩子的眼光和心灵。诗这玩意儿我是不碰的，小说和童话却都在写。我在想，我的想法有多少和著名作家是不谋而合的，有多少是背道而驰的。这些重合和分叉预示了我以后在文学上可以走多远。这是个很有意思的话题。

关于《蛙》和《知道分子》

在《檀香刑》和《蛙》之间，我选择了后者，因为我想看一看，究竟是什么样的作品，符合世界性的现代文学经典的标准。若非如此，我倒更愿意读读那部对中国传统酷刑如数家珍的血腥的历史。也许，从本质上讲，我们都是嗜血的动物。

但其实，我们之所以比动物以更高级的形态存在，是因为除了嗜血之外，我们还善于包装血制品。比如爱，比如希望，比如理想，比如信仰，这些很抽象的东西，动物不懂得利用它们，我们却很聪明地赋予了"存在"以超验的结构。在这个结构里，内容变得不重要，形式具有独立的意义。血还是那样鲜红的血，但我们想让它污秽它就是污秽的，想让它纯洁它就是纯洁的。

《蛙》是一部新中国六十年的生育史，充满了结扎、上环、避孕、流产这些面目狰狞的语汇，但从中呈现的生命意识，鼓噪如蛙声一片。我相信外国人对它的认同，确实根源于它的"民族性"，这是怎样惨烈的、悲壮的、卑鄙的、高尚的、忠诚的、亵渎的、高亢的、沉郁的民族历史啊！它让我作为母亲自觉地崇高起来，我觉得对待生命最好的方式就是他妈敞开肚皮生孩子！也许这是误读，但正是这误读才让我读出了震撼和感动。

过了几天看王朔的文章，又是一种活泼的震撼。按王朔本人的说法，东拉西扯、言不及义还刻薄成性，这也是一种风格，并且不讨厌。

招人讨厌的是那种假正经的文章，温文儒雅那一类像我这号的就不爱看，可能平时做人就是太绷着，凡遇到这样再绷着写字儿的，特烦。反而就爱看流氓，爱看逮谁灭谁的那股劲儿。

王朔的文章读着玩玩儿可以，不能信，信了你就真的没希望了。他谈鲁迅、老舍、金庸那些个老腕儿，都挺有意思，也有自己的一套自圆其说的见解，乍一看挺有思想，细一思量尽是自以为是的纰漏。但真就不讨厌。《知道分子》算是杂文类的一本书，有一篇杂在里头的，像是拟小说的东西，《犹大的故事》，特别好玩，爱看。读了这篇小东西，这本书算没白读。不得不感叹，人家是聪明，要说玩文字，再玩玩不过人家，想想也就绝了成名成家的心思。但还觉得在文学这个圈儿里，算是比剩下那些二货聪明的，所以沐猴而冠也绝非难事。所以你看，读了王朔之后，整个人生态度都变得那么不严肃不严谨了，也是逮谁灭谁的精神头儿，太可怕了。

要说思想，老小子王朔还是有一点的。就凭他一句，写小说是人性的发现，不是人性肯定。这让我有点醍醐灌顶。是不是女作家写着写着就往冰心那一路去了？觉着自己这段日子思考的东西就比较狭隘，爱呀，温暖呀，纠结呀，这些个过期变质的词汇，特没劲。怎么让自己的小说有劲呢？估计得往《动物凶猛》那一路靠。王朔的小说，只记得《动物凶猛》，可能跟《阳光灿烂的日子》有关。光记得夏雨穿着黄军褂颠巴颠巴的小样儿了，以为那就是王朔。应该还有冯小刚改的几部东西，反正就一个感觉，贫得过瘾。文字要玩成那样，算是比较能够瞑目了。成不成大师先不说，成个腕儿，绝对靠谱。我觉得自己也就这理想了。

话说回来，我毕竟不是王朔那样的"流氓"，王朔那样的"流氓"也没几个。怎么写小说，还得再琢磨。

关于《百年孤独》和《不能承受的生命之轻》

《百年孤独》，《纽约时报》称它是"《创世纪》之后，首部值得全人类阅读的文学巨著"。

我几乎没有这样的修养，能耐着性子研究一种著作。所以毫无疑问，我不以为自己能够理解魔幻现实主义，即使在研究文学这么多年之后。

在我看来，马孔多小镇上发生的事，不过是生命被轮回的一种内向型投射，说是玄幻小说也无不可。那么为何不以流行一点的观念来解读它呢？说老实话，全篇没记住一个全乎的人名。印象深刻的唯有何塞，因为简单好记。所以我提倡简约。文本的简约对读者而言就是一根清晰的主线。毫无疑问，《百年孤独》是没有主线可言的，因为要写足一个世纪上帝对人类的折磨。这折磨从创世纪到今天为止一直循环往复引而不发，必须要有某个具有哲人品质的人予以提纯。写作是一种提纯，阅读也是。所以马尔克斯第一次做了这伟大的工作，以后便由不同的人轮番置换他的概念。我承认我阅读了它，但我不懂。这是一个国度对另一个国度、一种信仰对另一种信仰的解读，注定破绽百出歧义丛生。

在我的阅读经验中，对生命重量的思考是从刘小枫的《沉重的肉身》开始的，在那之后，我一定是在某个角落某个时间读过《不能承受的生命之轻》，以膜拜经典的姿态。但是，奇怪，直到我把它捧在手中，再一次触摸到这样的字句，"她就像是个被人放在涂了树脂的篮子里的孩子，顺着河水漂来，好让他在床榻之岸收留她"，我才确定那种似曾相识的感觉。记忆多么不可靠，感觉好像比较重要。就此意义来讨论"轻与重""灵与肉"这些形而上学的问题，我觉得肉身并不比灵魂更轻飘；相反我有另一种结论：灵魂才是轻的，肉体则更为沉重。这与刘小枫不谋而合，难道这是不同种族的人们思考下的特定结果？

我不喜欢抽象的东西，我以为对理论的接近抵达不了生命的真相，所以那种大段大段抽离的议论往往让我陷入似是而非的倦怠。但这句话深深打动了我：einmal ist keinma. 这是一句德国谚语，意思是说一次不算数，一次就是从来没有。所以，只能活一次，就和根本没有活过一样。

我从来没有来过这世界。当我得出这结论时，忍不住热泪盈眶。

关于《推拿》《暗算》和《解密》

　　这段时间看了三部长篇，《推拿》《暗算》《解密》。

　　毕飞宇和麦家都是茅盾奖的获奖者。但我想毕飞宇更文学一些，麦家并不那么纯粹。抛出这个观点之后我又不免自嘲，难道我知道什么是文学？

　　是的，我并不如自己以为的那样理解文学，尽管我写作，我评论，我编发刊物。

　　事实上没有人能够穷尽文学的想象，那些关于人的，或者关于命的，你知道多少？或许你知道很多，你以为你知道的已经足够多。但直到你进入文学之后，你才明白，我们的知道仅仅是知道而已，它那么鄙薄，在人类真正的大命运下。

　　《推拿》写了一群盲人，一群盲人的命。在我这个健全人看来，他们太不容易。然而也只是不容易，谁能把别人的命当作自己的活一遍？其实健全人也有自己的命，并不容易。如果我们相信冥冥中的那些安排都是上帝之手的拨弄，就不能不心怀敬畏。你的，我的，他的，人命关天的大事，在那只手里都只是那么随意地一捏，一搓，一挤，你全部的抗争都是聊表人意的，因而也是无能为力的。但，抗争也还是有，存在了千万年，从那只手玩弄我们的那一天开始，不息不止，不离不弃。所以，你能不为自己感到悲壮和光荣？这，就是人类的大命运，文学可歌可泣的地方。

《暗算》和《解密》一脉相承，麦家密谋了一场风起云涌的谍战剧运动，他不知道而已。等到他知道的时候，全中国都已经知道了他。这是一个作家的荣幸。然而作为一个人来说，他是不是幸运的，倒也难说。我们并不知道一个作家作为一个人的生活。他在叙述的时候，是不是把全部快感都耗尽了？这是我一直困惑，甚至可以说担心害怕的东西。我对于异乎寻常的才华总是有一种深深的恐惧，一方面它吸引我，一方面我不敢太接近它。说到天才，我们总会下意识地给出一个结论：上帝是公平的。这句话对于残疾人当然也适用。就是说，你身体被赋予的各种机能，是《圣经》里所说的"一扇窗"和"一扇门"的关系。正常人，他们的各项机能都是平衡的。这当然是一种平庸的幸福。当平衡被打破的时候，天才和残疾就出现了。他们都是天赋异禀的造物。我的这种下意识的恐惧，大约是造就我一生平凡的深层机制。所以我不是不优秀，我只是不够优秀。

　　接下来，明天就开始了。明天我们依然存在，一如太阳照常升起。关于生活，我们努力地过好每一天；关于命运，我们坦然地接受每一次波峰和浪谷。一切你遭遇的，都是对你最好的安排。不如此，你将无法踏进你的生命。

第四辑　为悦读

关于几部老小说

一、《废都》

花了整整二十日读小说，后又七日，读了附录评论。读罢我就无语了，一是面对当代文坛大师级别的作品，确实汗颜自己文艺批评的水平；二是这十八年来，捧杀棒杀的文章都太多，我再说，就是拾人牙慧了。所以我决定闭嘴，只在这里做一个诚实的记录，我读过了，如此而已。这里的"废"文化，我是不想谈的，因我觉得这简直是一种常态。但凡常态的东西，做一个原原本本的摹本，这是世情小说的基本功能，再深入一点，有一些兴观群怨的喻世价值，这就是一部成功的小说了。《金瓶梅》也好，《红楼梦》也好，学者们要在其中比较高低，分出品阶，那是学者们的拧巴劲，读小说的人只要捧着不撒手，便能够明证这部小说到底好还是不好。依我看来，《废都》中有明清话本的影子，更像《金瓶梅》一些，《红楼梦》只沾了边。那唐婉儿活脱脱就是潘金莲了，柳月也像足了春梅。可惜了是洁本。一千万的发行量说明贾平凹的群众基础是多么牢靠，任何一个作家，如果他不是矫情的，都希望粉丝越多越好，怎么就能因此怕了某些评论家的冷言冷语？我搞评论的，我知道一些评论家要靠冷言冷语吃饭的，这显得他们深刻，有公共知识分子的责任感，不能不以道德审美的洁癖为荣。总之作家是不容易的，评论家比较容易一些，他们的话语系统是固定的，怎么排序搭配，看人下菜碟儿就好。这是我的一点真实感受。

二、《沉重的翅膀》

记住张洁这个人，是因为一篇《爱，是不能忘记的》。时隔多年，这篇小说到底写了什么样的一个故事，已经完全没有印象，唯一能够记得的，是张洁担得起她名字中这个"洁"字的全部意义——一个不洁的人，是写不出那样洁得近乎纯白的文字的。所以看到《沉重的翅膀》之附录，看到有人曾经评价这是一个"作风有问题"的女人——因为她离了婚，然后再嫁了——我觉得非常好笑。从叙事美学来说，《沉重的翅膀》已经距离这个年代非常遥远，它很陈旧了，语言过于明白规范，完全是中小学生阅读教材的范本。如果说我欣赏它，只能从怀旧的意义上来解释。怎么说呢？它的故事开始于1979年，那一年我出生。我怀着对那个年代的亲切感和温暖追忆去阅读的，那个时候人们之间相互尊称为"师傅"，买东西要凭票供应，年轻人当中刚刚开始流行喇叭裤和蛤蟆镜，上下班挤公共汽车或者骑上一辆自行车（这算很体面的一种交通工具了），幼儿园的小朋友胸前都用别针别着一条叠得整整齐齐的小手帕……简直没有比那更明白更规矩的时光了，和叠成长方形的小手帕一样整齐规范得值得留恋——但是奇怪，那个时候的人们却并不那么以为。如果他们能够看到三十年后的光怪陆离，可能就不再大惊小怪地嗔怪唱着流行歌曲的小青年了，也不开口闭口原则什么什么的。哎呀，时间真是奢光潋滟，你都不曾看到什么，它就把你的眼睛闪花了。

读这样的小说，难免时不时蹦出让活在 21 世纪的中国人觉得可笑的地方。但是怎么说呢？有一些信仰，有一些坚持，毕竟是值得尊重的，我们可以微笑着摇头，但是，那些曾经步履艰难的好时光，是不能忘记的。如我妈生我那年，锅里的一枚煮鸡蛋。据说那时候她一个月拿三十八块半工资，我能想象她在车间里一边政治学习一边织毛活的样子，多么母性啊！

三、《玫瑰门》

读《玫瑰门》总是有一种似曾相识的感觉，似曾相识的眉眉，似曾相识的婆婆，似曾相识的竹西和宝妹的干燥大便……那么我一定是读过，只是记忆产生了错乱，我记得过程却不记得结果。这对于人生或许是一种反讽，因为我总记得结果而忘记过程。生命就此一趟，来而无往，赶在 2011 年的尾巴重读《玫瑰门》，或许是人生的一种缘，因为人生浮躁，我们并没有太多的机会重读一本书的。就算这重读只是一次误会。

谢有顺说"写作是身体的语言史"，他这么费劲别扭地解释铁凝的写作，是因为当代的"身体写作"太滥且太烂地亵渎了身体，已经使语言彻底丧失了叙事伦理；而一个作家，是需要凭借身体的经验去写作的，或者说写作根本就无法脱离身体。瞧，这就是评论家，多么佶屈聱牙又鞭辟入里。倘视之为真知灼见，那么要懂铁凝，我的身体必要和铁凝的身体进行一次通觉。可惜，我们并不总能够在感觉上实现通约，所以，实际上，我并不能完全理解《玫瑰门》。

女人的一生应当是玫瑰的一生，玫瑰会打苞，会绽放，然后会枯萎，会谢落。玫瑰有时候开得莫名其妙，一瞬就绽了，惊心动魄的，并且你不知道她为了哪般。这不知为了哪般的绽放兴许才是女人的必然。所以我倒不必去追究叶龙北的骚情是否真能在苏眉心里产生点什么，逻辑的以及经验的，或者说伦理的以及身体的——这什么跟什么的莫名其妙，为了那"一小块颜色"产生的整个人生的辉煌。存在或者消泯，全然要溶解在一种宿命里，这在文章的结尾毫不掩饰地给了我们一个亮相。那么且为了这宿命感的亮相感动吧！我是最容易被诞生感动的，当我成为母亲之后。

四、《马桥词典》

一本书可以翻译成三十多种外文译本，我以为这是一个作家十分牛 × 的资本，韩少功的这本《马桥词典》做到了，所以他很牛 ×。这样的作家我是要仰视的，需要仰视的，还有他的文学态度——他的以语言为主角而不以人物和故事为主角的文学态度。由于此类对文学意义的革命性阐释，文学不断拥有更阔大的表现疆域，但当然，一种不以人物和故事为中心的小说不是小说这种文学样式的主流，我们至今为止还是在强调人物和故事。不过从中我们看到的远不止小说的体裁特征之争，重要的是生命力，这种富有生长力的结构是多么好玩和有趣。张颐武说《马桥词典》是对《哈扎尔辞典》的拙劣模仿，措辞之严厉，抨击之激烈，当时应当是一场惊心动魄的骂战，可如今看来居然是一道不错的文学风景。这似乎也归功于语言的魅力。韩少功在附录里引用了张颐武的话，很难说不是一种借鸡生蛋式的自吹自擂。他的洋洋自得都化作一种沉默的骄傲附着在别人的语言上了。

从某种意义上说，《马桥词典》比《蛙》更能代表中国的文学水平。但为什么韩少功没有获诺贝尔文学奖，莫言却获了？我想这是一种文学的宿命。有的人需要一千年才能走上舞台，他的文字的光华照亮不了自己脚下的路，却能闪耀后代的灵魂。韩少功至少是幸运的，他在有生之年获得了法兰西文艺骑士勋章，拿了各种华语文学大奖，并且拥有我这样超级理性的粉丝。一个偶像的重要性不在于他能为我们做什么，而是因为他的出现我们拼命想做些什么。此刻我想的是，我将和他一样，把自己的名字刻在文学的勋章上。

关于几本心理学书籍

一、《爱的序位》

大约两年前，接触到家庭系统排列的工作坊，这是一次十分神奇的体验。两年后再看这部家排个案集，感觉又有不同。那时的神奇，现在化作了然，一切都在不言(或曰言之不尽)中。个案集的最后一节，"当下即是"，十分有感觉。确实，真相并非唯一，我们只要相信自己看到的这一个现时的真相就好；至于后来，也许还会有后来的真相，我们亦坦然迎接它。

心理师海灵格给了我们很多妙语和洞见，例如"与命运进行和解"或"向命运致敬"都为拓宽我们的灵魂提供了助力。我也为自己进行了一次排列，发现很多时候我们囿于自己想象的画面而复制着一种生活模式，要使生活得到改变，其实只要改变那个对画面的想象就足够产生神奇的力量。这是否也是一种"现象学"的理解？与自然天地和谐地共存，与自我和谐地共存，在这样一个大循环的系统中，既开放又封闭着，如我们的身体，既独立地运作着一个生命，又打开了每一个毛孔，与空气与阳光与尘埃同呼吸共命运。汉语中有"和光同尘"一说，想来也就是这样一个和谐自然的"命运共同体"。

向我们的生命和命运致敬，也必荣耀我们的生命和命运！

二、《日常生活中的精神病理学》

老弗爷的书第一次读，虽然因工作需要，他的大名和理论早已烂熟。不读老弗爷，一是因为他的名声太大，理论被人用得滥了，而凡是被用滥的东西，想来于我是无太多用处的；二是素闻他下笔佶屈聱牙，读来往往让人发疯，我就不愿去挑战自己的神经极限。近来参加沙游治疗小组，一个心理学专业的学生推荐我们这些大婶看这本《日常生活中的精神病理学》，说文风尚为浅白，案例也还有趣。所以买来读了。

凡读了老弗爷的书，我想大概都会犯个毛病，就是遇见什么精神现象都要分析分析。虽然往往是徒劳的。我也不例外，一读便忍不住要分析。结果分析自己时总是不能满意，一分析别人倒还满觉得是那么回事。概因为不以为自己有病，有病的总是别人。这真是病入膏肓的症状。很有效果的一例是我对我家先生一次口误的分析。那天早上他临出门前与人通电话，为大量税票焦头烂额。后来和儿子一同出门，儿子在电梯里十分活跃，先生便说他上足了发条。岂料一脱口，竟然是"上了发票"。先生很快便意识到自己的错误，然而我却开始窃喜，因为终于捉住了一个生动的案例，并且潜意识动机是那么明显，使我分析自己时遭受的挫败立刻得到了补偿。

种种遗忘和错误在我们生活中总是层出不穷，它们背后的心理意义那么丰厚却不可捉摸，这正是众多心理学工作者孜孜不倦的原因和目标。这本书让我们更了解自己，而不是迷信他者，从自己的心理能量中提炼积极的自觉意识，这是老弗爷的一桩大功德。所以，如果下次我在无意中把自己弄伤，或是出门不慎跌个大跟头，我就会好好想一想，是什么原因让我潜意识里有了自残的动机，我是想让自己找个借口不做某事，还是不愿意出门呢？看起来很偶然的倒霉事件，其实往往是我们心里某个不愿意露头的小想法造成的。这不是很有趣吗？

三、《改变心理学的 40 项研究》

美国人罗杰·霍克罗列了 40 项重要的心理学研究，其中有很多子项是心理学教程的基本知识，这些基础的东西以严谨而绝不刻板的科学方式被完整呈现，极为深刻而有益。比如，巴甫洛夫的狗和哈洛的绒布 / 铁丝母猴。

在这本书中，我被启发从更科学的角度质疑弗洛伊德的技术。在此之前，我仅本能地反对老弗爷的某些主张，这本身可能就是对"本能"的一种反讽。我不太相信我们所有的行为和态度都与"无意识""潜意识""性本能"这些充满迷幻色彩的术语呈显著相关，毕竟我们是人，行为和态度在常态下也是条理化和序列化的，这使那些不被意识到的影射意识听起来无论如何都太过玄幻了。通过霍布森和麦卡利的论文，我更加坚信梦是无须解析的，再荒诞不经而又貌似意义伏延的梦境，也只不过是随机性的神经冲动，和癫痫一样，是无序的电能释放。这种生理现象当中的心理内容，完全是重构或者虚构的。

不管怎么说，弗洛伊德为人类做出了伟大的贡献，即使这种贡献建立在主观推断而不是实证的基础上，也不能否认弗洛伊德技术在心理学史上的里程碑意义。重要的是推翻一种权威假设而建立一种新假设的精神，每一种学科都以此精神为动力，不断更新着对人类的贡献。

四、《24重人格》

　　读《24重人格》，读得心惊。原本以为这本书就是传说中的《24个比利》，一个变态强奸犯的故事，结果不是。作者是个心理学博士，24重人格的真身。他从小受虐待，施暴者恰恰是他的母亲和外祖母，这是伦理关系中最终极的背叛。在我的人际图式中，"妈"这个人是无私和自我牺牲的人格代表，可是这样一看，世界太无伦了，可以有那样的妈妈、那样的外婆，我们还能相信什么？只能怀疑一切。但，实际又不是那么回事。这本书之所以卖到现在，卖了好多年，好多版本，好多个国家和语言，就是因为它最后还是要教会你相信人性，相信人际关系中那些美好的、充满爱和力量的伦理情感。一个故事，当然是可以拿来当故事读的，但当你不仅仅把它当作一个故事时，我想你会获得更多。

关于两部世界名著

一、《麦田里的守望者》

说老实话，直到读完整部书的十分之九我才明白这本书为什么叫《麦田里的守望者》。我多么担心自己的智商达不到塞林格要求的读者水平啊，唯恐自己不知作者之所谓。幸好幸好，塞林格大概早已预料到后世将有这么一大批笨蛋，把读书当作解题来消遣，所以他在小说的第十分之九处写了这么一个梦——主人公希望自己在悬崖上守着，以防那些麦田里游戏的孩子不慎坠崖。我这么说是否有第二解，它干吗不叫《悬崖上的守望者》呢？总之十分之九的铺垫让人望眼欲穿地等到了它的高潮，还不算太坏。也许经典就是这样一种东西，十几万字提炼出一句话已经足够——"一个不成熟的男人的标志是他愿意为某种事业英勇地死去；一个成熟的男人的标志是他愿意为某种事业卑贱地活着"——说白了，这也就是我的智商刚刚好能够达到的解这道题的标准，再往后，我知道有一些伟大的灵魂不因为生前对人类的行为感到惶惑、恐惧和恶心而寂寞，如此而已。

愿我们都能如愿地一直守望自己珍贵的东西。

二、《悲惨世界》

这本中学生普及读物，等到我三十岁才来读，确实有点汗颜了。但我想说的是，三十岁的读法和十五岁的读法是不一样的，既然世界名著值得我们用一生的时间去读，那么现在也还不算太晚。

首先向译者李玉民教授致敬，从某种意义上说，我读的不是雨果的文字，而是他的文字。我敢打赌，倘若换个人来译，阅读感觉就没那么流畅自如。有些非常精致的句子，读来十分享受，如"爱情，是人干的傻事，却体现上帝的智慧"，如"在黑夜里，瞳孔极为放大，最终能找到光亮；同样，在不幸中，灵魂极力扩展，最终也能找到上帝"。

这本"人类苦难的百科全书"读来确实震撼人心，并使我相信我的导师说过的一句名言：中国的小说家在叙事的技术上不逊于人，但是观念，重要的是观念，他们往往显得捉襟见肘。我想这是因为我们是一个没有宗教的国度，我们的现世总是漂浮的，恰如无根之萍。你不能指望一个精神上匮缺的人有灵魂的完满。并且有些观念，也并不是中国人可以理解的，虽然那是大善、大爱、大义，但是在我们这里，缺乏土壤。缺墒的结果就是，明明有些东西是非常好的，但到了我们这就不合国情、不可思议、不伦不类、不是个东西。比如那个沙威去自杀，在中国这个情节就不成立，没有一个警察会因为被苦役犯感动而困惑于自己的职责跑去自杀。因为我们的警察心里没有"宗教"——虔诚于上帝，以及在心目中与上帝无异的职守之光荣，没有那种揪心揪肺的情结，就没有临着深渊战栗的体验。还有那个母亲芳汀，她是真爱她的女儿吗？如果她是中国的母亲，我可以断言她是不爱她的女儿的。没有一个母亲可以把女儿随手寄放在别人的篱檐下六年不肯去看一眼。她没有能力去看她一眼吗？恰恰相反，她可以挣钱养她的，事实上她愿意出卖自己的身体也要养着那个女儿。但是她就能忍着心不闻不问，就是巴巴地傻寄钱，让人去侮辱她，嘲笑她，愚弄她，并且折磨她的女儿。我不禁要问，这是个当妈的吗？

关于两本励志读物

一、《你能拥有一切》

读这本书真是有点勉为其难，以我的年纪和阅历，这类读本显然太浅薄。但是直销玫琳凯化妆品的美容顾问很认真地向我推荐这本书，作为回报，我也就必须认真地接受它，并且，认真地读一读。我承认玫琳凯是一个传奇的女人，这个独力养活三个孩子的单亲妈妈，怎样从5000美元的积蓄起步，发展成为拥有亿万身价的令人仰视的女性，这一切也许于我并无示范价值，但我尊重她的价值观和人生观，她的"做一个好人和做更多的好事"的人生态度值得尊敬。

玫琳凯贯穿于人生和企业管理的"黄金法则"（你想别人怎样对待你，你就要怎样对待别人），我们并不陌生，我想，知道这条法则的人很多，但是真正能够践行的人，很少。我愿意重温这条使人生受益的法则，多想想温暖的力量，少以自以为是的眼光去洞穿某些东西。其实世上万物皆一体两面，我们看到的与玫琳凯们看到的当然可以不一样，但是为什么会不一样呢？这些不一样是好事还是坏事？值得反思，值得自省。如果有继续深入的机会，我愿意认真地了解这样一群女人，放下"她们要从我身上赚钱"的想法，只是把她们当作"美丽自己也美丽别人的女人"。

二、《气场》

一本没啥特色的励志＋心理学简易读本。但我一向认为开卷有益，对于心灵，是需要时常沐浴更衣的，所以一定程度上虽未知新，却温故了。作者自始至终也没能很清晰地界定和解释"气场"到底是什么东西，也许这本来就是个生造出的词汇，作者见之新颖有趣就拿来主义，把自以为有用的素材都堆砌在它的表面，以至于这本书本身是没有核心的。"气场"在这本书中不断变换身份，有时是性格，有时是潜意识，有时是气质＋影响力，总之它缥缈不定，没有自己的声音。所以我有理由认为作者是一个故弄玄虚的超级写手，他之所以能够被冠以"百万畅销书的魔法师"，是因为他包装精致的拼贴技术。

有一句话也许是对的，"我们不是要的太多了，而是要的太少了"。

对于谦逊有礼的我们，对于知足常乐的我们，对于随遇而安的我们，对于淡泊明志的我们，这句话完全颠覆了既有的认知模式。或许它是对的，在某种程度上，根据同频共振原理，我们只吸引与我们心理频率相似、相类、相同的东西，如果我们不想要，它或许真的不会来。谁会害怕幸福更多一些呢？这一点似乎张德芬也提及过。重温一遍，共勉。

比较阅读两种

一、《情人》VS《霍乱时期的爱情》

一部《情人》，多少年流传的经典，我敢保证，搁到今天的中国文坛，绝对属于发表无望、自费出版的那种。从杜拉斯的文字里我看到的是语言的破碎混乱和旁若无人的自我，身为职业编辑和评论者的我深知，妄图从此类经典里借鉴小说的写法是不可能的。也许经典本身就包含了真理的误读。

整篇小说从一开始就已经结束了。或者说，它只作为这样一段开场白存在便已经足够：

> 我已经老了，有一天，在一处公共场所的大厅里，有一个男人向我走来。他主动介绍自己，他对我说："我认识你，永远记得你。那时候，你还很年轻，人人都说你美，现在，我是特为来告诉你，对我来说，我觉得现在你比年轻的时候更美，那时你是年轻女人，与你那时的面貌相比，我更爱你现在备受摧残的面容。"

如果你读过叶芝的《当你老了》，我以为，实在也没有必要再去读这部《情人》。无论意境还是措辞，《情人》显然都是《当你老了》第二节的翻版：

> 多少人爱你青春欢畅的时辰
> 爱慕你的美丽，假意和真心
> 只有一个人爱你朝圣者的灵魂
> 爱你衰老了的脸上痛苦的皱纹

《霍乱时期的爱情》，这本被《纽约时报》誉为"人类有史以来最伟大的爱情小说"读来令人震撼，但爱情也是有地域性的，也只有在哥伦比亚的土地上，此类爱情才不那么令人费解。当然比起《情人》里白人小娼妇和黄种男人的所谓爱情，它实在厚重多了。起码它在本质上是古典的，毫不吝啬地说出了"一生一世"这样的诺言。

我承认我的食古不化，毋庸掩饰，乌尔比诺医生对老妻的临终遗言才最让我感触："只有上帝知道我有多爱你。"

二、《罪与罚》VS《倚天屠龙记》

读老陀的书，堪称痛苦。当读到最后一页时，我简直要欢呼雀跃了——为结束这种痛苦。叶兆言在回答什么是"好书"的时候说，你喜欢看的书就是好书。以此标准来衡量这部世界名著，那么它不仅不是好书，简直坏到令人倒胃口。我想我若是一个对文学抱有狂热而天真的兴趣的少年，那么仅此一本书就很可能挫杀掉我所有的趣味和文学向往。那么不谈了，除它是名著之外，我无话可谈。

《倚天屠龙记》就不一样了，记不得第几次读这部书，然而读来还是趣味无穷，所以通俗也可以是经典。100 万字的鸿篇巨制，十来天也就轻松地读完了。对照叶兆言的话，一本书可以让你这样轻松地读下去，一口气地把它看完，它一定是好书。所以那金庸老儿的才情，可又比昆德拉或是马尔赫斯更让我钦羡。只盼能像金大侠那样汪洋恣肆地书写。勉之。

中外畅销小说两种

一、《警察难做》

我师父达敏先生说，一部好的小说，有两个方面，一是语言，二是思想，如这两方面都是好的，小说必好。作家许春樵补充说，长篇小说要看结构，结构不好，小说好不了。我想从这两位行家的话引申出我对这本书的一点看法——小说语言很清晰，思想混乱，结构更乱。

当然这只是最初的看法，没多久我就发现，它混乱的结构之下其实是有一个隐结构的。这个隐结构的意义在于——很接近我最近写的一个中篇——关于明天的事儿，后天我们就知道了。所以它的思想也不算太乱，顶多就是随波逐流，所以形成了当代中国社会特有的那种意识流。现在你看，思想和结构都没什么可说的，语言又特别好，那么肯定是一部好小说，至少是一部好看的小说。角度，看问题的角度决定一切。

我承认一个专攻现当代的批评家不能有这么下作的评论态度，但我就是觉得这部写知识流氓青年，或者流氓知识青年，或者青年知识流氓的小说是好看的。总之年纪轻、有知识、流氓成性这三大元素，是这部小说最好看的地方，相当于女人露三点。从中我至少学会识别专业流氓打架的武器装备——钢管或者铝管或者铁棍，必须裹上电工胶布。这叫专业。收获挺大，立马觉得我那个中篇里，也必须有这么一根钢管或者铝管或者铁棍。

说别的也白扯，文学，历来是可以由不同的通道进入的，《肉蒲团》也名动千古呢，你能写出来算你牛 ×。凭什么不给这本书一个好评呢？强调一句，作者的文字实在好，写诗写词写小说都有天分，搁在古代，他就是柳永，淫词艳曲可流出牙床，流芳百世。但搁在主流文学的框架里，永远是把废枪。

二、《黑乌鸦》

2012 年的新年，读的第一本书是安·克利芙丝的 *Raven Black*，比较老套的故事，比较老套的桥段，一切都按部就班地推演着的谋杀案。可就是这么个不新鲜的老故事，给一个老女人写得津津有味，实在让人惊叹。我心里就想，要是这辈子得靠文字吃饭，我得成为这么个老女人。

安是"英国杰出的新生代犯罪小说作家"，对于推理和悬疑，我一向怀有敬畏之心，因我是一个逻辑经营上比较惨淡的人。安给我带来很好的启示，即你其实不必有多么严谨的推理，悬念也一样可以间不容发地设计到最后一个章节，然后精彩爆发。这老女人完全在老老实实地说故事，她没给我们一个接一个地设圈套，也不精心打理她的逻辑，逻辑即生活。这真是一个好榜样，对于我这种没什么机会接触惊心动魄的犯罪和不寻常经历的普通人来说。有一点遗憾，如果乌鸦是一种意象，我想我没理解透彻这个道具性的东西。为什么是《黑乌鸦》？只是因为这是一桩发生在乌鸦威克的谋杀案？

因为马格纳斯养着一只乌鸦？因为凯瑟琳死的时候被乌鸦啄得面目全非？似乎都不够充分。结尾的一处描述让我有更多的感念，说佩雷斯弄不明白这些乌泱乌泱的东西一到晚上怎么就全都不见了，莫名其妙地消失在冰封的海岬。那么这些白天在田野里肆意飞翔，晚上却无故销声匿迹的乌鸦就是一种罪恶的隐喻？表明我们不可能找到那些隐身的杀手，因为他（她）就是白天反复出现在我们视野而我们却视而不见的老熟人？真够意思！

闲篇散记

这几日，读了邓友梅的文章，大为叹服，那篇《那五》，真是活脱脱的没落八旗子弟的塑像。为一个人物塑一个活像，这是写小说很高的境界，有些文论是反典型人物的，洋洋洒洒旁征博引说得好像也很有道理，但是反那五，一定反不下去。这个人物，不光是典型，他还经典。那篇小文章，《话说陶然亭》，也是极好的东西。虽然时代的痕迹很明显，但一点不像同时代染上时代病的那些东西，造作得也明显。其中有一句话，"革命者只有积蓄力量的时间和使用力量的时间，哪里有供消磨的时间呢？"非常打动我，这里的主语是具有鲜明的政治色彩的，但如果换做任何一个积极健康的人，这句话也能流畅传神地表情达意。总之积极健康的人和革命者的一样，极需要这样朝气蓬勃的句式。所以衣食无忧而时有虚妄之感的我们要不时铿锵地敲打自己一句：我们只有积蓄力量的时间和使用力量的时间，哪里有供消磨的时间？！

读龙应台的小散文，也很快活。这是个把宇宙的大蕴吐和新鲜的小生命一同拥抱的人，也许我应该钦佩她作为华人一支笔的才情，但更让我亲近和喜欢的，是她作为一个母亲对生命之核的欣赏力。她拥有华飞和华安两个孩子，而我只有航航一个。我希望我把航航当作两个新生命来爱，一个是孩子，一个是母亲，他们都是崭新的生命。今天，四岁半的航航向我展示了他玩填色游戏时良好的手的稳定性。他很努力、很认真地把彩笔细细描在卡片上，力图不让一点点颜色调皮地闹出越界的行为或露出不负责任的空白缝隙。他的小手很用力地握着笔，很用力地涂着画，我知道他在用力把握这个世界，努力使它变得可控。这是多么值得尊重的生命力量的开始。

我们天生都有对血腥暴力的嗜好，只不过因为文明的面罩，凶残的本性被压抑在意识层面以下。即使是最彬彬有礼的绅士和最温柔优雅的淑女，也不能洗掉潜意识里的污垢，我们根本就是凶残的动物。阅读和写作帮助我们发泄和升华，这方面黑暗的、龌龊的、不可告人的心理能量统统有了去处。所以我有理由相信，莫言和我一样有着残忍阴暗的心态面。莫言的想象力是非凡的，但人类的想象力才是基础，如果没有那些人类的历史，莫言怎么能那么栩栩如生地复活恶毒和残暴？

一切都是最好的安排。在由上帝之手创造的这个世界上，所发生和正在发生的，都无与伦比。所以现实世界是所有可能世界当中最完美的一个。用不着抱怨，用不着愤怒，用不着恐惧，用不着绝望，一切都在有条不紊地发生，来的来了，去的去了，得到和失去从来都是守恒的。如果你不能忍受，就享受这一切吧。享受做一个有血有肉的人，让各种倏忽来去的、云一样的情感和思想的碎片填满你的生活，缤纷多彩，妙趣横生。